警官の酒場
佐々木譲
Joh Sasaki
角川春樹事務所

警官の酒場

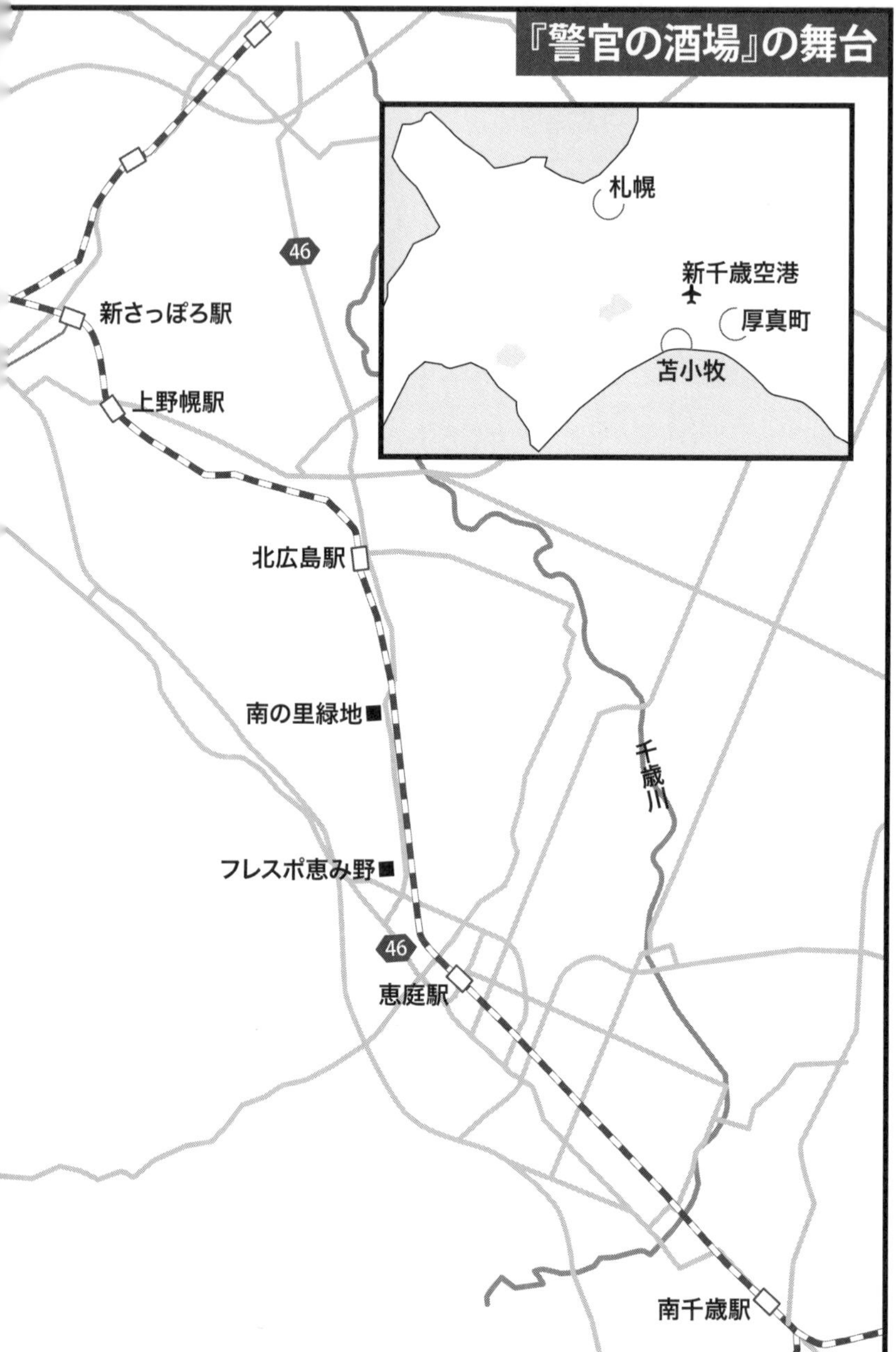

『警官の酒場』の舞台
札幌
新千歳空港
厚真町
苫小牧
46
新さっぽろ駅
上野幌駅
北広島駅
南の里緑地
千歳川
フレスポ恵み野
46
恵庭駅
南千歳駅
新千歳空港

発寒駅
札幌競馬場
サッポロ・
ファクトリー
サンミラノ倉庫
札幌駅
札幌中央卸売市場
A
白石公園
地下鉄
白石駅
豊平川

A
北海道庁
↑札幌駅
道警本部
石山通り(西11丁目通り)
札幌大通署
駅前通り(西4丁目通り)
時計台
北1条通り
札幌市役所
大通公園
南1条通り
西4丁目
南2条通り
札幌アート・
レジデンス大通公園
狸小路商店街
ジャズバー・
ブラックバード
南3条通り
月寒通り(南4条通り)
すすきの交差点

●主な登場人物紹介

佐伯宏一	北海道警察	札幌方面大通署　刑事三課　警部補
小島百合	同	札幌方面大通署　生活安全課　巡査部長
津久井卓	同	本部機動捜査隊　巡査部長
新宮昌樹	同	札幌方面大通署　刑事三課　巡査
長正寺武史	同	本部機動捜査隊　警部
滝本浩樹	同	本部機動捜査隊　巡査長
吉村俊也	同	札幌方面大通署　生活安全課　巡査部長
伊藤成治	同	札幌方面大通署　刑事三課係長　佐伯の上司

ヒデ	闇バイトで集められた押込強盗犯	本名：栗崎秀也
ヨッサン	〃	本名：吉川邦也
ハック	〃	本名：原島修太
カチョー	〃	
サンボー	押込強盗犯のまとめ役	
稲葉孝志	置引き犯	
坂爪俊平	詐欺の逮捕歴がある、古物商「サン・ミラノ」経営者	
本川風花	詐欺の逮捕歴がある	
岩倉達也	牧場主　押込強盗に入られる被害者	

安田幹夫	ジャズバー「ブラックバード」マスター
安西奈津美	ジャズ・ピアニスト
佐伯浩美	佐伯宏一の妹　岩見沢市在住

1

大通《おおどおり》警察署生活安全課の小島百合《こじまゆり》巡査部長が駆けつけたのは、通報から三分後だった。午後の四時四十分だ。

札幌《さっぽろ》の七月のいまごろは、札幌市民の多くが一番好きだという季節だ。気温は暑からず涼し過ぎずで、晴天の日が続き、明るい緑の葉はかすかな風にそよいで、きらめく。およそ犯罪などが似つかわしくない季節と言える。

しかし、それでも犯罪は起こる。とくに少年係の受け持つ犯罪はむしろ、子供たちが解放的になるいまのほうが増えるかもしれない。大雪に閉じ込められるような季節は、青少年犯罪は少ないのだ。

通報があったとき、小島はちょうどアーケードのある商店街で、少年補導の応援に出ていた。連絡を受けて、同僚の運転するミニパトカーで、この女子高生が倒れているという中通りまで急行してきたのだった。

その女子高生は、札幌の町の真ん中という言い方もできる交差点近くの、中通りのビルの通用口の脇《わき》でうずくまっていた。通り掛かった通行人も、その女子高生には目もくれていない。さっと見たところ、通報者が誰《だれ》かもわからなかった。電話だけして、関《かか》わり合いにはならないようにとさっさとこの場から離れたのだろう。

その女子高生の制服は、札幌市中心部のやや西寄りにある私立高校のものだった。仏教系の、男女共学の学校。校風は地味で、小島ら少年係が手を焼くような生徒は少ない。その子も、髪は染めていないし、制服も崩れた着方をしていなかった。

小島はその女子高生の脇にしゃがみこんで、声をかけた。

「もう大丈夫。警察。怪我《けが》はした?」

女子高生は顔を上げた。泣いていたようだ。顔がくしゃくしゃで、目が赤かった。マスクは鼻の下までずれている。

女子高生は小島の制服を見て、ほっとしたようだった。

「大丈夫です」と、彼女はどうとでも取れる言い方をした。

「通報があったの。何かポーチを取り合って、交通事故になりそうだったって」

「ええ」

「恐喝だったの?」

「いえ、なんだかよくわからない」

「取られたのは、財布?」

「スマホ」

「あなたのスマホを？　どうして？」

「わかりません」

「取ったのは友達？」

「違うけど、顔は知ってる」

「誰なの？」

「このあたりのワル」

「知り合い？」

「ううん。だけど見たことはある。友達の友達が、その子と知り合いで」

「あなたはそのワルの仲間じゃないのね」

「違います。話しかけられたから応《こた》えていたら、急に態度が変わって、タメグチきくなよって、それでスマホ取り上げられた」

「カネを出せじゃなく？」

「スマホが欲しかったみたい。先にパスコードも聞かれた」

少なくなったけれども、この中通りに近い駅前通りの交差点から薄野《すすきの》にかけて、犯罪性向の強い未成年女子が消えたわけではない。彼女らの中には週末に駅前通りにアメリカ製の乗用車で乗り込んでくる半グレや、暴走族気質の青少年たちの女となっている者が多い。週末ともなれば酔った中年男や観光客に因縁をつけて恐喝をしている。もちろん被害届けがあれば大通署の刑事課職員が出動するが、被害額が少ないとか、出会い系のアプリを使っての接触が多いとかで、被害届が出る事案は少ない。結果として、いまだにそうした未成年女子のグループが、このあたりには存在するのだ。

ただ、そうした未成年者が、一般の女子高生からスマホを奪う、という事案は聞いたことがなかった。換金目的だろうか。現金にするには、かなり面倒な技術的操作が必要になるのではないか。この場合、奪った者が誰かはわかっているのだし。

奪っておいて、返して欲しければカネを持ってこいと要求するのか？　だとしたら、そのような犯罪のためには、双方のあいだに何かしらの関係が必要になる。まったく無縁の者同士のあいだに成立する犯罪ではないような気がする。

「話を詳しく聞かせてくれる？」

その女子高生はゆっくりと立ち上がった。

話の中身次第では、強盗事件として刑事課に引き継ぐことになるのかもしれない。しかし、女子高生のあいだの恐喝なのだとしたら、これはやはり少年係である自分の担当事案だった。

2

目覚めたのは、午前四時だった。

その時刻、すでに陽《ひ》は上っていた。夏至からまだ二週間しか経《た》っていない。

佐伯宏一《さえきこういち》は居間のカーテンを開けると、ベランダの掃き出し窓も一杯まで開けた。まだエアコンを使うほどの暑気ではないし、かといって深夜にはときおり、年寄りには少し低いかと思える程度の気温になる。夜のあいだ、ガラス窓は締め切っていたのだ。

ベランダごしに、アパートや集合住宅が並ぶ住宅街の家並みが見えて、その向こうにちょうど朝日を浴びた藻岩山《もいわやま》が見えている。牛が寝ころんだような、とよく形容される山だ。標高五百メートル少々で、山頂近くまでロープウェイで上ることができる。札幌の市街地を眺めるには手頃《てごろ》な山だった。

佐伯がいま父親とふたり暮らしのこの集合住宅と、その藻岩山とのあいだには、豊平川《とよひらがわ》という一級河川が流れている。川の向こう側に、札幌市の市街地がある。札幌大通警察署の管轄地域も、そちら側ということになる。

物音に振り返ると、父親が自分の寝室から居間に出てきたところだった。パジャマ姿だ。このところ髭《ひげ》を剃《そ》っていないようで、無精髭が伸びている。

「おはよう」と挨拶《あいさつ》してから、佐伯は父親に言った。「起こしてしまったかい」

「いや」と父親は、佐伯の目を見ずにぶっきらぼうに答えた。「どっちみち、起きている時間だ」

父親の目は、ダイニング・キッチンのテーブルの上に向いている。煙草《タバコ》を探しているようだ。

佐伯は居間のテレビの前のガラスのテーブルを指さした。

「そっちにあるよ」

「ああ」

父親はテーブルの前の一人掛けの肘掛《ひじか》け椅子《いす》に腰を下ろすと、すぐに箱から煙草を一本抜いて火をつけた。

「お茶を淹《い》れようか」と佐伯はキッチンのほうに移りながら訊《き》いた。

「ああ、コーヒーがいいな」

もとよりそのつもりだった。

佐伯はヤカンをガス・コンロにかけると、挽《ひ》いた粉のコーヒーの缶を棚から取り出した。電動ミルの音を父親が嫌がると知って、豆で買うことはやめているのだ。

コーヒーを淹れると、少し冷めるのを待ってから父親と自分のマグカップに注《つ》ぎ、自分自身もテーブルの前の椅子に腰を下ろした。

父親はひと口、音を立ててすすってから、佐伯の寝室のほうに顔を向けて訊いてきた。

「浩美《ひろみ》は、眠っているのか?」

妹のことだ。結婚して、岩見沢《いわみざわ》市に住んでいる。一時期父親を引き取って暮らしていたが、妹から佐伯が面倒を見ることを引き継いだのはもう一年以上前だ。

佐伯は父親の顔を見つめた。

妹の家にいないことを、理解していない?　いや、それを理解してのこの暮らしのはずだ。急に混乱してきたのか?

父親は、答を待っている。自分が妙な質問をしたとは、ほんの少しも考えてはいないようだ。

佐伯は言葉を選んでから答えた。

「順《じゅん》さんのうちだよ。岩見沢にいる」

「岩見沢?」父親は瞬《まばた》きした。「ここは?」

自分の居場所がわからなくなっている?

「札幌。ぼくと父さんは、札幌で暮らしているんだよ。浩美は、一緒じゃないよ」

「いないのか?」と、不思議そうにまた佐伯の寝室に目をやる。「昨日は……」

言いかけて、父は途方にくれたような顔となった。

「そうか。そうだったな」

その日の朝のことだ。


その部屋は東向きだった。

窓からは、北海道庁の赤レンガ庁舎のドームを見下ろす格好となっている。

佐伯と、上司である伊藤成治《いとうせいじ》のふたりは、その部屋の両袖《りょうそで》デスクの前へと進んで、気をつけの姿勢を取った。

デスクに着いているのは、北海道警察本部の刑事部長だ。キャリア組の国家公務員である。髪を七三に分けて、銀縁の眼鏡。制服姿だ。

みるからに秀才っぽい顔立ちの男だった。年齢は佐伯と同い年ぐらいのはずだ。笹島俊樹《ささじまとしき》警視正だった。顔を合わせるのは初めてである。笹島の目には、ほんの少しばかり好奇心が現れているようでもあった。

「楽にしてくれ」と、笹島が佐伯たちを見上げて言った。

そう言われても、応接セットのほかには、腰掛けるものはない。休めの姿勢で立ったままでいろということかもしれない。佐伯はデスクの前で少しだけ姿勢を崩した。

笹島がマスクをつけながら言った。

「わたしは今年異動になる。やり残しがないよう、一気に片づけるつもりでいるんだが」

一気に？　そうとう大胆なことをするつもりでいるのだろうか。

笹島は、佐伯の右横にいる伊藤に訊いた。

「佐伯には話したのか？」

呼び捨てだ。当然だった。自分は警察機構の末端、自治体警察に所属する地方公務員だ。彼の部下になる。さんづけで呼ばれることのほうが、この部屋では不自然にも感じられるだろう。

伊藤が答えた。

「いいえ。わたしも部長の用件が何か知らないものですから」

笹島が言った。

「これまでに、ということだ。前任の部長からの引き継ぎ案件でもある。佐伯に、警部昇任試験を受験させたい」

その件か。たしかにこれまでにも、伊藤から何度か打診されている。答はそのつどはぐらかしてきたが。

笹島が続けた。

「道警の中に、あの有能な佐伯をまだ警部補に留《とど》めておくのは、本部トップの意趣返しかという声もあると聞いている」

それはつまり、北海道警察本部が裏金問題や、ある警部の覚醒剤《かくせいざい》密売や拳銃《けんじゆう》不法所持の発覚で、大揺れに揺れていたときの一件だ。佐伯の同僚である津久井卓《つくいすぐる》巡査部長が、北海道議会の百条委員会で裏金問題について証言することを了承し、秘密裏にその手立てが整えられた。津久井は当時、銃器薬物対策課という裏金を利用することの多い部署の配属で、現場の実態を証言することができた。

この証言の予定を察した道警本部は、ちょうど発生した女性警官殺害事件の被疑者として津久井を手配したのだった。拳銃所持と覚醒剤使用の疑いがあるとの理由で、身柄拘束時には拳銃の使用も妨げない、との意向さえ伝えられた。

このとき佐伯たちは、女性警官殺害事件を独自の捜査で解決、真犯人を突き止めた上で津久井を制服姿のまま北海道議会議場に送り届けた。つまり、現職警察官による百条委員会での証言を絶対に阻止しようとしていた組織に逆らい、非公然捜査を成功させて、しかも裏金問題での現職警察官による証言をも守ってしまったのだ。

あの前後の時期のことは、いまだに道警の内部で語り種《ぐさ》だ。弁解の余地もない不祥事や違法行為、犯罪が一気に噴き出すように発覚し、非難轟々《ごうごう》となった。誰が言い出したのか、そのときのことは、道警最悪の一週間と呼ばれている。

幹部たちは当然、佐伯をはじめとした面々やひそかに応援した職員たちに激怒した。しかし現場の警察官の中には、このとき佐伯たちが見せた犯罪捜査能力や道警の裏をかいたような警護の技術を、素直に称賛する者もいたのだった。

結果として、膿《うみ》は出たし、改革も行われたが、佐伯と津久井には罰も下った。津久井は警察学校の総務係に飛ばされ、佐伯と直接の部下の新宮昌樹《しんぐうまさき》は、大通警察署の当時の窃盗犯係の遊軍とされ、重大事案からはずされた。津久井はその後、機動捜査隊の長正寺《ちょうしょうじ》班長に引っ張られて、かつて以上に活躍している。佐伯と新宮は、遊軍ながらも一線の捜査員以上に目覚ましい実績を挙げてきていた。

笹島が佐伯を見つめて言った。

「佐伯みたいな優秀な警察官を飼い殺しみたいに使っていれば、道警職員一万二千人の士気に関わってくる」

伊藤があわてたように言った。

「けっして飼い殺しのようなことは。佐伯たちの能力を、遊軍としてフルに発揮させよという指示が撤回されていないものですから」

笹島は伊藤に顔を向けた。

「わたしも、伊藤くんが飼い殺しにしているとは思っていない。道警本部が、そうしているんだ。しかしふたりは、遊軍にしては、できすぎの成績だろう?」

「はい。おそらく、重大事案の検挙実績では、道警一かと。ろくに支援も受けられない中での仕事ばかりなのに」

「もうあの一週間のことでは、道警の中でも苦々しく思っている職員は少数派になった。違うか？」

「それはどうでしょうか。佐伯たちは、筋違いの反感を持たれてきたのは事実ですし」

「考えてもみろ。道警本部は、佐伯たちを処分することもできなかったんだ。なのに面子《メンツ》をつぶされたからと、有能な職員に重要事案を担当させないというのは愚劣だ。それほど道警は暇な組織じゃない」

「部長のおっしゃるとおりです」

「伊藤くんも、何度も昇任試験の受験を促したそうだな」

「年中行事のように」

笹島がまた佐伯に顔を向けた。

「何かどうしても警部になりたくない理由でもあるのか？」

いまはある、と佐伯は胸のうちで答えた。あの時期とは違った、かなり実際的な理由が。

あの一週間から数年は、昇任試験を受けることは、自分が組織に楯突《たてつ》いたことの意味そのものを失わせることになると感じていた。覚悟して抵抗したのであれば、昇進など受け入れてはならないのではないかと。自分は組織からの評価など捨てたうえで、同僚を救ったのではなかったかと。

自分がしたことを後悔してもいなければ恥じてもいないが、あの当時はほんの少しだけ、楯突いた以上は組織を完全に見限ることが論理の帰結かもしれないとも感じていたのだった。迷っていた時期がしばらく続いたし、だから警部昇進など考えたくもなかったのだ。

だけどそれは、社会人として通用する言い分ではないとも承知している。自分は悩んだ時期のあとに、警察組織に残ることを選択した。その最大の理由は、同僚たちの存在だった。自分の周囲には素晴らしい同僚がいて、警察官本来の仕事を黙々と務めている。その中で社会人として生きることは、間違いなく幸福だ。かけがえない人生の喜びだった。

たしかにいまだに道警は、日本のありとあらゆる組織が持っている古臭い体質を保持したままであるし、非合理な慣習も多い。さらに、不可蝕《ふかしよく》聖域とも言うべき国家公安警察も内側に存在している。

自分が警察官としての職務を果たしていく上で、それらはときに目障りであり、煩《うるさ》いとも感じられるが、市民の安全と財産を守る市民警察の職員として職務を果たすことがまったく不可能というわけではない。いまのところ、自分の職分では。

自分は警部昇任試験を受け、多少なりともいい捜査指揮を執ったり、部下を育てることを、職業生活の次の段階の目標としてもよいかもしれない。伊藤からの誘いをはぐらかしつつも、そう考えるようになっていたのはたしかだ。

ただ、一年前からまた事情が変わった。いま自分は、父を引き取ってふたりで暮らしている。

黙っていると、笹島が言った。

「幹部にならないというのが、信念というわけでもないのなら、試験を受けないか。優秀な職員は、必ず昇進できると、道警一万二千の職員に見せたいんだ」

笹島は微笑している。佐伯の無言を、承諾と受け取ったのかもしれない。

佐伯は訊いた。

「つまり、広告塔ですか」

一度は逆らった男も、最後には尾っぽを振った、という格好の見本になるのかもしれない。

笹島は首を振って言った。

「きみは、音楽隊に入っていた時期があったな」

「はい」警察学校卒業後、最初の地域課配置のあと、総務部配属となって、音楽隊のメンバーとなったのだ。佐伯が高校時代、吹奏楽部に入っていたことに目をつけられたのだ。ただし、音楽隊にいたのは二年少々だ。

「音楽隊も、道警の広告塔だ。いやだったのか?」

「いいえ」

思いがけない配置で、その時期を自分は楽しんだと言ってよかった。警察官となったのに、いきなりは音楽から離れずにすんだのだ。

「だったら」と笹島は言った。「警部昇任試験を受け、合格したら警部となって、新しい職場に行く。嫌がる理由にはならないだろう」

伊藤がまた割って入った。

「佐伯は遊軍でしたが、何年もむちゃくちゃに忙しく働いていました。試験の準備などもしてきていないし、ちょっと自信がないのかもしれません。一度落ちると、もう一度やる気を出すのは、なかなか難しいところがありますから」

「道警の七年ルールがある」と笹島が言った。

それは、捜査対象や協力者との癒着を防ぐために、あの一週間のあとに道警が決めた人事の内規だ。職員は七年以上同じ部署にいることはできない。同じ地域に七年以上継続して勤務することもできない。そのルールのことだ。職員の経験を評価しないのかと、いまだに評判の悪い内規だった。

笹島が続けた。

「もし試験を受ける気があるのであれば、短期間、試験勉強も可能な部署に配置することもできる」

すぐ佐伯が思いついたのは、どこかの警察署総務課の留置場留置係だ。内勤で、残業もない。もちろんほかにも、試験勉強が可能な職種はいくつもあるが。

「試験に合格した場合は、東京で三カ月の研修となるが、帰ってきたらせっかくの刑事畑の経験を生かせる配置にするさ。札幌は離れることになるだろうが」

警部任用予定者のための研修は、府中《ふちゅう》にある警察庁の警察大学校で行われる。受講生は三カ月間、寄宿舎生活となる。

三カ月間の留守。

これがなによりの難題だ。

伊藤はもう、佐伯が受験を承諾したとでもいうような声の調子で笹島に訊いた。

「それで、異動先は具体的にはどちらに？」

「まだ決めていない」

「あいだに別部署配置をはさむのなら、また刑事畑ですね？」

「わたしの後任が決めることだ。だけど、佐伯の経験を無駄にしてしまうような人事にはならないだろう」

伊藤が佐伯を見つめてきた。

「いい話だよな。こんどこそ、受ける気になるよな」

佐伯は伊藤と笹島を交互に見ながら言った。

「じつはいま、父親の介護をしていまして、もし試験に合格しても、三カ月の研修を受けることはできそうもないんです」

笹島が訊いた。

「カミさんは？」

伊藤が佐伯の代わりに答えた。

「佐伯は、前のおとり捜査のときにＰＴＳＤをやってしまい、それが理由で離婚しているんです」

「その捜査が直接の理由なのか？」と笹島。

「さあ」と佐伯は答えた。笹島は、その責任まではかぶりたくないとでも思って訊いたのだろう。

「直接の因果関係はわかりません」

「本部に含むところがあるのは、そういう理由もあるのか」

質問には聞こえなかった。もう佐伯は反応しなかった。

伊藤が言った。

「ともあれ、配置の件ではご配慮もいただけるのですから、このあと佐伯とは腹を割って話し合います。部長からの突然の打診に、面食らったのでしょう」

「きみたちの話し合いをじっくり待っている余裕はないぞ。わたしの任期終了は近いんだ」

笹島は横を向いて指を払う仕草を見せた。部屋を出ろということだ。佐伯は伊藤と一緒に頭を下げて、刑事部長室を出た。

ロビーまで降りてから、伊藤が小声で訊いた。

「断るってことはないだろう?」

佐伯は言った。

「新宮がもう、どこの署の刑事課に行っても恥ずかしくないだけの捜査員になっています。だけど、わたしと組んでいると、あいつにもおかしな評価がついてしまう。異動もさせにくい。それはわかっています」

「新宮は新宮で、異動するってことになれば、あちこちからラブコールが来ると思うぞ。いや、もう何件も来ている。親父《おやじ》さんの件はどうにもならないのか?」

佐伯は、今朝の父親の言葉を思い出した。

浩美は、眠っているのか?

あれは認知症の見当識障害と呼ばれている症状ではないだろうか。だとしたら、自分ひとりでの介護は、限界かもしれない。

佐伯たちは、ミラーガラスの道警本部ビルから大通警察署まで、ほぼ二ブロックを歩いた。大通警察署裏手の駐車場まで来たとき、伊藤が携帯電話を取り出した。

「ああ、いま戻った」と伊藤が言った。

通用口へと向かいながら、彼は通話を続けている。ふむふむ、と相槌《あいづち》を打ちながらだ。

庁舎内に入ったところで、伊藤は携帯電話から耳を離して佐伯に言った。

「いまこんな話をしたばかりで言いにくいんだが」

何か新しい事案が発生したということのようだ。それも、ごく小さな。

「何でもやりますよ」

「自動車窃盗」

「得意です」

「高級車じゃない。大がかりな自動車窃盗団を摘発することにもならないだろう」

「どうしてです?」

「ビルの設備業者の、仕事用のワゴン車が盗まれたそうだ。十五年落ちのボロ車だそうだ」

佐伯は思わずくすりと笑いかけた。

伊藤が恐縮するのも無理はない。

3

その道路には、両側から広葉樹の枝が差しかかり、ちょうどトンネルのようになっていた。まったく対向車はない。後ろを走っている車もなかった。北海道道からこの町道に折れてもう五分以上、そのレンタカーのワゴン車は月もない夜の中を一台きりで走っていたのだった。中には四人が乗っているのだが、ろくに話もない。もっとも、四人は半日前に会ったばかりだった。いわゆる闇《やみ》サイトで、アルバイトの募集に応募して、雇い主から声がかかったのがこの四人なのだ。まだ車の中で冗談を言い合えるほど打ち解けてはいない。みな打ち解けるつもりはないかもしれない。

ワゴン車が走っているのは、北海道・苫小牧《とまこまい》市中心部から三十分ばかりの距離の丘陵地帯だった。馬の育成牧場の多い地域だが、その牧場地帯と山岳部との境と言ってもよい土地となる。

栗崎秀也《くりさきひでや》はナビに目をやって、運転手役に言った。

「その先のカーブを越えた向こう」

運転している男は、ちらりとナビの画面に目をやってから訊いた。

「ほんとにまわりに家はないのか?」

「ナビには出てきてないよ。ざっと見ても一キロ以内には全然」

「くそど田舎だな」と運転手役はまた前方に目をやってから言った。「こんな田舎に、ほんとに五千万も現金があるのか?」

札幌駅の地下コンコースで初めて顔を合わせたとき、それぞれが通称を名乗った。本名は必要ない、呼ばれたときにすぐに自分のことだとわかる名前で呼び合えと、この計画の首謀者、いわばボスから指示されていたのだ。

この運転手役の男の呼び名は、ヨッサンだった。

栗崎自身は、ヒデと呼んでくれとほかの面々に言った。

後部席には、カチョーと呼ぶことになった年配の男と、ハックと自己紹介した若いのが乗っている。カチョーは四十代後半だろう。四人の中ではいちばん年長と見える。ハックは二十代前半か。

まとめ役のことは、サンボーと呼ぶように言われていた。栗崎は顔合わせのときに知ったが、誰もそのサンボーと顔を合わせてはいない。電話で話をしたことはある。サンボーの声はボイスチェンジャーでも使っているかのような電気的な声だった。年齢もわからない。

後ろの席で、カチョーが言った。

「だから、何回も言ったろう。馬産地だからな、馬を飼ってるところはカネを持ってるんだ」

後部席にいるもうひとり、ハックが言った。

「たいしてカネにならないって聞くけどな。カネが集まってるのは、場外馬券売場《ジョーガイ》か、競馬場じゃないの」

彼は、この話をいくらか疑っているようなのだ。話半分くらいに聞いている、とさっきまでは言っていた。

またカチョーが言った。

「生産牧場も、競り市に出す前に牧場でポンと現金で買ってくれたほうがありがたい。競り市じゃ、どんなに不満でも落札された額で売らなきゃならない。育成牧場も、目をつけた馬を安く買える。両方が、現金取引を喜ぶんだ。とくに育成牧場のほうは、いつだって現金の用意がある」

こういう事情を知っているのだ。カチョーはかなりの競馬好きなのだろう。あるいは、競馬はとくに好きでもないがよく新聞を読む種類の男なのか。彼はこの中でただひとり眼鏡をかけている。大学出なのかもしれない。

車がゆるいカーブを曲がりきった。丘を完全に下りたようだ。また道路は直線となった。左手、ヘッドライトの中に、大きな看板が見えてきた。看板というか、農家に多いタイプの案内板。テーブルの表板を二枚上下に合わせたほどの巨大な表札でもある。

（株）岩倉《いわくら》牧場。

この地方ではかなり有名な競走馬の育成牧場だ。一族の中から、国会議員が出ている。

栗崎は腕時計を見た。

午後十一時四十分だ。酪農家とかふつうの農家であれば、そろそろ家族は眠りに就いているのが自然という時刻だ。しかし栗崎は、競走馬の育成牧場がどんなものかよく知らなかった。大きな育成牧場には調教師がいるはずであるし、厩務員《きゅうむいん》もいるだろう。そういった職務の者であれば早寝だろうが、この岩倉牧場は会社組織のようだ。オーナー家族は、ろくに馬の世話をしていまい。となると、夜更かしかもしれない。

サンボーから、岩倉牧場の厩舎と従業員たちの宿舎は、陸上競技トラックのような馬場をはさんだ裏手にあると聞いていた。つまり、通常、母屋には家族しかいない。また、その厩舎や宿舎に通じる取りつけ道は、この道路の少し先にある。母屋でよっぽどのことが起こらない限り、つまり火事とか銃声がするとかでもない限り、従業員たちは気がつかない。飼われているという秋田犬《あきたけん》も、厩舎のほうにいるとのことだ。

看板の手前の門柱の前で、ヨッサンがレンタカーのワゴン車を停《と》めた。

北海道の農家だから、門柱はあるが、門扉はなかった。いまは会社組織となって母屋と厩舎が別になっているとはいえ、かつては馬車やトラックが出入りしていたはずだ。その頃のままの造りなのだろう。門柱のどちらにも、監視カメラは設置されていなかった。

取りつけ道路の奥、五十メートルほどのところに、二階建ての住宅のシルエットが見える。玄関の前に大きな木が植えられていた。たぶんイチイだ。門から玄関前の駐車スペースまで、舗装されている。車が砂利を踏む音はしないということだ。玄関脇に灯が入っている。

豪邸だ、と栗崎は思った。競走馬の育成牧場とは、儲《もう》かるビジネスのようだ。

玄関の横手に、ガレージらしき建物があり、その脇のポールに照明灯がついている。庭全体がぼんやりと照らし出されていた。シャッターを下ろしたガレージの前に、車が二台停まっていた。ハッチバック型の白っぽい車と、車高の高い四輪駆動車だ。

これもサンボーから教えられていたとおりだ。主人が乗っている車だ。ほかに女房の乗っている小型車があるはずだが、これは裏手の通用口側にでも停まっているのだろう。この時刻、通いの家政婦はもう帰っているという。

車内に緊張が満ちている。

やる気満々なのは、誰だ？　若いハックか？　カチョーも、けっしてひるんではいないようだ。ヨッサンはどうかわからない。微妙なところだ。

自分は、この瞬間にでも、誰かが、一抜けたとでも言い出してくれないかと期待している。ひとりでもそう言い出す者がいれば、やらない理由ができる。四人でやる計画の強盗《タタキ》が三人となれば中止したほうがいいと、サンボーに謝ることができる。許してもらえるかどうかはわからないが、殺されることはあるまい。

しかし、提示された条件は魅力的なのだ。その家には、最低でも五千万の現金がある。サンボーは言ったのだ。いまどき、そんな現金を家に置いておくということは、それがヤバいカネだということだ。裏取引に使われたということであり、どこから出たものか、絶対に明らかにすることはできないカネ。だから、強盗に奪われたからといって、被害届を出すわけにはいかない。出せばもっと大きな金額の出し入れについても釈明せざるを得なくなる。できるわけがない。被害者は警察を呼ばない。被害届を出さない。たとえレンタカーを本名で借りても、そこから足がつくこともない。

そうサンボーは栗崎に言ったし、ほかの三人にも同じことを言った。

その三分の一が、実行役の四人の取り分とのことだった。およそ一千七百万円の、その四分の一が実行役ひとりの取り分なのだと。つまり四百万円少々が、ほんの一瞬の強盗で手に入る。四百万。すでに住む場所も失った栗崎には、十分に生活再建ができて、お釣りがくるだけの額だ。

説得力のある言葉に聞こえた。よしんば逃げ切ることは不可能にしても、過去、かなりの重大犯罪を犯した者だって、数年間は逃げていられるようではないか。数年間、飢えから逃れて生きられるなら、そのあとの刑務所暮らしは我慢できそうな気がしている。思い切り刹那《せつな》的に生きて、最後はアメリカでよくある「警察を使った自殺」で、自分の人生を終了させたっていいのだ。

それに自分たちがやろうとしているのは、強盗だ。殺人ではない。拉致《らち》監禁や誘拐といった重大犯罪とも違う。強盗殺人にもならない。

ただの強盗。

被害者に怪我さえさせなければ、捕まったとしても五年以上の有期刑だったろうか。数年後に捕まることになるにしても、いま飢えて野垂れ死にするよりはいい。自分はそこまで追い詰められている。

ほかの連中も、もうあと三日生き延びるためのカネもないという点では、栗崎とどっこいどっこいの境遇だった。

運転手を務めているヨッサンは、何カ月も漫画喫茶暮らし。前科はないという男だけど、運転免許を持ちながらずっと再就職できていないという。博打《ばくち》が職業みたいなものだとうそぶいていた。パチンコはプロ並み、競馬では数百万の大穴を何度も当てたとか。最近ちょっとだけサイクルが狂って、文無しとなったのだという。この時点で、自分の運転免許証でレンタカーを借りることのリスクなど、計算できるものではなかったのだろう。飢えるか、犯罪者になるかの二択だとしたら、答は決まっている。

カチョーは、路上暮らしが一週間になったと言っていた。かつては不動産会社の営業マンだったけれど、酒のせいで大きな交通事故を起こしてから、ろくな仕事をしてこなかったという。女に貢がせて生きてきた時期も長い、と自慢していたが、事実かどうかはわからない。顔が黒くて肌はカサカサだ。肝硬変でないにしても、アルコール依存症なのは間違いないだろう。

ハックは、以前は建設作業員、それからホストクラブに勤めた。千葉の暴力団の下っ端だったこともあると自慢していた。たぶん覚醒剤をやるのではないかと、栗崎はにらんでいる。

栗崎自身は、堅気の勤め人だったけれど、大宮《おおみや》のぼったくりバーのホステスに入れ上げて身を持ち崩した。多重債務で自己破産し、すべてを捨てたが、闇金への借金がまだ百万以上ある。たぶん日々利息は加算されている。

いまこの四人が一緒のワゴンに乗っているのは、四人ともなんとかきょうまで、スマホだけは手放さずにいたせいだ。

カチョーが言った。

「さ、やるか。ぱっと片づけような」

みな黒いキャップをかぶった。サンボーからの指示だ。そして黒いウレタンのマスク。黒い薄手の手袋。

こうした指示をサンボーから受けてみなに伝えるのは、カチョーの役目だった。だから四人の中では、彼がリーダーと言えるのかもしれない。

もしかするとその役目は自分のほうが向いている、とも思った。勤め人のとき、部下も何人か使った経験があるのだ。しかしすぐに、メンバーが一網打尽となったとき、従犯であることを主張するためにはその役目を引き受けないほうが得だと考え直した。強盗事件で、主犯と従犯とのあいだにどれほどの量刑の差があるのかはよく知らないが、少なくとも弁護士は何かしら弁護の理由にしてくれるだろう。

カチョーが言った。

「ふたりは裏口から。ふたりは右手の通用口から。落ち着いていけよ」

ハックがいらだたしげに言った。

「うるせえよ、いちいち」

カチョーはハックの言葉を無視して続けた。

「車のドアをバタンと閉めるな。芝居やるんじゃないからな」

ヨッサンがワゴン車を再び発進させた。車は門柱の間をそろそろと抜けると、ぐるりと円を描くように前庭の取りつけ道を進んだ。家の中の照明はすべて消されているようだ。どの窓も暗い。ワゴン車が和風の玄関前に停まったとき、玄関前の照明がついた。センサーが働いたようだ。

「行くぞ」とカチョーが言った。

栗崎は助手席から降りて、肩に提げたダッフルバッグの中から、ソケットレンチを取り出した。

車載工具のひとつだが、自分たちは盗んだワゴン車からいただいた。設備業者の名がそのワゴン車のボディに書かれていた。

ヨッサンも車のヘッドライトを消すと、運転席から降りてきた。彼はモンキースパナを手にしている。後部席から降りたふたりは、クロスレンチを一本ずつ、腰のベルトに差している。

栗崎は後部ドアを開けて、夕方にホームセンターで買ったばかりの掛け矢を取り出した。柄の長さは三尺少々。重さは五キロぐらいはあるだろう。

カチョーも、もう一本の掛け矢を取り出した。

栗崎はヨッサンと一緒に、住宅の右手へと回った。横手に、通用口があると聞いていた。住人がガレージに行くときに使うためのものらしい。このくらいの高級住宅となると、玄関は客用だ。施錠も完全だろう。確実に監視カメラもある。しかし、通用口は違う。

アルミ製らしきドアレバーに手をかけたが、施錠されていた。

「よけろ」と、ヨッサンが、掛け矢を両手で持つと、腰を屈《かが》めてドアレバーのあたりに叩《たた》き込んだ。

派手な、大きな音が響いた。一瞬だけ、栗崎は耳を澄ました。中でひとが騒ぎだしていないか？　近所で声がしないか？

ドアのかたちはそのままだった。ヨッサンがもう一度掛け矢をドアに叩き込んだ。何かが破裂するような音がした。ドアはドアレバーのあたりで大きくへこんでいる。裏手のほうからも大きな音が聞こえた。カチョーたちも掛け矢でドアの破壊にかかったのだ。

中で非常ベルのような音が響き出した。中だけに響くのか、それとも警備会社とつながっているのかわからない。しかし、つながっているものと考えておいたほうがいい。

警備会社の事務所で警報が鳴ったところで、そう早くは駆けつけられない。たぶん一番近い営業所でも、苫小牧市街地のはず。十五分やそこらはかかるのだ。もし近いところから来るのだとしても、自分たちの犯行を制止したりはしない。特殊警棒しか持たぬ連中は、契約先が強盗に襲われたからといって、身体《からだ》を張ったりすることはない。

栗崎は壊れたドアのレバーに手をかけて、前後に力を入れて動かした。内側に壊れていきそうだった。ヨッサンがこんどはドアの中心のあたりに掛け矢を叩き込んだ。ドアが半分折れたような格好となった。栗崎はヨッサンから掛け矢を代わり、短いピッチで何度もドアを叩いた。中で、悲鳴が聞こえる。叫んでいる声がする。中で照明がついたようだ。

通用口にひとがひとり抜けられる程度の隙間《すきま》ができた。栗崎は掛け矢を持ったまま飛び込んだ。土足のまま、廊下から居間があるらしき方向へと進んだ。

居間らしき広い部屋に、初老の男がいる。主人の岩倉だろう。恐怖で引きつったような顔だ。パジャマ姿で、片手に携帯電話を握っている。その後ろには、初老の女性。やはりパジャマ姿だ。岩倉の女房か。彼女が悲鳴を上げた。

ヨッサンが男に近づくと、男は逃げようとしてよろめき、居間のソファの上に倒れ込んだ。ヨッサンは男の手から携帯電話を奪い取った。まだ一一〇番通報はされていないようだ。

男が、必死の調子で言った。

「助けてくれ。助けてくれ。カネならやる」

「岩倉か?」

「そうだ」

廊下のほうから、靴音が聞こえてきた。

カチョーとハックだった。

「奥にはいない」とハックが言った。

カチョーが指示した。

「ふたりとも、縛れ」

ハックとヨッサンが岩倉を押さえ込み、結束バンドで素早く両手を縛り上げた。

栗崎もヨッサンを手伝って、夫人の両手両足を縛った。ハックは夫人の口を粘着テープでふさいだ。

カチョーが岩倉に訊いた。

「カネはどこだ?」

「奥だ」と、震えた声で岩倉は答えた。「やるから助けてくれ」

「この非常ベル、スイッチは?」

「知らない」

カチョーはハックに言った。

「耳障りだ。ベルを見つけてぶっ壊しちまえ」

「はいはい」と、ハックは居間を見渡した。

カチョーはまた岩倉に言った。

「案内しろ。どこだ？」

「書斎だ。金庫があるんだ」

「行け」

ハックが居間の外の廊下に非常ベルを見つけたようだ。破壊音が響いて、ベルが止《や》んだ。

居間の並びに応接間のような部屋があり、海獣の剝製《はくせい》が置かれていた。その裏手が男の言う書斎だった。両袖の豪華なデスクが壁を背に鎮座している。その壁には、シカの首の剝製がふたつ並んでいた。

右手の壁にグレーの金庫があった。小型の冷蔵庫ほどの、最近はなかなか見ないサイズのものだ。暗証番号と鍵《かぎ》のダブルロックのようだった。

ヨッサンが岩倉を金庫の前に追い立てて、モンキースパナを振りながら訊いた。

「暗証番号は？」

カチョーがすぐに割って入った。

「本人にやらせろ。どういうシステムかわからないけど、何回か間違えたら、しばらくは開けられないのかもしれない」

「そんな金庫があるのか？」

「パソコンでも、そういうことあるだろ」

ヨッサンは岩倉の両手から結束バンドを切り取った。

「開けろ」

岩倉は、痛そうに手首を撫《な》でながら言った。

「鍵が必要だ」

「使え」

「ここにはないんだ」

ヨッサンがモンキースパナを岩倉の右肩に叩き込んだ。岩倉はヒイッと悲鳴を上げた。

「時間稼ぎするな。指を一本ずつ折ってくぞ」

岩倉はデスクの引き出しから、キーホルダーを取り出した。自動車メーカーのエンブレムがついている。

岩倉は金庫の前にしゃがみこんだ。四人の男たちは岩倉の後ろを囲んだ。

岩倉が暗証番号を入力してから、キーを鍵穴に差し込んで回した。重そうな金庫の扉が開いた。中は棚が四段あって、最下部は引き出しだ。小型の手提げ金庫や、漆塗りの木箱などが入っている。

ヨッサンは岩倉の首をつかんで、金庫の前から退《の》かせた。

二段目に、艶《つや》のある紙の袋があった。ヨッサンがその袋を取り出し、中を覗《のぞ》いてから中身をデスクの上に落とした。札束だった。一千万円のレンガのような束が三つ。それに百万の束らしいものが十数個。

四千数百万円か。サンボーの話とは少し額が違っている。当てにしていた自分の取り分が、それよりも少なくなるということだ。

ヨッサンが岩倉に訊いた。

「ほかには？」

「手提げ金庫の中だ」

「出せ」

岩倉が手提げ金庫を引っ張りだして、蓋《ふた》を開けた。バラの紙幣が数十枚入っていた。

ヨッサンに目で指示されたので、栗崎はその札束と紙幣を自分が肩に提げてきたダッフルバッグの中に突っ込んだ。

カチョーが岩倉に訊いた。

「ほかには？」

「現金はこれだけだ」

「時計とか、宝石とか」

「居間と、寝室に少しある」

「寝室はどこだ？」

「二階」

ヨッサンがハックに指示した。

「こいつの足も縛れ。口もふさげ」

ハックが言われたとおりにした。

その書斎と応接間の引き出しは、すべて引っ張りだして中身を床にぶちまけた。たいしたものは入っていなかった。

四人で居間に移った。

茶簞笥《ちゃだんす》の引き出しを開けると、眼鏡や時計がいくつも出てきた。時計は、直径が大きくて厚い、高級ブランド品ばかりだった。栗崎はその時計もバッグの中に放《ほう》り込んだ。

カチョーが栗崎に訊いた。

「時間は？」

栗崎は腕時計を見て答えた。

「四分」

「寝室を探す。ハックは、ここを見張れ。電話は無視だ」

ハックが言った。

「こいつ、猟銃持ってるぞ。どうする？」

「どうしてわかる？」

「シカの剝製がふたつ。応接室にはアシカだかトドだかの剝製もあった。鉄砲持った写真、見たろう？」

栗崎は写真には気がつかなかった。

「放っておけ」

「役に立つ。不足分の代わりになる」

「サンボーは何も言ってない」

「知らなかったんだ。タタキやったところに猟銃があるっていうのに、手をつけないのは馬鹿だ」

「放っておけって。寝室を見るぞ」

カチョーが廊下に出ていった。いましがた侵入するとき、廊下の途中に階段があったのは見ている。カチョーの次にヨッサンが、栗崎はしんがりで階段を上がった。踊り場にも、エゾシカのオスの剝製が飾ってあった。たしかに岩倉は狩猟好きで、猟銃も持っているのだろう。それもライフル銃を。散弾銃はどうだろうか。鳥の剝製は見ていないが、鳥はもっぱら食べることにしているのか。

二階には寝室が四室あった。岩倉と女房の広い寝室がひとつ。これは和室だ。それに客用かと思える寝室が三つ。洋室だ。子供用の寝室らしきものはない。子供が育ってから建てた家なのだろう。

夫婦の寝室のクロゼットと簞笥をあらためた。夫人ものの簞笥の引き出しには宝石類の入った箱がふたつあった。中身の価値を確かめる時間もないので、ざっとバッグの中にぶちまけてきた。

「十分だ」カチョーが言った。「引き揚げだ」

そのとき、階下から岩倉の悲鳴が聞こえた。短く、一瞬だ。岩倉の口には粘着テープを貼《は》ったはずだが、どうして悲鳴が？

階下へ降りると、書斎のほうからハックが出てきた。黒くて長い、練習用のゴルフクラブ入れのようなケースを肩にかけている。猟銃のソフトケースか？

「どうしたんだ？」とカチョーが訊いた。

ハックが答えた。

「散弾銃をいただいた。弾も」

「ライフルじゃなかったのか？」

「散弾銃のほうが使いやすい。おれがもらっていいよな」

「勝手にしろ。親爺《おやじ》は？」

「書斎だ」

カチョーが書斎に飛び込んでいった。栗崎たちも続いた。

岩倉が、書斎のロッカーの前で転がっている。頭の下に血溜《ちだ》まりができていた。血はどんどん広がっている。頭が鈍器で割られたようだ。

「何をやった？」とカチョーがハックに訊いた。

ハックが答えた。

「ロッカー開けるのを嫌がったんで、ちょっと痛めた」

「レンチぶち込んだのか？」

「軽くだ」

ヨッサンが岩倉を示して言った。

「この出血だぞ。へたすりゃ死ぬぞ」

カチョーが言った。

「タタキを、強盗殺人にしてしまったのか？」

ハックが切れたように言った。

「うるせえな！　ここまできたら、タタキも強盗殺人も一緒だろう。お前らだって、逃げ切れるわけじゃないんだぞ」

ヨッサンが言った。

「逃げるぞ。もうしょうない」

通用口から外に出て、ワゴン車に乗り込んだ。

門を出る前で町道の左右を確かめたが、町道にはさっき同様まったく車の通行はない。少し地霧が出ているようだ。ヘッドライトの先がぼんやりと白く濁っている。

窓を下ろして音を確かめたが、サイレンの音もしなかった。ヨッサンはワゴン車を急発進させると、町道を左手に折れた。北方向だ。

サンボーは、この仕事がうまくいったなら、栗崎たちには続いてまだ札幌周辺でいくつか仕事をあっせんするとも言っていた。やることになるかどうかはわからないが、とにかくいったんは北海道のもっとも人口密集地域である札幌方面で隠れることが正解だった。

カチョーがハックに訊いた。

「散弾銃なんて、持ち歩けるのか？」

ハックが得意そうに言った。

「鉄鋸《てつのこ》を買って、銃身と銃床を切る。鞄《かばん》に入れて持ち歩ける」

栗崎は思った。

こいつ、今後は自分ひとりでやる気でいるんだな。

この面子が解散となるのなら、賛成だった。もうこんなことは二度としたくない。とくにこのハックという若い男とは、絶対に関わりになりたくない。こいつは、ネジが一本か二本切れている。道理が伝わる相手じゃない。

それから栗崎は、苦笑して思った。

よそから見るなら、自分も十分に、切れてしまった男なのかもしれないが。

ワゴン車の中の空気は、どんどん重苦しくなっている。ひとりを除いて、みなこの割りのいい臨時仕事が失敗だったことを認めている。参加したことを後悔し始めている。同じ車の中にいる愚か者たちを呪《のろ》い始めている。

ワゴン車は、霧の出始めた夜の田舎道で、いまいましげに加速していた。

4

その午後、津久井卓巡査部長と滝本浩樹《たきもとひろき》巡査長の乗る機動捜査隊の覆面車両は、札幌市中央区の北三条通りを西へ、つまり札幌市中心方向に向かって走っているところだった。

機動捜査隊車両の巡回ルートのひとつであり、津久井たちの車は午後はこの中央区を巡回するよう指示されていたのだった。とくに非常事態や緊急配備がない場合の、平常の巡回だった。

覆面捜査車両の方面本部系無線機に、通信指令室から指示が入った。男性職員の声だ。

「機動捜査隊《きそう》七号、サッポロファクトリーで傷害事件発生。十四時十二分に最初の通報。十四分に施設管理室からの通報です」

パネルボードのデジタル時計は、十四時十五分だった。

通信指令室の職員は続けた。

「若い男が刃物を持って客の男性を切りつけ、人質を取って施設の中に立てこもった。急行してください」

通信指令室は当然、津久井たちの車の位置を把握した上で指示してきたのだった。たぶん機動捜査隊や地域課のパトカーの中ではもっとも現場に近い位置にいるのだろう。

津久井はマイクを手にオンスイッチを入れてから言った。

「七号車、いま北三条通り、厚生病院脇です。向かいます」

ここからサッポロファクトリーまで、五、六百メートルだ。二分で行ける。

津久井は運転する滝本に目で合図すると、自分でルーフの回転式警告灯の作動ボタンを押した。ふだんは車内の天井部分のでっぱりに格納されている警光灯は、ルーフの上に迫《せ》り出して、赤い灯を回転させる。滝本はサイレンを鳴らすと、捜査車両を右車線に移して加速した。中央車線上を走行中の一般車両が、すぐに進路を避《よ》け始めた。

滝本が正面を見たまま言った。

「ファクトリーで、いったい何でしょう？　家族連れも多い、健全な場所なのに」

「さあ。指令室にも、まだろくに情報も入っていないんだろう」

そこは、かつてのサッポロビール工場を再開発した商業施設だった。

赤レンガの古い建物が残り、ビール製造のためのさまざまな設備も残されている。敷地奥の、さして歴史的でもないし、改修するほどの価値があるとも思えない工場施設があった場所には、新しい建物ができた。ガラス天井の巨大な吹き抜けの空間もあって、レストランや小売店がこの吹き抜けの周辺に配されている。底面の広場部分ではさまざまなイベントが開かれる。生放送用の小さなステージもある。街路を挟んだ敷地には複合型の映画館やスーパーマーケット、屋内型の駐車場も併設されていた。札幌市民はわりあいよく行く。都心型のショッピングモールだ。

また通信指令室から指示が入った。

「傷害犯は、レンガ館の二階に人質を連れて逃げ込んでいます。サッポロファクトリーの西側正面の車寄せに向かってください。大通署地域課のパトカーも一台到着しています」

「犯人についての情報は？」

「錯綜《さくそう》しています。ひとり。若い男。切られたのはテレビのスタッフという情報も入りました」

余計わからなくなった。

サイレンを鳴らして現場に向かっている途中で、救急車とすれ違った。

もしかすると、これはサッポロファクトリーから被害者を搬送している救急車か？

こんどは機動捜査隊の隊内無線機から、班長の長正寺の声が聞こえてきた。

「被害者は腕と腹を切られて重傷だ。いま運ばれた。発砲、ためらうな」

「了解です」津久井は応答した。「犯人の目的は？」

「わからん。通り魔かもしれん」

「テレビのスタッフが被害者だとか。アイドルでもいたんですか？」

「いや。レギュラーの番組で、女性アナウンサーとスタッフだけだ」

「もうサッポロファクトリーの北側にかかりました。着きました」

「ヘッドセット使え。おれも向かってる」

「はい」

捜査車両は左へ回り込んで、この商業施設の言わば正面に当たる車寄せに着いた。パトカーが一台停まっている。

警備員の制服の男が、車寄せに入ろうとする車を追い払っていた。

車が停まると、津久井たちはヘッドセットを装着し、腰のホルスターから拳銃を抜き出して、実弾が装填《そうてん》されているかどうかを確かめた。

正面の玄関へと向かって行くと、地域課の制服巡査が近寄ってきて言った。

「中庭に、警備会社とテレビ局のスタッフがいます」

「被害者はひとり？」

「ええ。アトリウムの、仮設ステージの下で男と揉《も》みあって、切られました。いま救急車で運ばれていったところです」

「重態?」

「意識はあったそうです」

「原因は?」

「男が生放送中のステージに上がろうとしたんで、スタッフが止めたんです」

「それも、放送されたの?」

「いえ。さいわいそのシーンは、放送されていません」

「当面、ここは機動捜査隊が仕切ります。従業員や客を避難させてください」

津久井は半地下の通路を駆けて、その先にある中庭に出た。かつてのビール工場であった時期に使われていた煙突が立っている。その中庭の先が、ガラスの天井のある商業施設だ。

客の姿はない。警備員が四、五人、携帯電話を耳に当てて、右往左往している。

「警察です」と津久井は煙突の横を奥へと進んだ。「警備の責任者は」

制服の男と、スーツの男、それに派手なジャケットを着た男が三人、津久井たちのそばにやってきた。

制服の男は、サッポロファクトリーの警備を受託している警備会社の現場責任者だった。スーツの男は、サッポロファクトリーを所有する企業の責任者で、派手なジャケットの男は、地元のテレビ局のディレクターとのことだった。

津久井は、警備会社の責任者に訊いた。

「ひとりを切りつけた男は、いまどこにいるんです？」

その責任者は、津久井の後ろの赤レンガの建物を指さして言った。

「その二階のどこかです」

「人質がいるとか」

「うちの警備員に追いかけられて、そっちへ逃げ込んだときに、女の子を引っ張っていった」

「女の子？」

「小学校高学年かな」

「切られていない？」

「悲鳴を上げていたけど」

「ひとりだったんですか？」

「母親と一緒。母親は事務所にいます」

「どんな男なんです？」

「キャップをかぶっていた。ジーパンに黒いTシャツ。マスクをしていたから、歳《とし》はよくわからない。わりあい若いと思う。リュックサックを背負っていた。アトリウムに入ってきたとき、警備のひとりが、ひと目見て不審者なんで目を離さないようにしていた」

「どう不審だったんです？」

「ぶつぶつ言っていたとか。薬をやっているんじゃないかと警備員は思ったそうです」

派手なジャケットの男が言った。

「うちが生放送中で、女の子がステージの上で、きょうのイベントについて話しているところだった。その男がステージの下に来て女の子を見上げているんで、危ない男かもしれないと思っていたら、ステージに上がってきた」

「刃物を持って？」

「いや、何か大声で言いながら。スタッフのひとりが止めようとして揉み合いになって、そしたら男がナイフを持ち出して振り回し、もう騒然となった」

「大声で何を言っていたんです？」

「バカヤローとか、違うだろ、とか、わけがわかんないことです」

警備会社の男が言った。

「うちの警備員は特殊警棒を抜いて止めようとした。そしたら、テレビ局のひとが倒れたんで、そっちのひとを守る態勢になって」

「それから犯人は？」

「ナイフを振り回しているんで、客も関係者も大騒ぎになってぱっと逃げて。その男はマイクを使おうとしたり、放送機材をいじったりしていた。上の階から応援がひとり来たところで、男は中庭に逃げていって」警備の責任者は煙突の脇にある建物の出入り口を指さした。「ここにいた女の子の襟をつかんで引きずって、その建物の中に入っていった」

「中はいまは？」

「館内放送で、店員も客も避難するように言っています。二階の店舗からは大部分避難したと思うんですが」

「犯人たちの居場所はわからないんですね？」

「わかりません」

そのとき、犯人が入っていったという出入り口から数名の女性たちが飛び出してきた。悲鳴を上げながらだった。

津久井たちはその女性たちに駆け寄った。

「警察です。無事ですか？」

出てきたのは、四人だった。さっと警備員たちが囲んで、入り口の死角になる位置へと誘導した。

中年の、エプロンをつけた店員のような服装の女性が、荒く息を吐《つ》きながら言った。

「男が、刃物、振り回してる。館内放送で逃げてきたの」

「怪我人は？」

「いないと思う。女の子が、連れられていった」

「どこに？」

「奥の、土産物屋の事務所に。ホワイトナイトって店の」

その女性は、正面入り口にあたるレンガの建物の二階を指さした。

津久井はもう一度、警備の責任者に訊いた。

「その女の子の保護者は？」

責任者は、施設の北側の建物を示した。

「母親が、事務所です」

津久井は滝本に、この場にいてくれと頼んでから、責任者とともに事務所に向かった。

応接セットの椅子に、三十代の女性が腰を下ろしている。ハンカチを握りしめていた。

「警察です」と、津久井はその女性に近づきながら言った。

「どうなります」と、その母親は、腰を浮かしながら訊いてきた。「助けてくれるんですよね？」

「もう安心です。ふたつみっつ教えてください」

「はい？」と、声は震えている。

「娘さんは、おいくつです？」

「十歳、小学四年です」

「名前を教えてください」

「娘の名ですね？」北川《きたがわ》亜弥《あや》、と母親は言った。

「服装は？」

「白っぽいジャケットに、黄色のスパッツです。髪はボブです」

ポーチを肩からさげているとのことだった。

「連れて行かれるとき、怪我はしました？」

「わかりません。切りつけられてはいないと思います。あの男は、亜弥の襟首をつかんで連れて行ったんです」

「身体に、何か特別なことはありますか?」

「たとえば?」

「持病薬を飲む時間が決まっているとか。おしっこが近いとか」

「ええ」母親は苦しげな目となった。「軽いパニック障害と診断されています。異常なことが起こると、泣き叫ぶことがあります。きょうも登校を嫌がったんで、学校は休ませたんです」

「異常なことと言うと」

「ひとりになるとか、慣れないことが起こるとかです」

「泣き叫ぶほかに、どんな症状が出ます?」

「小さいときは、息が苦しそうになって、身震いしました。腰が抜けた状態にもなりました」

「何か異常が起こると、すぐにですか?」

「突然起こって、わたしが抱いていても、十分以上続きます」

津久井は警備の責任者に訊いた。

「連れて行かれたのは、正確には何分前でした?」

責任者は腕時計を見て言った。

「八分か九分です」

母親がすがるように言った。

「早く助けてください。亜弥は、自分がパニックになることも怖がっているんです。このところ、コロナにかかることも、怯《おび》えるくらいに心配していました」

「まかせてください」

津久井は中庭に戻ると、巨大煙突の脇に立つ滝本に言った。

「時間はかけられない。子供はパニック障害気味だ」

「というと?」

「たぶん大泣きする。悲鳴を上げる。男を刺激する」

滝本は理解したようだ。うなずいて言った。

「応援を待たないんですね?」

「時間は味方にならない」

「いまテレビの関係者にも聞きましたが、男のやってることがわかりません。何か要求したわけでもない。女の子をどうしようとしているのかもわからない」

「自分でもわかっていないだろう。本人自身がパニックなのかもしれない」

「中の様子も、もう少し詳しく聞きました。こっちと、新館の渡り廊下を通っても、二階に上がれます。レンガの建物の中にも、階段」

「二手に分かれよう。女の子の救出最優先だ」

津久井はヘッドセットの操作ボタンを押した。滝本も自分のヘッドセットのボタンをオンにした。

津久井は班長の長正寺に言った。

「人質になった小学生、パニック障害気味だそうです。傷害犯が切れる心配があります」

ノイズ混じりに、長正寺の声が聞こえた。

「いま一台が四丁目を渡るところだ。応援を待てないか」

「一分の猶予もないと思います。居場所はわかっています。所持しているのは、刃物です。滝本とふたりでやります」

長正寺は、バカ野郎、と言ってから、続けた。

「やれ。おれの指示だ」

「発砲許可を」

「許可する。ただし、無力にするだけだ」

「了解です」

ヘッドセットはオンにしたままにした。これからのことはすべて長正寺の耳にも入れておかねばならない。

やりとりを聞いていた滝本が訊いた。

「おれは渡り廊下ですか?」

「ああ。おれが交渉する。お前に背を向けさせる」

「できるだけ近くまで行きます」

「最悪の場合、女の子を解放させて、おれが人質になる」

津久井は自分の拳銃を取り出した。38口径のS&W社のリボルバー、M360エアライトだ。

シリンダーから五発の弾をすべて抜き出してポケットに入れてから、吊《つ》り紐《ひも》のフックをはずし、右手に持ち直した。

滝本が、津久井のやることを理解した目でうなずいた。

「まかせてください」

津久井は滝本を渡り廊下側の入り口に向かわせてから、自分は正面入り口側のレンガの建物へと大股《おおまた》に歩いた。


小島百合は、自分のデスクのＰＣで、昨日の女子高生が携帯電話を奪われた一件の報告を読み直していた。

班長とも相談し、刑事事件としては処理していない。奪っていったという若い女が、被害者の知り合いの知り合いらしいということもあって、少年事件としてなんとか解決したかったのだ。被害者もとくに怪我はしていなかったのだし。加害者が特定できれば、小島はすることをする。

被害者が奪われたのはスマートフォン。少女は、紛失のときのための位置情報アプリを入れておらず、パソコンも持っていない。スマートフォンがどこにあるか、場所を突き止めることは不可能だ。もし捨てられているようなら、拾われて届けられるのを待つしかない。

暗証番号を聞き出していったというから、換金目的とは違うような印象を受ける。半日、通話に使いたかったか。引き出せる限度まで現金を出したかった、あるいは換金性の高い商品を購入するつもりだったか。どうであれ、クレジットカードを奪ったのとは違う。カネが目的であったとしても、大金ではない。女子高生が携帯で引き出せる程度の額、保護者が許している程度の額で十分だったのだ。

となれば、スマホそのものは、被害者の友人なりを通じて、案外早めに本人のもとに戻ってくるかもしれない。使われた額については、保護者に弁済を求めることで解決する。

ごく当たり前の処理としてはだ。

被害者の女子高生、内野《うちの》陽菜《ひな》は、きょう学校が終わったあたりの時刻で、小島に電話してくれることになっている。スマホが返されて、とくにおカネの被害がないようであれば、陽菜は事件にはしたくないという意味のことを言っていた。でも小島としては、この事案を記録には残しておきたい。奪っていった若い女や、その女とグルの駅前通りのワルに、それ以上犯罪の常習性向を強めさせないためにもだ。

電話で、たとえスマホが戻ってきたと報告された場合でも、事案としての記録に協力を頼むつもりでいる。大通警察署に来てもらうつもりだった。

時計を見た。

午後一時三十分だった。まだランチを食べていない。きょうは制服を着ているから、庁舎内の食堂で食べることになる。

立ち上がろうとしたときに、携帯電話に着信があった。

ショートメッセージ。

いまいいですか？

発信人は、ボランティア・グループを主宰している女性、山崎美知《やまざきみち》からだ。経済的に困窮した り暴力被害に遭っている女性を救うための緊急避難所を運営している。そこは相談所にもなる喫茶店の形式を取っていた。「キズナ・カフェ」という喫茶店だ。

より緊急性の高い困窮女性、とくに若い女性のために、薄野の歓楽街にはカフェ兼用のバスを出していた。そのバスは、薄野の風俗業関係者から嫌われている。自分たちがカネを先渡しして囲いこんでしまう前に、女性たちを保護してしまうからだ。

小島は、電話した。

「小島さん？」と、相手は少し緊張した声で言った。「ひとつ助けてもらえませんか」

言葉の調子はていねいだ。最初に仕事で会ったときのような敵意は感じられなかった。

「警察にできることなら」

「うちのキズナ・バスが、このところ目の仇《かたき》にされているのはご存じですか？」

「カフェじゃなく」

「カフェもだけど、バスも」

「札幌市からの補助金の件？」

キズナ・カフェは、札幌市の若年被害女性支援事業の認定を受け、活動に補助金が出ている。そのことを市議会で問題にする政党が出て、それ以来、その政党の支持者たちなのか、一部の男性のグループから嫌がらせを受けるようになっているとは耳にしていた。キズナ・カフェの活動内容が、札幌市の事業の主旨から逸脱しているというものだ。経理報告もしないまま、補助金を勝手に使っているとネットで攻撃されている。もちろん嘘《うそ》であり、でたらめな宣伝だ。

「そうなんです」山崎美知が言った。「不正受給だと言い張って、どう反論しても聞く耳を持たない。このところ、バスに対しても、嫌がらせが始まっているんです」

「乗り込んでくるの?」

「いいえ。あのキズナ・バスは夜に薄野を駐車場所を変えながら回っているんだけど、先週あたりからそのバスを何人かの男たちが取り巻くんです」

「乗車を妨害する?」

「いいえ。バスのまわりをうろうろするだけ。そしてバスに乗る女性や降りる女性の顔をスマホで撮る。そういう男がいると、乗りたくても乗れない女性がいるんです」

「具体的に何か」と言いかけて、小島は言葉を切った。「いまバスはどこ?」

「これから出るんですけど、十五分後には、南五条通り、西二。北側」

「何ができるかわからないけど、とにかくミニパトを持っていく。詳しく話を聞かせて」

「パトカーを、バスのそばに停めます?」

「ええ。男たちを牽制《けんせい》するつもりだけど」

「あの」山崎は少し言いにくそうな声となった。「小島さんが乗っていても、ミニパトでも、パトカーはわたしたちが助けようとしている女の子たちにとって、男なんです」

「あ」意味はわかった。「少し離して停める」

隣りのデスクで、同僚の吉村俊也《よしむらとしや》巡査部長が立ち上がった。

「行きましょう」

「ありがとう」小島は礼を言ってから訊いた。「キズナ・バス、覚えてる？」

「もちろんですよ」

釧路《くしろ》の家出少女を保護するとき、キズナ・カフェとは少し接触ができた。あのときは、ベトナム人技能実習生を救い出すためにも、山崎たちには少し世話になっている。吉村も、そのあたりのことは知っていた。あの時期、彼と一緒にミニパトに乗っていたのだ。

「何かトラブルでも？」

「このところ、あのバスに女の子が近づくことまで、妨害されているそうなの。そっちの業界の男たちだろうか？」

彼は風俗営業の許認可を担当していた時期があって、薄野の風俗営業の情報にも詳しいのだ。

「いや」と吉村は首を振った。「風俗店のオーナーなんかは嫌がっているのは確かですけど、妨害まではしないでしょう。何か通報が？」

「キズナ・カフェの山崎さんから。バスの周囲をうろつかれるんで、女の子が乗って来られない状態だそうなの」

吉村はため息のような声を出した。

「何が気に入らないんでしょうかね」

「女性が、男社会に楯突いていると見えるのかな？」

「よくわかりませんが、女性嫌いは確かでしょうね」

小島たちは、大通署の地下の駐車場でミニパトカーに乗り、西五丁目通りへと出た。山崎の言っていた南五条通りには、大通公園の中を通り過ぎて行くことになる。

南五条通りは、風俗営業が認められた薄野地区の中にある。西四丁目通りが、薄野を南北に走るメインストリートだから、西二丁目というのはそこから約二百メートル東に外れていることになる。少しだけ飲食店の集積具合も薄い。別の言い方をすると、警邏《けいら》している道警の警察官の姿も少なくなる場所ということだ。

小島たちは南五条通りを東に進んで、屋内型アミューズメント・センターの前にキズナ・バスが停まっているのを見た。そのバスを四人か五人の男が囲むようにうろついている。ひとりは迷彩模様のTシャツを着た若い男で、あとの男たちは、四十代くらいか。服装からは、ホワイトカラーではないとわかるだけだ。カジュアルな服装で、職業は不詳だった。

そのうちのひとりが、胸の前で厚紙のようなものを掲げている。横を通り過ぎるとき、文面が見えた。

「不正受給やめろ！」

「経理公開せよ！」

通り過ぎてから、吉村が言った。

「あれじゃ、女の子はバスに乗れませんね。不正受給がほんとかどうか知りませんけど、女性を女性が助ける活動が許せないんですかね」

　小島は訊いた。

「ああいう男性の心理、わかる？」

「いえ。だけど、男尊女卑の地方だと、女性が何か声を上げるだけで、ぶち切れる男たちっているみたいですね」

「たしかに年寄りにはいるね。だけど、若い男でそういうのは、結婚するんだろうか？　結婚できないんで、女を憎むのかもしれない」

　次の交差点を曲がったところで、吉村はミニパトを停めた。

　降りようと小島がドアレバーに手をかけると、吉村が言った。

「いま、中にひとり、気になる男がいました。地下鉄大通駅のぶつかり男で、被害届けが出ています」

「誰か特定されているの？」

「いいえ。監視カメラの映像だけです。それに目撃していた利用客のスマホ映像も提供されています。わたしも見当たりでしばらく大通駅に立ったんですが」

「大通駅には、そいつはいた？」

「似た男は。だけど犯罪の現場には遭遇していません」

「同定できるものは、何？」

「黒いショルダーバッグ。バッグの横に金属のジャラジャラしたキーホルダーをつけてます」

「それだけ?」

「目立ちますよ」

「どんなキーホルダーなの?」

「耳みたいな形のカラビナに、金属製のキーホルダーをいろいろ下げてるんです。車のエンブレムとか、認識票型とか。手裏剣型もあったそうです」

「それって、ほとんど凶器じゃないの?」

「刃はついていないんでしょうが、一部が欠けているんです。コートなんかが引っかかると破けます」

その場合、適用できる法律はなんだろう。体当たりだけでも、暴行罪は成立する。鋭い金属片をわざとぶつけて衣類を裂いた場合にも、暴行罪は適用されたはず。怪我をした場合は傷害罪。ぶつかるとき女性にさわっていれば、軽犯罪法違反だ。ほうぼうの県警で実際に逮捕事例があったはずだ。北海道迷惑防止条例も適用できるかも知れない。

「吉村さんが見当たりに出たときは、何罪で逮捕の予定だった?」

「傷害罪でしたよ。被害者はひとりじゃなかったし」

「逮捕できていないのね?」

「ぴたりとラッシュ時には現れなくなったんです」

小島はドアを押し開けた。

佐伯が一時間遅刻して刑事三課のフロアに入ると、新宮が自分のデスクのモニターを見つめているところだった。

佐伯はそのモニターを覗き込んだ。

最近の自動車盗難事件の被害届が映っている。

昨日は大通署管内で、ワゴン車の盗難があった。設備業者の社用車だ。盗難届は管内の北一条東交番に出ている。

佐伯と新宮は、昨日は届けがあってすぐに盗難現場に行き、その場で仕事中だった業者の主任だという男から話を聞いていた。グレーの作業服を着た中年男だ。主任で、名は大野《おおの》という。五十代だ。

佐伯たちが警察手帳を見せて事情を聞こうとすると、大野はキツネにつままれたような顔で話してくれたのだった。

盗まれたのは、十五年落ちの、ワゴン・タイプの商用車だ。設備工務店の社用車で、中には作業用の工具類や消耗品などが積まれていた。ボディには、菅原《すがわら》設備工業、と社名がペイントされているという。

ロックは、電子式。しかし、盗まれたとき、キーはダッシュボードの上に置かれていたとのことだった。

盗難の現場は、北二条の東八丁目。再開発の遅れた一角で、まだ古い一戸建ての住宅や商店が残っている。更地も多いところだ。そこで小さな五階建てのビルの工事が始まり、設備業者の社長は、施工業者との打ち合わせのために、ふたりの社員を現場に向かわせた。大野と、二十代の若い作業員だ。

短時間の打ち合わせの予定だったので、大野たちは現場の私道部分にそのワゴン車を停めた。それから、工事の現場事務所であるコンテナハウスの中に入った。中での打ち合わせは、予想外に時間がかかった。四十分ほどしてコンテナハウスから出てみると、停めておいたワゴン車は消えていた。

大野は、不思議がっていた。

なんであんなボロ車を持っていくんだと。

まさか盗まれるとは思っていなかったので、キーは車の中に入れていた。

工事現場の関係者がちょっと拝借したということはないだろうか、とも佐伯は考えた。工事現場となる土地の私道に駐車していたのであれば、工事関係者が逆に、やむにやまれぬ事情で無断で借り出したという可能性もないではない。車の盗難の通報の場合、二十件に一件程度は、運転者が停めた場所を勘違いしていたり、身近な者が使っているケースなのだ。

この場合、業者のふたりの男が確言した。それはない、と。

佐伯は、窃盗事件と断定するには、多少の時間が必要だと判断した。数時間待ってもいいと。工事現場の私道部分に駐車しているときに消えたのだ。盗難がはっきりしたときは、占有離脱物横領罪ではなく、明快に窃盗罪となる。

中にはどんな荷物があったか、と佐伯は大野に訊いた。車を換金するのではなく、積み荷のほうが狙《ねら》いであったのかもしれない。

工具やら何かやらだけです、と大野は答えた。換金することもできないような品々とのことだった。また、作業員も運ぶので、中はかなり汚れていた。

大野は、見るからに堅気の技能士ふうで、何か危ない副業を持っていそうな男ではなかった。禁制品を積んだり、使ったりはしていまい。

ＥＴＣ車載器は当然装備している。ＥＴＣカードが、もしかするともっとも金目のものだったかもしれない、と大野は言った。交番でも、カードの紛失届を出すように勧められたので出した、とのことだった。

一応、どういう工具を積んでいたのか、名前だけは聞いてみた。

スコップ、ツルハシ、掛け矢、設備機器の設置・組立て等に使う工具、レンチ各種、締め具、パイプバイス、脚つきバイス、真空ポンプ、リジッドケーブル、ホース類、作業用手袋、雨合羽《あまがっぱ》、ゴム長靴、安全靴、粘着テープ、結束バンド……。

そうした品だった。新宮がこれを書き留めた。どれも、古物商に売ったところで、たいした金額にはならないものばかりとのことだった。設備業者がそっくり使うというのなら別であるが。

交番から、すでに本部の通信指令室に、盗難の手配依頼がいっていた。さらに本部交通課への照会依頼も。

佐伯は、案外早く、そのワゴン車が戻ってくるなり、見つかるなりするのではないかと考えた。車の盗難事案をこの数年でずいぶん扱ってきた経験からの判断だった。

新宮が言った。

「けっきょく昨日は、とうとうワゴン車は出てきていませんね」

佐伯は、自分の判断が誤りであったことを認めた。

「十五年落ちの商用車ということで、犯罪性はないと思ってしまったが」

「まだ、事件性を確信できません」

「昨日は、押し込みなんて起こっていないよな？」

「管内、何も入ってきていませんね。どうしてです？」

「きょうまで車が出てこないとなると、積んであったもろもろが気になってきた」

「たとえば？」

「掛け矢、レンチやらなにやら、粘着テープ、結束バンド」

「こういう業種では、当たり前のものですが」

佐伯の携帯電話が振動した。

佐伯は上着の胸ポケットから携帯電話を取り出した。

モニターに、発信者名。

竹下《たけした》（管理組合）。

集合住宅の管理組合の理事長からだった。

ひやりとするものがあった。

「佐伯です」

「佐伯さん」と、竹下が少し動揺した声で言った。「お父さんが、運ばれた。わたしが一一九番した」

「え」

「病院。いま救急車が来ていった。わたしが、預かっている鍵でドアを開けた」

「親父が倒れたんですか?」

「火災報知器が鳴ったんだ。ドアが開かないんで鍵を使って開けたら、お父さんが少し火傷《やけど》をしていた」

恐れていた事態だ。新宮が見つめてくる。彼は、何が起こったか察したか。

「ボヤですか?」

「いや、お湯を沸かそうとして、IHヒーターが過熱した。それで非常ベルが鳴った。お父さんはあわててヤカンをひっくり返して、足と手に火傷したんだ」

あのIHヒーターは、最新型ではなかった。いまの製品では、過熱の場合、自動的に電源がオフとなる。佐伯の部屋のヒーターは、空焚《からだ》きしてしまったような場合、非常ベルが鳴るのだ。しかし、空焚きなら、ヤカンにはお湯は入っていないのでは?

その疑問は口にしなかった。とにかく事実として、父は救急車で運ばれたのだ。

「病院はどこです。わかりますか?」

「南郷《なんごう》総合病院に行くと、救急隊員は言っていた。火傷の程度はわからない」

「消防車は？」

「火は出ていなかったんで、火災の通報はしていない。ただ、一応確認には来るだろう」竹下の声がいったん途切れた。「あ、消防車のサイレンだ」

「親父が運ばれた時間は、どのくらい前です？」

「たったいま、救急車が出ていったところだ」

「わたしは、病院に向かってかまいませんか？」

「そうしてやってくれ。消防車には応対しておく。鍵はかけておくよ」

「ご迷惑おかけしました」

「なあに、お互いさまだ」

いったん通話を切った。

佐伯は新宮に言った。

「親父が、ヤカンをひっくり返したらしい。救急車で運ばれた。火事じゃない」

「わたしが、マンションのほうに行きましょうか」

「おれのプライベートなことだ。仕事を続けてくれ」

佐伯はもう一度携帯電話を握り直すと、妹に電話した。

「お父さんが？」と、妹の浩美が驚いた声を出した。

「火傷をしたらしい。いま南郷総合病院に運ばれた。そっちに行く。着いて医者の話を聞いたら、また電話する」

「どの程度の？」

「そんなに重くはないだろう。非常ベルが鳴ったんで、管理組合の理事長が中に入ってくれた」

「わたしも行こうか？」

「電話を待ってくれ」

妹は、札幌から車で四十分ほどの岩見沢という町に住んでいる。佐伯の生家のある町だ。妹はとうに結婚して、子供もいた。同じ町内に住んでいるということで、父親の老衰が進行してきてからは、しばらくは通って世話をしていた。

係長の伊藤がデスクに戻ってきた。佐伯は伊藤に事情をさっと話した。

「おお」伊藤はうなずいた。「早退でいい。行け。あとは新宮にまかせろ」

自分のデスクに戻ると、新宮が固定電話の受話器を戻したところだった。

「盗まれたワゴン車、交通課に届けが出ました。南二条東一丁目の中通りに放置。違法駐車で交通課に見つかったそうです」

盗難現場と発見場所が近い。

佐伯は、積み荷のリストをまた思い起こした。車が狙いではなかったのなら、やはり窃盗犯は積み荷の中に何か欲しいものがあったということではないのか。専門工具店やホームセンターでは買うことを避けて、てっとり早く設備工務店の車を狙った。それはつまり、何かしら犯罪の下準備を想像させる。

「現場、お前ひとりにまかせていいか？」

「全然かまいません」

「鑑識と一緒に行け」見つかりました、と被害者に連絡して終わる一件ではないように思えてきた。とくに強い根拠があるわけではないけれども。「周辺のＮシステム、チェックが必要かもしれない。とにかく、現場に」

「はい」

「菅原設備工業にも連絡して、積んでいるものを一点ずつ確認してもらうんだ。さっき言った掛け矢とか結束バンドがなくなっていないか。それから、周辺の監視カメラのチェックだ」

出て行こうとすると、伊藤が呼び止めた。

「佐伯、早退前に一応耳に入れておいてくれ」

立ち止まって振り返ると、伊藤も固定電話の受話器を戻したところだった。彼はフロアにいる職員たちの顔を見回してから続けた。

「厚真《あつま》で強盗殺人だ」

フロアにいる職員たちはみな伊藤を見た。

伊藤が続けた。

「苫小牧署に、捜査本部ができる」

佐伯は訊いた。

「詳しいことは？」

「まだ何も。早退していいぞ、親父さんのことを、最優先にしろ」

佐伯は頭を下げてから、新宮に言った。

「鑑識。そして監視カメラ」

「はい」と新宮。

佐伯はフロアを出た。


階段を上りきると、フロアの奥から子供の泣き声が聞こえている。激しく泣きじゃくっていた。男の怒鳴る声もする。

「うるせえ！　静かにしろ！　泣くなって！」

甲高い声だ。

レンガ造りの、かつてのビール工場のごく初期の建物を改装したビルだ。四階建てで、一階はビール樽《だる》の倉庫があった。ボールト天井の空間があって、いまはビアホールとなっている。建物全体はつい最近まで、耐震工事がおこなわれていたはず。

二階には、いくつもの小売店が入っている。ファッション関連の店は、アトリウムのある新館のほうに入っているが、こちらのレンガの建物のほうには、土産物屋や雑貨店が多かった。細かく仕切られている。

もう二階の店員たちはあらかた避難したようだ。人影はない。三階、四階も、警備室からの通報で、空になっているだろう。少なくとも、身をさらしている店員はいないのではないか。

泣き声は、その二階のもっとも奥のほうから聞こえてくる。

どこかに、二階のフロア平面図はないだろうかと津久井は周囲を見渡した。

階段の正面の壁に、数枚、札幌市の観光ポスターが貼ってある。大通公園。薄野。旭山《あさひやま》公園。その横に、今年のサッポロ・シティ・ジャズのポスター。

フロア案内があった。

ホワイトナイトという店は、もっとも奥か。その事務所に入ったと聞いたが、泣き声は大きくクリアに聞こえる。事務所に入ったはいいが、逃げ口がないとでも知って、また店のほうに出てきたのか。

泣き声は間欠的だった。過呼吸で息が苦しくなるのか、ときおり泣き声はやむ。それが、パニック体質の女の子にとってよいことなのか、深刻なことなのか、津久井はよくわからなかった。いずれにせよ、拉致犯がいらだつのはわかる。

いま泣き声がするのは、フロアのもっとも奥の、土産物が並ぶあたりか。わりあい広いスペースを持った小売店がある。

階段の前から奥へと進み出すと、右手の共有廊下の奥に滝本の姿が見えた。拳銃を両手で構えている。

津久井は、奥へ、と滝本に指示した。

それから、立ち止まって、大声で奥にいるはずの男に言った。

「兄さん、警察だ。あんたの前に出ていくから、女の子を放してくれ」

ひと呼吸するあいだ、何も反応はなかった。

津久井はまた言った。

「兄さん、警察だ」

大声で返事があった。

「うるせえ、来るな、バカ野郎！」

その大声に驚いたか、女の子がいっそう激しく泣きだした。

「兄さん、落ち着いてくれ。言うことは聞くから、女の子を放してくれ。あんたの目の前に出ていく」

「だから何を聞くって言うんだ？」

「欲しいものを言ってくれ。何だ？　カネか？」

「カネなんていらねえ」

「欲しいものはあるだろう」

「何をよこすって言うんだ？」

何を要求すべきか考え始めたようだ。かすかに声が落ち着いたか？

津久井は、つとめて話のわかる交渉人を装った声を出した。

「おれがいま手配できるものだ。女の子と交換しよう。だけど、ヘリコプターなんて言われても、無理だからな」

津久井は拳銃を持った右手を掲げると、ゆっくりとホワイトナイトの店のほうに歩き出した。靴音が、ハードウッドの床に大きく響いた。それに気づいて、津久井はむしろはっきりと靴音を立てて歩き出した。

「どこにいる？　声を出してくれ」

壁のない売り場の外端まで来た。奥のレジ台の後ろに、男と女の子が見えた。男は女の子の首にナイフを近づけている。艶消しの、黒っぽいサバイバル・ナイフと見えた。

キャップをかぶっていて、マスクをしていた。表情はよくわからないが、目の光は強い。興奮している。薬をやっているかどうかはわからないが、アドレナリンの分泌はひとの平常値の数倍だろう。俗説に従った表現しかできないが。

津久井は身体をさらしてから、男に言った。

「兄さん、女の子を放してくれ。邪魔だろう？」

男が言った。

「お前、それピストルか？」

津久井が右手に掲げる拳銃を認めた。

「そうだ」

「きちんと見せろ。こっちによこせ」

「ピストルを渡したら、女の子を放してくれるのか？」

「お前がここに来い。テレビ局を呼べ。お前の後ろに、立たせろ」

「テレビ局？」

「カメラマンだ。カメラマンを呼べ」

そういうことか。津久井は納得した。彼の求めているものは、脚光だ。承認されたいという欲求が満たされることだ。

「兄さんの名前は？　テレビ局には、名前も伝えてやる」

「うるせえ」

「ニュースには、名前も出たほうがいいだろう。正確な漢字で」

「ヒラオカジュンだ」

平岡潤と書くのだという。

津久井は、自分が小型のマイクでも手に持っているかのように装い、隊内無線の向こう側で津久井のやりとりを聞いているはずの長正寺に言った。

「テレビ局のカメラマンを、ここにいる平岡の要求です。ここによこしてください」

長正寺が呆《あき》れたように言った。

「自分を映せってか。全国放送がいいのか？」

「はい。そうです。至急、レンガ館の二階、ホワイトナイトって土産物屋までよこしてください」

「機《き》動《そう》捜査隊に、そんな権限があるか」

「ここにいるんです。現場を取材させてやると言えば」津久井は男を見た。「平岡は、女の子を解放してくれると思います」

「わかった。いま応援が着く。カメラを持たせて、お前の後ろにやる」

津久井はまた平岡に言った。

「来るそうだ。お前を取材する。さ、放してくれ」

「ピストルをよこせ」

「渡す。取りに来い」

「その手は食わない。手錠は持ってるのか？」

「持っている」

「自分でそれをかけろ」

「ピストルはどうするんだ？」

「もっとこっちに近寄れ。両手を上げて、出てこい」

津久井は、売り場の中の通路に出た。平岡のいる場所と自分とのあいだには、レジの台があるだけだ。距離は六、七メートルばかりか。平岡と女の子はそのレジ台の後ろだった。津久井は、男の汗の匂《にお》いを感じたように思った。やつも激しいストレスのもとにいる。もしかしたら、女の子は失禁しているかもしれない。

もう自分に残された時間はあまりないと津久井は判断した。男とは交渉すらできなくなる。そうなると、まずい。言葉が通じなくなる。

視界の端で、滝本が共有の廊下をさっと渡ったのがわかった。靴を脱いでいる。滝本は、ホワイトナイトのレジ台を真横に見る位置に動こうとしている。

平岡が言った。

「ピストルをよこせ」

「放ったら、暴発する」

「床に置け」

「女の子を放してくれ」

「ピストルを置いて、自分で両手に手錠をかけてこっちに来い。テレビ局が来たら、放してやる」

「テレビ局が来るまで、時間がかかる。女の子がそれだけ泣いているんだ。放してやれ。ピストルは置く」

平岡は拒まなかった。

津久井は拳銃を頭の横にかざした。銃口を男には向けず、シルエットがわかるように。

「床に置くぞ」

返事がなかったが、津久井は二歩前に出てしゃがみ、拳銃を床に置いた。いま互いの距離は四メートルくらいか。

平岡は床に置かれたピストルを凝視している。これを手にすれば、お前の持つ力は数倍に強まる。武器としての威力は、刃物の比ではないぞ。

「女の子を放してくれ」

「テレビ局はどうなった?」

津久井は立ち上がってから、また長正寺に言った。

「テレビ局のカメラは?」そのあとも長正寺の返事を待たずに芝居した。「階段まで? 来ているんですか? いや、ゆっくりと入ってきてください。興奮させないように。ホワイトナイトのレジのところにいます」

「来るのか?」と、平岡が訊いた。

「来ている。女の子に刃物を突きつけているのは、絵にならない。いい絵面じゃない。放送されないぞ。放してやってくれ」

「手錠をかけろ。両手に」

「放すんだな?」

「ああ」

女の子は、そのやりとりが理解できたのかどうか、またひとしきり大きく泣き始めた。

津久井はもう一度腰のベルトに手を伸ばし、手錠を取り出してから、ゆっくりと自分の左の手首に手錠を当てた。銀色の円弧がぐるりと回転し、カチャリという音を立てて左手首にかかった。

平岡は津久井を見つめている。

「こっちにもかける。放してくれ」

「先にかけろ」

津久井は左手で、右の手首に手錠をかけた。その両手を平岡に向けると、平岡は言った。

「こっちに来い。そっちの売り場との横に立て」

レジの前の通路から離れることになる。しかたがなかった。自分のいる場所から、滝本が見えた。平岡からは死角になる位置だ。

津久井は指示された場所に歩いた。

平岡は津久井と床の拳銃を交互に見てから、女の子の背を突くようにして、レジ台の後ろから通路に出てきた。

平岡は左右を用心深く眺めてから、拳銃の前にしゃがんだ。左手は、女の子のジャケットの襟首から裾《すそ》へと移った。

「放してやれ」と津久井は言った。「もうテレビ局が来るぞ」

平岡は放さない。拳銃を取り上げることもためらっている。

「女の子を放して、おれにピストルを突きつけろ。刑事をいたぶっているところが、全国放送で流れるんだ。そっちのほうが、格好いいだろう」

返事がない。その情景を思い描いているのか。

平岡はようやく拳銃に手を伸ばした。右手に握っていたナイフを床に置くと、代わりに拳銃を持ち上げたのだ。

「放してやれ」

平岡は左手を放して、女の子を小突いた。

津久井は女の子に言った。

「お母さんが待ってる。店を出なさい」

女の子はとまどいながら、よろよろと通路を進み、共有廊下部分に出た。

津久井はもう一度声をかけた。

「階段がそっちにあるよ。走っていって」

女の子は泣きやんで駆け出した。津久井たちのいる場所から、女の子の姿が見えなくなった。

平岡が右手に拳銃を握り、ナイフを左手に持って立ち上がった。表情はどこか不審そうだ。

滝本が壁の陰から、拳銃を両手で構えて出てきた。平岡の真横だ。あいだにショーケースを挟んでほんの三メートルほどの距離だ。

「拳銃を置け」と滝本が命じた。

平岡は横を向きつつ、滝本に拳銃を向けて引き金を引いた。カチリと虚《むな》しい金属音が響いた。

平岡は瞬きしながらまた引いた。同じことだった。カチリという音。

平岡は津久井のほうを振り返った。

「汚ねえぞ！」

そうだろうか、と津久井は皮肉に思った。要求には応えた。おれが弾を抜いておいたことを、お前が読めなかっただけだ。

平岡は津久井に向けて拳銃の引き金を立て続けに引いた。破裂音はない。弾は出ない。

平岡はまだ拳銃のシリンダーは空だと信じられないのかもしれない。拳銃をジャンパーのポケットに入れると、ナイフを右手に持ち替えようした。

滝本が後ろから怒鳴った。

「撃つぞ。ナイフを捨てろ！」

平岡はひるんだ。動きが凍りついた。

津久井は平岡の真正面で言った。

「テレビ局が来る。死にざまを映されたいか」

滝本が畳みかけた。

「ナイフを捨てろ。手を上げろ。二秒で、撃つ」

平岡は憎々しげに津久井を睨《にら》んでから、ナイフを床に放り投げた。

津久井は平岡の前へと進んで、そのナイフを脇に蹴飛《けと》ばした。

津久井はすかさず平岡の前へ突進し、手錠をかけた手で平岡の右腕をはさみこみ、ひねった。

平岡がうめいた。そこに滝本が後ろから飛びかかった。平岡はすぐに床に転がされた。滝本が平岡の両手を後ろ手にして、手錠をかけた。

平岡が言った。

「立たせろ。カメラの前では、立つ」

「待ってろ」津久井は平岡をなだめるように言った。「いまカメラが来る」

長正寺の声がヘッドセットに入った。

「確保か？」

「はい」

「女の子は？」

「無事です。階段のほうに逃げています」

「あ、きた」

ということは、長正寺はもうこの建物に入ってきているのか？

「お前らに怪我は？」

「何も」

そのフロアにいくつも靴音が響いた。

長正寺の声が、ヘッドセットの中と外の両方に聞こえる。

「どこだ？」

津久井は階段の方角を振り返った。長正寺が、四人の機動捜査隊の部下を従えるように、駆け込んできた。

平岡は滝本に押さえこまれたままだ。

長正寺は、その場の様子をざっと見てから言った。

「滝本が逮捕か」

「はい」と、津久井と滝本は同時に答えた。

長正寺は津久井の手錠に目をやってから言った。

「テレビのカメラが来る。その格好では、誤解を招くな」

津久井は苦笑して言った。

「早くはずしてください」

平岡が言った。

「早く立たせろ」

長正寺と滝本が、平岡の二の腕をつかんでその場に立たせた。

階段のほうから、さっき津久井たちと言葉を交わしたテレビ局のスタッフたちが、どっと駆け込んできた。


父はいま、集中治療室にいる、と看護師から説明を受けた。面会はできない。このコロナ禍で、病院全体、見舞い客は病室には入れないのだ。医師が病棟内の移動を許した患者だけ、二階にある休憩室で会うことができる。

休憩室に入って、佐伯はいましがた電話で交わした集合住宅の竹下管理組合理事長とのやりとりを思い出していた。

「ベルの音が響いて、佐伯さんのところだとすぐわかった」と理事長の竹下は言った。階下にもその音はよく聞こえたのだという。彼は大手の運送会社の北海道支社を退職した男だった。事務仕事だけではなく、建物の管理にも明るく、もう二期五年以上理事長をつとめている。

彼が父の言葉を再現して言うには、過熱を報《しら》せるベルの音に驚いて、父はＩＨヒーターをオフにしようと走ったのだった。

そのとき、ヤカンをヒーターから避けたはずみで、右手をヒーターの上に当ててしまった。驚いたとき、こんどは熱せられていたヤカンを自分の足もとに落としてしまった。熱さのせいで台所に転がり、打撲傷。

ベルが鳴り続けているので、竹下が部屋まで駆けつけた。インターフォンで呼んでも返事がないので、竹下は佐伯から預かっていたスペアキーで部屋のドアを開けて中に入り、台所で転がっている父を発見した。

竹下はヒーターの電源をオフにしてから、父をダイニング・キッチンのほうに引っ張り出し、火傷したと聞いて一一九番通報をしたのだった。

竹下は、事実だけを淡々と報告してくれた。口調には多少の同情が混じっていたが、ほんの少しもとがめる調子はなかった。しかし、竹下が言いたいであろうことも佐伯にはわかっていた。

もうお父さんをひとりにするのは、無理なのではないだろうか。

それは、別の言い方をするならこうなる。

次は火事だよ。

そこに皮膚科の医師がやってきた。三十代と見える男性医師だった。

医師は説明してくれた。

「火傷の程度は、右手はⅡ度、左の足首はⅠ度です」

それに、右肘と腰に軽い打撲傷。これは転倒したときに打ったものらしいとのことだった。

医師はつけくわえた。

「感染症の心配があるので、十日間の入院を考えておいていただけますか」

十日間の入院。なかなかの重傷ではないかと佐伯は思った。

佐伯は訊いた。

「運ばれてきたとき、父の意識はいかがでした？」

「清明でしたよ」と医師は言った。「意識を失うほどの火傷ではありません」

「その」佐伯は言いにくいことを口にした。「何が起こったか、辻褄《つじつま》の合った話をしていたでしょうか？」

「ああ、とくに、話が通じないという印象はありませんでしたね。お父さんは七十二歳でしたか？」

「はい」

「お歳相応にしっかりしていました」

「自分がヒーターを空焚きしてしまったと言っていました？」

「そこまで詳しくは聞いていません。台所でヒーターが熱くなってしまったとのことでしたが、火傷の理由としてはよくあることでしたし。何か別の理由でもあったのですか？」

「このところ、ちょっと物忘れが多くなっている印象があるものですから」

「ああ、そういうことですね。退院されてから、あらためて内科なり、もしくは脳神経内科なりで受診されてはいかがです？　かかりつけの医師にまず相談ということがいいかと思いますが」

「先生の見立てでは、歳相応の清明さということなんですね？」

それは、すでに意識混濁が始まっているとも聞こえる診断なのだが。

「問診程度での判断です。専門の医師に診てもらうことをお勧めします。ヒロミさんというのは、娘さんでしたか？」

「はい、わたしの妹になります」

「娘さんは一緒じゃないのかと気にされていましたが。連絡は取られました？」

「はい。ここに来ます。岩見沢からなので、多少時間はかかりますが」

「岩見沢ですか」医師の目に戸惑いが表れた。「このあと、入院の手続きとか、その他もろもろの件は、妹さんと話したほうがいいのかな。職員がまいります」

医師は休憩室を去っていった。


小島百合と吉村俊也は、その角を曲がって南五条通りへと出た。

前方のアミューズメント・センターの前、キズナ・バスの停まっている近くを、まだ男たちがうろついている。

小島は吉村と並んで、舗道を大股に歩いた。

ふたりとも、制服は着ていなかった。

バスの十メートルほど手前で、小島は歩道の建物側に寄って立ち止まって、バスに背を向けた。吉村も立ち止まった。彼は小島の肩ごしにバスを見る格好だ。

小島は訊いた。

「ぶつかり男はどれ？」

吉村はバスの方に顔を向け、目を少し細めてから答えた。

「小太りの、白い半袖シャツの男です」

「黒いショルダーバッグの四十男？」

「そうです。バスのドアを背中にして立ってる。任意同行、求めますか？」

「あそこの男たちを退散させたい。ちょっとこわもてでやってみる？」

「ええ」

小島は携帯電話を取り出して、山崎美知に電話した。

「いま、バスのそばに着いた。山崎さんは、バスにはいないのね？」

「わたしはカフェのほう。永井《ながい》ってひとが、中にいます。中にはいま四人いるんだけど、みんな怯えています」

「ふだんバスを出すのは、夜でしょ。この時間に薄野に来ているのは、何か理由はある？」

「夏だから、この数日、危ない連中も昼には仕事を始めてるんです」

危ない連中というのは、薄野の悪質風俗営業関係者ということだ。困窮している若い女性に風俗関連の仕事を斡旋《あっせん》し、ホストクラブで遊ばせるなど借金漬けにしてから、本州のソープランドに売るのだ。非合法アダルトビデオに出演させるケースもある。キズナ・カフェがやっている活動のひとつが、そうした困窮女性を、連中の餌食《えじき》になる前に救うことだった。

山崎美知がつけ加えた。

「女性たちのなかにも、ぎりぎりまで追い詰められている若い子が出てきている。あの連中は、このタイミングを放っておかない」

小島はため息をついた。

「まったく、勤勉な男たちなんだね」

「そして、昨日は昼からバスが出たことを知って、妨害している男たちはすぐに仲間を呼んだんでしょう。夜になったら十人以上になった」

「暇な男たちだ」

歩道の先に、若い女性が見える。長い髪で、パンツにTシャツ。バスを見つめながら歩いてきた。大きなショルダーバッグを肩にかけ、ふくらんだトートバッグをふたつ持っている。旅行者ではない。その様子は、ネットカフェなどによくいるタイプの女の子と見える。年齢は二十歳《はたち》前後だろうか。化粧もしていなかった。

その女の子は、バスの少し後ろまで来た。男たちのうちふたりがバスのドアの前に立った。後ろ向きだが、彼らが女の子をねめまわしたのはわかった。女の子は顔をそむけ、歩道から車道に出て、バスのドアの前には来ることなく、反対側の歩道に渡っていった。

いまのその女性は、確実にキズナ・バスに乗ろうとしていたようだった。男たちがその女の子を、勝ち誇ったような顔で見送っている。

この場合、と小島は考えた。威力業務妨害罪は適用されるだろうか。それとも何か、東京都で似たような事案があったはずだけど、そちらの法律の適用がいいのか。ともあれ、この男たちのやっていることを止める根拠はあるはずだ。

小島は、吉村に目で合図して、キズナ・バスのほうへと歩き出した。

男たちが、怪訝《けげん》そうな顔を小島たちに向けてくる。制服は着ていないけれども、姿勢や歩き方に、どうしても自分たちは警察官っぽさが出てしまう。もしかすると顔にもそれは表れるのかもしれない。吉村は明るいジャケットにコットンパンツで、堅くない仕事に就いている男、という雰囲気もないではないのだが。

小島はバスの数メートル手前まで来たところで、顔の向きはそのままに吉村に言った。

「わたしは通りすぎるから」

「はい」と吉村。

警戒気味の男たちの脇を通り、バスから三メートルほど先まで歩くと小島は立ち止まって振り返った。

吉村が問題の小太りの男に話しかけたところだった。

迷彩服の男が肩をいからせて吉村の前に進み出た。残りの男たちが、目を吊り上げて吉村を囲んだ。

吉村は当然ながらまったく臆《おく》する様子も見せずに、ジャケットの胸ポケットから警察手帳を取り出して胸の前でかざした。

男たちは、吉村がかざしたものが何かすぐに理解し、一歩退いた。いきなり卑屈な表情になった者もいた。

吉村は、小太りの男に警察手帳を突きつけて言った。

「地下鉄大通駅の傷害事件のことで、捜査中なんだ」

小太りの男は、ぎくりと腰を引いた。振り返って逃げる体勢となった。何か考えての反応ではなかった。反射的に、逃げようとしている。

小島は一歩戻りながら、自分の警察手帳を取り出し、胸の横で持った。手を突き出すのではなく、小さくさよならを言うような格好でだ。

小太りの男は完全に振り返り、ダッシュし始めた。その逃げようとしている方向にひとがいることに気づいたようだが、遅すぎた。小太りの男は身を少し屈め、小島を避けて右に走ろうとした。

「警察」と小島は早口で叫んだ。「止まって」

次の瞬間にどんと男の左肩がぶつかってきた。小島は身体をひねりながら、小太りの男のショルダーバッグに手をかけた。小島にバッグを引っ張られたために、小太りの男はよろめいた。

バッグにぶら下げたキーホルダーの類《たぐい》が、ジャラジャラと鳴った。手裏剣型のキーホルダーもあった。

立ち直ったところに、吉村が後ろから肩をつかんだ。

「止まれ。逃げると、厄介だぞ」

小太りの男は、吉村を振り払おうとした。吉村がこんどは男の腕をつかんだ。男は棒立ちとなった。

小島は言った。

「あたしたち、生活安全課なんだ。公務執行妨害はつけない。話を聞かせてくれる?」

小太りの男は、小島に訊いた。

「逮捕じゃないのか?」

「これからの話次第。協力してくれます?」

協力してはもらうが、それは何か犯罪を見逃すという意味ではない。どっちみちきょうは、この男に任意同行を求め、ぶつかり男の件で事情聴取をすることになる。

小太りの男は、キズナ・バスのドアの前にいる男たちに目を向けた。

その男たちは、小島たちから距離を取り始めている。ひとり、「不正受給やめろ!」と書かれたボール紙を持った男だけは、ドアの前から動いていないが、顔は憎々しげだ。

小太りの男はうなずいた。

吉村が、ほかの男たちに目を向けてから、彼らにも聞こえる声で訊いた。

「あの紙を持っている男の名前は?」

「えっ?」と小太りの男は驚いた。「名前?」

「知っているんだろう?」

たぶん地域課は、山崎美知が活動妨害を通報したときに、いちおうリーダーと目される男に身元を聞いているはずだが、これは牽制の質問となる。

竹内《たけうち》さんだ、と小太りの男は言った。

「どこのひと?」

「北海道伝統家庭を守る会」

「何だそれ?」

「市民団体です。自分もメンバーです」

「あの迷彩服の男は?」

「北海道サクラ塾の主宰」

「名前は?」

植月《うえつき》、と小太りの男は答えた。

迷彩服の男は、吉村から目をそらして背を向けた。

「あんたの名前は?」

「言うんですか?」

「伝統家庭なんちゃらのひとに教えてもらってもいい」

「黙秘権ってあるんですよね?」

「逮捕された被疑者には、だよ。あんたは逮捕もされていない」

「だったらよけい、こういう質問には答えなくてもいいはずです」

「かまわない。あっちのひとに名前と所属を聞いて、あらためて出直してもいいんだ」

「おれ、仕事があるんで、行ってもいいですか?」

「協力してくれるんだろう?」

「もうしたじゃないですか」

「今年の五月八日の朝、地下鉄大通駅にいたかな。七時三十分ごろ」

小太りの男は答えなかった。

吉村は答えを求めることなく言った。

「協力してくれ。立ち話もなんだから、薄野交番まで一緒に来てもらえるかな。任意だけど」

「断ったら、どうなります?」

小島は、小太りの男に言った。

「混雑したところで故意にひとにぶつかっていると、北海道迷惑行為防止条例違反。大通駅では怪我をした女性もいる。五月八日のそのぶつかり男には傷害罪がついてる」

吉村が日付を言ったので、自分もここもはったりで言ったのだった。

「傷害罪?」

「軽い犯罪じゃないよ」

「どうしたらいいんです?」

「事情を聞かせて」

小太りの男に手を触れないように、小島はミニパトまで一緒に歩こうとした。紙を持った男が、歩道上で立ちはだかった。竹内、といま教えてもらった男だ。

竹内が訊いた。

「彼をどうするんです?」

「事情聴取」と小島が答えた。

「言論の自由の妨害ですよ」

「何の話?」

「わたしたちは、税金の不正使用を問題にしているんです。違法なことはやっていないはずだ」

「竹内さんって言った?」

「ええ」

「自分はどんな違法行為もしていないと、百パーセントの確信がないなら、いま警察の邪魔をしないほうがいい。この男性も、そこのところの認識はないようなんだけど」

「逮捕なんですか?」

「いいえ」細かなところまでこの男に説明する必要はない。「このひとは、あなたの会のメンバーと聞いた。ほんとう?」

「まあ、支持者というか」

「あなたたちの活動については、記録があるんでしょうね。こちらのひとに訊くことになるけれども、こちらのひとのやったことは、団体としての活動の一環?」

「何のことだか」

吉村が竹内に訊いた。

「地下鉄の女性子供専用車両に、あんたの会は反対しているんだったか？」

竹内の顔は不安そうになってきた。

「ええ。男性差別だし、男性を一方的に犯罪者と決めつけていますからね」

「このひとの活動の背景も、調べなければならなくなる。所属団体とかも」

竹内はわずかに戸惑いを見せたけれども、話題を変えてきた。

「この運動は、札幌市議の」竹内はひとつ名前を出した。「……さんからも応援してもらっているんですよ」

その男は、コロナ前までさんざんアイヌ民族や、アジアのいくつかの国への汚い侮蔑《ぶべつ》発言で有名だった。詐欺の逮捕歴がある。無所属の市会議員だったが、一度落選、その後いつのまにか、関西が発祥の政党の所属となっている。

「その市議もメンバー？」

「支援者です」

「竹内さんが市議の名前を出したことも記録に残る。いいんですね」

たぶんその市議は、話題になることを喜ぶだろう。政党本部への活躍ぶりのアピールとなる。SNSのフォロワーの数も増えると、歓迎するはずだ。

そう思ってから気づいた。この竹内という男も、むしろそれを狙ってのこの活動なのか？　北海道にはお笑いの芸能産業はないが、人生の一発逆転を狙うなら、最近は北海道でもそっちのルートは使えると認知されてきたのかもしれない。

小島は、そのことを深く追及せずに、竹内に畳みかけた。

「とにかく大通署は、キズナ・カフェから活動妨害の被害通報を受けたんです。警察が乗り出す事案になった」かなりはったりだ。「警察が出てきた以上、ここからはあなたたちのやっていることはすべて記録対象となる」

吉村が携帯電話を手に取ると、イヤホンをつけて話し始めた。

「ええ、現場に来ています。北海道伝統家庭を守る会のメンバーとして、キズナ・バスの活動を妨害しているように見えます。ええ、北海道伝統家庭を守る会。札幌の市議の名前も出してきました」

竹内が言った。

「そっちのヤマグチのことは、うちとは関係がない」

「誰？」

「ヤマグチ。その男」

「ヤマグチなんて言うんだ？」

「ヤマグチヨウジ。わたしたちは、引き揚げますよ。きょうは」

「大きな刑事事件になったら、協力してくれ。事務所の記録なども、見せてもらえるとありがたい」

「関係ないですって」

「会員だって認めたろう」

気がつくと、植月ひとりを残して、あとのふたりの男はその場から遠ざかっていくところだった。

小島は竹内に言った。

「引き揚げるって言葉、信用する。もし協力を頼みたいときは、ここに来る必要はないんですね？」

「ない」と竹内。

小島は、ヤマグチヨウジと名前の判明した小太りの男をうながした。

「一緒に、来てください」

ヤマグチはうなだれて、しぶしぶと歩きだした。その左右を、小島と吉村が固めた。身体には手を触れることなくだ。

ミニパトまで戻ってヤマグチという男を後部席に乗せたとき、携帯電話に着信があった。山崎美知からだ。小島はドアを閉じると、歩道の方に三歩ミニパトから離れた。

「ありがとう」と、山崎が礼を言った。「追い払ってもらって助かった」

小島は言った。

「ひとり、傷害事件の被疑者らしい男がいたの。その男に任意同行を求めるところを見せてやっていたら、引き下がってくれた」

「そんなに危ない男がいたんですか」

「地下鉄大通駅のぶつかり男、じゃないかと疑えるやつがいた」

「ちょっと前に、バスに向かってちょうだいと、場所を教えた女性がいるんだけど、そのひとがまだ来ていない。何か見ましたか？」

バスを目指していたような女性はいた。大きな荷物を持った若い子。

「見た。バスの手前で男たちに気づいて、離れていった」

「ああ。もう一回来てくれたらいいけど」

「あの男たちはいなくなった。電話してあげてください」

「小島さんも少年係ならわかっているでしょうけど、助けを求めることにも、勇気がいるの。いったん障害に当たると、もう救われたいという気持ちさえ萎《な》えてしまう。こちらから連絡は取るけど」それから山崎は言葉の調子を変えて言った。「ショウガイジケンって言葉で思い出したけど、さっきの女性、三、四日前に四丁目交差点のそばで、スマホを取り合いしている若い子たちを見たとか言っていた。ひとりはしばらく倒れて、動けなかったみたいだけど、通報はあったのかな」

それって、あの内野という女子高生が言っていた件だろうか。三、四日前？

「いえ、昨日は通報があった。スマホ強奪」

「昨日なら、違う件ですね。その女性、ネットでも札幌市内でスマホを買うってメッセージを見たと言っていた」

「スマホがなくなったら、いまの世の中、仕事も見つけられない」

「そうですよね。売る女の子もいないとは思うけど。余計なことでした」

山崎はもう一度礼を言って通話を切った。

山崎の勘違いでないのであれば、と小島は思った。札幌では、不正入手のスマホ需要がずいぶん高くなっているのだ。

5

栗崎秀也は、札幌駅前通りにある漫画喫茶で、腕時計を見た。

ここに来てもうほぼ三時間経つ。ひとりきりだ。

あの強盗チームは、八時間前に解散していた。千歳《ちとせ》空港のA駐車場でだ。

強盗を実行した後、午前六時にその駐車場に来いと、サンボーから指示されていた。強奪した現金のうちの三分の二を、サンボーに渡さねばならないのだ。駐車場に受け子をやるから渡せ、とサンボーは渡し方を伝えてきていた。

レンタカーに乗って待っていろ。受け子には、駐車場所を教える。受け子が来たら、黙って現金を入れたバッグを渡せ。受け子は何も知らない。余計なことは話すな。

このやりとりは、カチョーがサンボーとしたのだった。

昨日深夜、現場を離れた後、栗崎たちは国道二三四号に入っていったん北に向かい、追分《おいわけ》の市街地のはずれにある長距離トラック用の私設の休憩所に車を停めた。

そこで仕事の首尾をサンボーに伝えた。

「四千三百万円ありました。ほぼ情報通りです」とカチョーは言ってからつけ加えた。「手違いで、住人の男を殺してしまいました」

カチョーは携帯電話を耳に当てたまま緊張していた。サンボーは、何も言っていないようだ。カチョーはうなずいたり、相槌を打ったり、説明したりしていない。黙っている。サンボーは動揺したのか、それとも怒りをこらえているのか、栗崎たちにはわからなかった。

やがてカチョーは言った。

「家のそのジジイがハンティングをやるとわかって、ハックが鉄砲もいただこうとしたんです。鉄砲の保管ロッカーを開けようとしたときに、ジジイが抵抗して、ハックが殺してしまった」それからカチョーはちらりと横のハックを見た。「ハックだけです。ほかの三人は反対した。車の中にいますよ。散弾銃を奪った」

カチョーがまた黙り込むと、ハックが不服そうに言った。

「反対したか？　オーケーしたんだろうが。だからおれはあの部屋に入った。あんたたちも共犯だぞ」

カチョーが電話に言った。

「わかってます。そうでしょうね。殺人なら、絶対に通報されてしまう」

全員が、やりとりを聞いている。

「ええ。そうしますよ」カチョーは言った。また指示が出たのだろう。「ええ。約束通り、三分の一はもらえるんですね？」

全員が耳を澄ました。サンボーの声は聞こえない。

しかしカチョーの声はいくらか安堵《あんど》したようなものとなった。

「はい。ええ。ええ。ええ」

サンボーは五分ほども話していたか。そのあいだ、カチョーはほかの面々にサンボーの言っていることを教えることもなかった。

通話が切れてからカチョーは、車の中の三人に言った。

約束通り、サンボーは四千三百万円のうちの三分の一を四人にくれるという。

つまり、ひとり三百五十万円ぐらいになる。栗崎は正直なところ、その金額も、強奪したカネのうちの三分の一が、実行犯の取り分になるとも、信じてはいなかった。サンボーは、自分たちを引き込むために、話をでかく見せているると思っていたのだが。

ハックがハイな調子で言った。

「三百五十万か。パスポート取って、外国だな。タイとか、ミャンマーとか」

カチョーが、冷静な声で言った。

「サンボーからの話は続きがある。聞け」

サンボーは指示してきたという。貴金属や時計なども、サンボーが受け取る。午前六時に千歳空港のA駐車場に受け子をやる。カネやブツを入れたバッグを渡せ。

そこから先は勝手にひとりひとりで決めろ。手配さえされていないなら、できるだけ早い飛行機に乗って、どこでもいいから北海道から離れることだ。ただし、空港には警察は多い。手荷物検査を抜けた正面にも、常時立っている。自分が不審者に見えると思うなら、飛行機は使わないほうがいい。

バスで札幌とか苫小牧方面に逃げることもできる。苫小牧ならフェリーが一日に二便出ている。JRの札幌行きの快速電車に乗る手もあるし、南千歳駅経由で列車で函館《はこだて》に向かい、北海道新幹線で本州に逃げる手もある。

いずれにせよ、そこから先は各自が勝手にやれ。おれのこの電話は、カネを受け取ったあとは通じなくなる。

そこまでカチョーがサンボーの言葉を伝えると、ヨッサンが言った。

「逃げろったって、おれはレンタカーを返しに行かなきゃならないんだぞ。殺人事件で通報されたら、たぶん監視カメラもチェックされる。すぐに警察はこの車までたどりつくぞ。おれはどこに逃げようと、指名手配だ」

ハックが言った。

「おれは散弾銃持ってる。飛行機は使えない。ケースを持ち歩くこともできない。細工するまでは、遠くには逃げられない」

カチョーが言った。

「まだ続きがある。サンボーは、裏切ったり、垂れこんだりしたら、ヒットマンを送るそうだ。

四人とも身元はすっかり知ってる。世界のどこに逃げようと、追わせるってよ」

栗崎は思った。サンボーはそれができる。この強盗を計画し、四人の男に実行させることができたのだ。裏切り者への報復など、もっと簡単にやってのけることだろう。

誘いに乗ったとき、サンボーは運転免許証の画像、住所、連絡先、銀行口座の情報まで、堅気の会社の採用手続きのように細かく要求してきた。支度金と旅費を出すとのことだったので、切羽詰まっていた栗崎たちは自分たちの身元をすっかり明かすしかなかった。じっさいは支度金など支払われず、札幌までの交通費の片道分と端数のカネが振り込まれただけだった。

ヨッサンがハックに言った。

「カネを受け子に渡したあと、どこかのホームセンターに送ってやる。そこでケースやら鉄鋸でも買えばいい。だから」

「だから?」と、ハックが不思議そうな声を出した。

「だから、おれに二百万よこせ」

ハックが甲高い声を上げた。

「二百万? 何でおれがやらなきゃならない?」

「殺人事件にしてしまったからだ。おれは、通報されないタタキだって聞いたからやる気になったんだ。おれが自分の免許証でこの車借りたんだぞ。一番わりを食うのはおれだ。手配されたら、ワゴン車から最初に足がつく」

「通報されないって、サンボーが保証していたろう」

「殺人事件なら話が違う。二百万でも少ない。おれによこせ」

「バカ言え。あんなの成り行きだ。計画どおりだったとしても、通報されなかったかどうか、あやしいもんだ」

「おれは、殺人の共犯になってしまったんだ。二百万は高くないぞ」

「取れるものなら取ってみろよ」

ハックは、銃ケースを後部席の足元に置いている。すぐには銃を取り出せない。たしかまだ実包もこめていない。

カチョーがハックに言った。

「お前は、やらなくてもいいことをやって、この仕事を殺人事件にしてしまったんだ。その責任がある。ひとりに百万ずつよこせ」

「ちょっと待てよ」とハック。「お前たちに百万ずつ渡したら、五十万しか残らない」

ヨッサンが言った。

「おれには二百万だ」

「おれの取り分がなくなる」

「散弾銃って、いくらするものだ?」

「知らねえが、安くとも三、四十万だろう」

「そんなに欲しかったら、タタキの手間賃で買えばよかったろうに。何挺《ちょう》買えた?」

「所持許可がそう簡単に下りるかって」

「闇《やみ》だってあるだろう。カネが手に入ってから買えばよかったんだ。ひとを殺してまで手を出すようなものか？」

「殺すつもりなんかなかったって。あの親爺が歯向かってきたから、しかたなくやったんだ。計画してたわけじゃないし、これって過失じゃないのか？」

カチョーが言った。

「強盗殺人も強盗致死も、刑は一緒だ。死刑か無期懲役」

「一緒なのか？」

またヨッサンが言った。

「お前の仲間と、そういうことを話題にしたことはないのか？」

「こんなやばいこと、話題にするかよ」

「おれたちは、死刑か無期懲役の共犯になってしまったんだぞ」

ハックは耐えきれないと叫ぶように言った。

「どうしたらよかったんだよ！」

ヨッサンが言った。

「散弾銃なんて放っておけばよかった」

「最初から教えられていて、手を出すなってサンボーが言ってくれてたら、しなかったさ」

「こんどはサンボーのせいか」

栗崎もたまらずにハックに言った。

「ひとり百万ずつ、詫び代《わ》を払って消えるのがいいと思うぞ。サンボーは、自分が強盗殺人事件に関わってしまったことで、お前を許すとは思えない」

ハックは少し真顔になった。

「サンボーは主犯になるのか？　計画しただけでも主犯か？」

カチョーが皮肉に言った。

「サンボーに訊いてみたらどうだ。おれ、迷惑かけていませんよねって。お前にゃ分け前なしだって言われるだろうが」

ヨッサンが畳みかけるように言った。

「お前は、たいへんなドジをやったんだ。分け前があるほうがおかしい。おれに二百、ほかのふたりに七十五万ずつ渡して、さっさと消えるのがいいと思うぞ」

栗崎は、車内に男たちの汗の匂いが満ちてきたことに気づいた。

ハックがまず汗をかいている。冷や汗を流し始めているのだ。三人の男に、へたをすると私刑にされかねないと心配しているのだろう。またカチョーもヨッサンも、ハックが反撃してくることを心配している。三対一だからハックが勝つはずもないが、始まったらこの車内に血が飛び散ることは確実だ。カチョーもヨッサンも、暴力で生きてきた人間ではないようだから、ハックが本気で反撃してきた場合、ダメージなしということはありえないのだ。

栗崎は、思いついて、自分のスマホの録音アプリをオンにした。殺人事件として通報されて手配されたら、そう長いこと逃げてはいられないはずだ。もう逮捕されることを前提にしたほうがいい。だとしたら……

栗崎はできるだけおだやかにハックに言った。

「とにかく頭を冷やして考えろ。受け子にカネを渡すまで、時間はある。いちばん合理的な道は何か、考えたほうがいい。お前は、ほかの三人と違う立場なんだぞ」

ハックが栗崎に怒鳴るように言った。

「どこが違うんだ？」

「ほかの三人は、ひとを殺すつもりなんかなかった。そうだろ？」

「おれだってそうだ」

「やったのは誰だ？　お前か？　おれたちか？」

「ああ、おれだよ」

「おれたちは止めたよな？」

「止めた？　いつ？」

「お前が鉄砲いただいていくって言ったときに」

「あのときは、おれだってひとを殺すつもりなんて」

「お前が勝手にやってしまったんだよな」

「そうだ。あんたらが手伝ってくれていれば、殺す必要もなかったはずだ」

「おれたちは止めて、何も手伝わなかった。そうだな？」

「ああ、そうだよ。そのとおりだよ」

「どうして鉄砲が欲しかったんだ?」

「そりゃあ、持っていればもっとでかい仕事ができるだろうからだ。ナイフちらつかせるのとは違うことができるぞ」

「なあ」と、栗崎は、録音ボタンをオフにしてから、ほかのふたりに言った。「ここまでやって、ハックに分け前なしってのも気の毒だ。気持ちが収まらないのはわかるけど、こいつに三百五十万のうちの百万をやって、残りの二百五十万をおれたちで分配しないか。詫び代としていただくんだ」

ハックがまた怒鳴った。

「百万? 馬鹿《ばか》言え!」

栗崎はハックに顔を向けた。

「おれに賛同すれば、百万残る。それプラス散弾銃だ。おれがヨッサンに賛同したら、お前は一円ももらえないぞ。ゼロか、五十万か、百万か。お前が自分で決めたらいい」

「四人のうちふたりで決めるのか」

「お前はドジをやった当事者だ。残りの多数決で決めるさ」

ヨッサンが言った。

「おれは二百万、まけるつもりはないぞ」

栗崎は、ヨッサンを説得するために言った。

「ハックが絶対にいやだと言うなら、取れないぞ。もしどうしてもというなら」

そこで言葉を切った。ほかの面々は、ハックも含めて、次に続く言葉が想像できたはずだ。ハックを殺すしかなくなる。おれたちにそれができるか？

ハックも同じことを想像したようだ。すでに実弾装填《そうてん》ずみの散弾銃を手にしているならともかく、狭いワゴン車の中では絶対に不利だ。彼はナイフも工具も身につけていないのだし。

怒りを抑えきれない三人に殺されるか、それとも百万で手を打つか。彼は決めねばならなかった。

とうとうハックは言った。

「百五十万もらう。朝になったら、ホームセンターに送ってくれ。買い物をしたあと、どこか作業のできるところに連れてってくれたら、そこで後腐れなしのお別れだ」

ヨッサンが言った。

「急いで逃げなけりゃならない。散弾銃は、かえってお荷物になっていないか」

「百五十万しか残らないのであれば、必要だ」

栗崎はヨッサンに訊いた。

「残りの二百万を、ほかの三人で分けるのでいいのか？」

「しかたがない。くそっ」

それが、実行後の、四人による話し合いだった。反省と、その処理についての。

それから栗崎たちは、ワゴン車の中で奪ったカネを正確に数え、三分の二をサンボーへの上納金として、残りを四人で分配した。ハックが百五十万、ほかの三人が四百万と少しだった。

夫人の貴金属や高級時計は指示通りすべてサンボーに渡すことになった。どっちみち換金が難しいのだ。ハックはバッグの底にあったチラシを見て、それを自分のポケットに収めた。分配が終わったとき、ハックは不満そうであったが、そのあと分配額について蒸し返すことはなかった。

交替で仮眠することになってから、ヨッサンが言った。

「サンボーは、あのうちにどれだけ現金があるか、少なめに見積もっていたんじゃないかな」

カチョーが訊いた。

「どうしてだ?」

「あんたならこの仕事、いくらならやった?」

「二百万かな」

「おれは百万でもいいというつもりだった。いただいたカネの三分の一をおれたちで分けていいって、サンボーはせいぜい二千万ぐらいのカネしかないと踏んでいたんだと思う。それなら、三分の一を四人で分けても、百五十万くらいだ。それだけ手に入ったなら、話よりも少なかった、もっと分け前をと、サンボーに不満は出なかった」

「四千三百万は、上を向いた予想外か?」

「ああ。三分の一をやる、と約束して集めた手前、しかたなくサンボーも、三分の二で我慢したんだ」

ハックが言った。

「うるせえよ。黙って寝ろ」
いったんはみな黙りこんだ。

午前五時になったところで、栗崎たちは千歳に移動した。北海道道二二六を使い、千歳市の東側から、千歳空港に向かったのだ。もう明るくなっていたし手配されたり非常検問があることを心配し、慎重に運転した。全員の鞄はすべて最後尾のシートの上にまとめた。散弾銃はそのシートの下だ。

五時三十分には千歳空港のA駐車場に入った。ヨッサンは駐車場の出口に近い場所にワゴン車を停めた。駐車場は三分の一ほどが埋まっており、どんどん入ってくる車が増えているところだった。

カチョーが、駐車場に入ったことをサンボーに電話で伝えた。

指示があったという。

六時に、受け子が行く。その受け子に、車の窓から、黙ってバッグを渡せ。

合い言葉を教えられた。栗崎たちは受け子に「エレン」と言う。相手が「ミカサ」と答えたら、それが受け子だ。

栗崎は知らないが、アニメの登場人物の名前らしい。ハックは知っていた。

合い言葉なんて時代がかったことを、と感じたけれども、サンボーにしてみれば、このくらいの用心は必要なことなのかもしれない。自分たちにとっても、悪いことではない用心だった。サンボーはまた言ったという。いただいたカネの額は、カチョーが伝えたものを信じると。もしカネが足りなかったら、お前たち四人にきちんと弁済してもらうから、そのつもりで。

カチョーの話では、とくに脅すような調子ではなかったという。しかし、サンボーはその力を持っているだろう。四人の身元は知れているし、四人ひとりひとりを追うだけの能力もカネも持っているはずだ。このような仕事をする人間は当然、暴力団とも繋《つな》がりがあるはずだし、追跡とカネの回収を暴力団に「外注」することだってできるのだ。ここまできて、サンボーを裏切ったり裏をかいたりはしないほうがよかった。絶対にだ。

駐車場で待っていると、サンボーからカチョーに電話が入った。

五分後に、受け子がそのワゴン車の前に行く。

その三分後から、四人が四方に目を凝らしていても、受け子らしい男は近づいて来なかった。近くでワゴン車の様子を窺《うかが》っているような車も見当たらない。

ちょうど指定された時刻になって、ターミナルビルへの高架通路降り口のほうから、若い女性が近づいてきた。栗崎の左手方向からだ。

まっすぐにワゴン車に向かってくる。

薄いブルーのアウトドア・ジャケットに濃紺のパンツで、キャップをかぶっていた。サングラスをかけている。

女は栗崎の座っている助手席のドアの真横に立って、中を覗き込んでくる。それから、ウィンドウを軽く二回ノック。

この女が受け子？　四人とも呆気に取られて声を出せなかった。

栗崎はウィンドウを下ろして、その女性に言った。

「エレン」

その女性はひとこと応えた。

「ミカサ」

身体つきに似合わず低めの声だ。

栗崎は思った。これでこの女が受け子だとはっきりしたのだろうか。アニメのことは知らないが、これって反射的に出る言葉ということはないのか？

カチョーが訊いた。

「あんたは？」

女は無言だ。何もしゃべらない。

若い女、と見えたけれども、近くに来ると年齢は不詳だった。案外の歳なのかもしれない。

サンボーの指示は、黙って渡せ、というものだった。確認するな、という意味の指示でもあったのだろう。その女の無言が、自分は受け子だと言っているように感じ取れた。

カチョーが後部席から栗崎にバッグを渡してきた。黒いナイロンタフタのダッフルバッグ。中には、一千万円の札束が二個。布袋に入れたバラの紙幣が八百万円ほど。それに貴金属類や時計など。たいしたカサではなかった。

　女は窓ごしにバッグを受け取ると、すぐに踵《きびす》を返し、高架通路の階段下のほうへと歩いていった。

　この異様なやりとりにも平然としていたのだから、女が受け子であったことは間違いない。しかし、数千万円のカネの受け子として、あんな女をひとりでよこすとは。サンボーも大胆だと栗崎は思った。オレオレ詐欺などでは、受け子など、ほんの端金《はしたがね》で使うもっとも扱いの軽い役割のはずだ。量刑も重くはない。志願する男にも不自由はしないだろう。

　栗崎はサンボーが女を受け子に使った理由がよくわからなかった。

　女の姿が階段に消えてから、カチョーの携帯電話に着信があった。

「はい」カチョーが言った。「ええ、いま受け子の女の子に渡しました。女の子でいいんですよね」

　サンボーからのようだ。

　その電話は、三十秒ほどで切れた。

　通話を終えて、カチョーが言った。

「サンボーからだった。受け取ったという連絡があったそうだ。解散していいと」

「それだけか?」とヨッサンが訊いた。「通報されたのかどうかだけでも知りたいな」

　ハックが言った。

「ネットでも、こっちのテレビでも何もやっていない。大丈夫だ。まだ六時だ。見つかっていないんだ」

　ヨッサンが言った。

「じゃあ、ここで解散でいいのか？」

「ああ」とカチョーが言った。「ここで降ろしてもらう」

　彼は、自分の計画については何も言っていない。この千歳空港から飛行機に乗るのか、ＪＲで函館を目指すのか、わからなかった。手配されていないと確信が持てたら、できるだけ早い便のチケットを買って、飛行機に乗るのかもしれない。最初の出発便はたしか七時三十分だ。

　ヨッサンが栗崎に目を向けてきた。

　栗崎は答えた。

「おれもここで降りる」

　自分も飛行機で北海道を出るつもりだった。七時半ごろに、四便立て続けに出る。羽田《はねだ》行きと関西空港行き、それにもっと地方が二便だった。

　カチョーは、どこ行きの便に乗るだろう。まだ確かめていない。関東の人間だろうと思うので東京だろうが、より遠くへということで関空行きかもしれない。どっちみちカチョーには帰る家はないはずだ。どこだっていいのだ。

　自分は、カチョーがどこに向かうのかは関係なしに、東京行きに乗る。部屋はまだ持っているのだ。どこか国外に逃亡するためにも、いったんは自分の部屋に帰ったほうがいい。

　まだ事件が発覚し、通報されていないことに賭《か》けるつもりだった。あの家に朝家政婦がやってくるのは、何時くらいだろう。朝食が七時前後なら、六時半には家に来るか。

それより一時間遅いとしても、朝の八時半ぐらいには通報されると見たほうがいいのではないか。ただの強盗で、それがヤバいカネであった場合、縛《いまし》めを解かれた主人は、家政婦に通報はするなと命じるだろう。しかし、主人は殺されたのだ。夫人のほうも、通報をためらわない。

北海道警察が有能なら、早ければ通報から一時間くらい後には検問が始まるだろう。その場合、なんとか七時三十分の飛行機に乗るのは間に合う。しかし、目的地の空港に着いたとき、氏名不詳の不審者への検問が行われているかもしれない。

警察のシステムはよくわからないが、重大事件の発生ということで、犯人を指名できなくても不審者の検問を要請することはできるのではないだろうか。

荷物の中身を見せろと警官に言われた場合、法律を楯にして突っぱねたなら、確実に任意同行となるだろう。現金が見つかれば、終わりだ。

つまりいまこのタイミングで飛行機に乗るのは、かなりの賭けということになりはしないか。

栗崎は、空港ビルの中の様子を見て決めることにした。

カチョーはヨッサンに訊いた。

「あんたはやっぱり?」

運転席のヨッサンが答えた。

「ああ、このワゴン車を返す」

「こういう事件になってしまったんだ。律儀にやらなくても」

「車が連絡なしに返却時刻までに戻ってこなければ、事故の照会とか被害届けが出る。たぶん位置情報通知システムも使っている。厚真の事件のことがテレビに出たら、レンタカー会社はすぐに通報する。たちまちおれは指名手配される。だけど戻しておけば、時間は稼げる。あんたにとっても、悪くない手だと思うぞ」

ハックが言った。

「おれは、ホームセンターまで送ってもらう」

ヨッサンが言った。

「駐車場で降ろす」

ハックがヨッサンに訊いた。

「開店まで、待ってくれるんだろ?」

「まさか」とヨッサンは答えた。「そこまではつきあい切れない」

「ガンケース持って駐車場にいたら、不審者だろう」

「あとさき考えずに、自分でやったことだぞ」

「蒸し返すのかよ」

「北海道なら、ホームセンターの開店は早いだろう。九時かな、九時半かな。そばにはマックぐらいある。そこにいろ。誰もお前のガンケースを見て、散弾銃が入ってるなんて思わないさ。釣り道具だと思う」

カチョーが言った。

「それじゃあ、おれは降りる。ヨッサン、気をつけてな」

「ああ」とヨッサン。

カチョーが自分のショルダーバッグを持って降りていった。

栗崎が降りようとすると、ヨッサンはハックに言った。

「助手席に乗ってくれ」

栗崎は助手席のドアを開けて言った。

「それじゃあ」

ショルダーバッグを肩にかけ、左右を見渡した。警官の姿も、パトカーも見当たらない。ガードマンの制服が駐車場の端のほうにひとつ見えただけだ。

ハックが助手席に移って、ドアを閉じた。

栗崎は、ターミナル・ビルへの高架通路の階段に向かって慎重に歩いた。目立たぬよう、走ったり、キョロキョロせずに。すでにカチョーの姿は階段の上に消えている。彼とも少し距離を取ったほうがいいだろう。

通路を渡りきって、ターミナル・ビルに入った。国内線のビルだ。出発ロビーのあるのがこのフロアのはずだ。

吹き抜けの広場となっていた。

栗崎は一昨日の昼にこのビルの到着ロビーに着いたあと、いったん二階のこの出発ロビーに上がり、様子を確かめておいた。たぶん同じ空港から逃げることになるはずだと思ったからだ。

それから、地下に下りてJRで札幌に向かったのだった。すべてサンボーの指示だった。

この仕事に問い合わせて、「採用」が決まったとき、サンボーから片道の飛行機代と小遣い少々が振り込まれた。その飛行機代をネコババすることも一瞬考えたが、サンボーがすでにこの準備段階でこれだけのカネを使っているのだ、と考え直した。ということは、この仕事はほんとうに安全であり確実で、投資のしがいのある計画だということなのだろう。だったら、乗ったほうがいい。

一昨日見たとき、この空港ビルの広場の左右には、廉価品を売る土産物屋が、これが国際空港なのかという密度で店を出していた。いまはまだ六時台という時刻なので、店の大半は開店していないようだ。広場も空《す》いている。

広場に入る手前で、フロア案内を見た。まっすぐ正面に歩けば、左右に円弧状に伸びる出発ロビーがある。チェックイン・カウンターや搭乗券販売の窓口、手荷物検査場の入り口などがある。

大手の航空会社のカウンターは左手がＡＮＡ、右手がＪＡＬだ。

栗崎は前方に目をやって、カチョーの姿を探した。彼はどちらのカウンターでどこ行きの飛行機のチケットを買うだろう。

見当たらなかった。

広場を抜けて、出発ロビーに入ったときだ。右手に警察官の姿がひとり見えた。ちょうど手荷物検査場の前を歩いて遠ざかって行くところだ。

その手荷物検査場のガラスの仕切りの向こうに目をやった。手荷物検査のベルトコンベアのような細長い機械の向こうに、警察官がひとり、検査場のほうに身体を向けて仁王立ちだ。出発待合室に入るには、いやでもあの警察官の前に出て行かねばならないわけだ。

いまロビーの警察官は、円弧状のフロアの右手方向に見えなくなった。搭乗券を買うなら、左手のANAのほうか。行く先はどこでもいい。すぐに買えるところなら、どこでも。

栗崎は正面真上の便の案内板を見た。七時三十分台の出発便はどれにも、空席のある三角の表示が出ている。乗れることは乗れる。

左手に歩き出そうとしたとき、その先のスーツ姿の男が目に入った。三十代後半だろうかという年齢で、スーツ姿なのにキャップをかぶっている。旅行用の荷物などは持っていない。チェックイン・カウンターのほうを眺めていた。

きょう、ことを起こしたあとに、ヨッサンが、警察官は匂う、という意味のことを言っていた。風貌《ふうぼう》、身なり、目つき、それらから私服の警察官でも自分は一発で見抜くことができると。彼が言っていた張り込み中の私服警察官の服装のひとつに、スーツにキャップというものがあった。あの男は、旅行者のようには見えない。私服警察官なのか？　しかし、警察官がいまここで張り込む理由は？

そのキャップの男が首をめぐらしてきた。栗崎は視線が合わぬように自分も身体をひねらせて、右手へと歩き出した。前方ですっと壁の陰に引っ込んだ男がいた。姿を隠した？

いや、偶然そのように見えただけか。

行く手から、制服警官が手前に歩いてくる。いましがたそっちに歩いていった制服警官だろうか。

栗崎は広場へと向きを変えて、いまきた方向に歩いた。走り出したい衝動に駆られたが、なんとかこらえた。

あれが、自分たちの手配で警備についた警察官なのかどうかはわからないが、危険は冒せない。ここは大事を取ろう。

栗崎は決めた。

ＪＲでいったん札幌市内に戻る。事件がどういうことになるか、どんなふうに報道されるか、様子を見る。

栗崎は広場を歩きながら、地下のＪＲ駅に通じる階段かエスカレーターはどこだったかと探した。到着ロビーのさらにもう二フロア下に、ＪＲ北海道の新千歳空港駅があるのだ。

表示を見て、栗崎は広場から奥の土産物屋のフロアに入った。そのフロアのどこかにエスカレーターがある。

カネは手に入ったのだ。大宮の自分のアパートには急いで戻らなくてもいい。

事件を起こしてから六時間あまり、現場の厚真という町から、あまり離れないままで、サンボーにカネを渡すことになったのだ。すでに事件が発覚し、非常線が張られていると判断したほうがいい。自分はもともと慎重なたちだが、この転落は自分の慎重な性格をあえて厄介ものとして大胆な賭けに出たからだった。あの女のうさん臭さは、七カ月前に最初に会ったときから感じていた。なのに自分は直感を信じず、慎重さを捨てて、のめり込んでみたのだ。これまでの人生をリセットできるような気がして。

それが誤りであったことは、もう身に沁《し》みてわかっている。だからここは、また慎重になる。石橋を叩いて渡る。賭けはしない。

それから背筋がひんやりしたのを感じた。

いや、おれはまた今度の件では、慎重さを捨て、賭けに出たのだった。このことの結果は、どうなる？　こんどは、賭けに勝ったか？

下のフロアに通じるエスカレーターがあった。

それに乗ると、右手の上りエスカレーターに、キャップでスーツ姿の男が乗っているのがわかった。栗崎は顔を少しだけ上に向けて、その男と目が合うのを避けた。

それが今朝、六時十五分かそのあたりのことだ。


現場を大通署の刑事一課にまかせて、津久井たちはその場を離れることになった。

自分たちの覆面パトカーの後ろには、班長の長正寺が使うワゴンの指令車がある。長正寺は、先にその指令車に乗っている。通信を続けているようだ。いましがた言っていた苫小牧署管内の強盗殺人事件の件だろう。

何か新しい指示があるかもしれないと、津久井は滝本と一緒に、車には乗らずにいた。

機動捜査隊は札幌市外でも隣接市町村に置かれた警察署から応援を求められれば出動することはあるが、苫小牧署は管轄外だ。

ワゴン車の後部ドアが開いて、長正寺が津久井らを呼んだ。

「乗ってくれ」

津久井たちは指令車に乗った。シートは前後に向かい合わせることもできるようになっている。

長正寺が言った。

「苫小牧署管内厚真で、強盗殺人だ。競走馬の育成牧場のオーナーの家が襲われた。犯人は三人か四人で、主人が鈍器で頭を殴られて死んだ。縛られた夫人は無事。散弾銃が一挺奪われたようだ。本部設置。苫小牧フェリー乗り場、千歳空港、ＪＲ苫小牧駅、国道三六号線ほか主要幹線道で検問に入った。犯人が散弾銃を持ったということもあり、機動捜査隊はこの犯人捜査に集中する」

長正寺が言葉を切ったので、津久井は訊いた。

「発生時刻と、通報についての詳細は？」

長正寺は顔をしかめた。

「朝八時に、通いの家政婦が家に入って発見した。苫小牧消防署への通報が八時二十五分。警察への通報は、被害者宅とは離れた場所にある牧場の管理人からで、十時三十五分だ。発生時刻は、夫人の話だと昨夜零時前」

「警察への通報が、遅すぎませんか？」

「苫小牧署が、家政婦と管理人から事情を聞いている。消防から警察にも連絡が行ったものだと思っていたと、管理人は言っているそうだ。救急隊の話と食い違っている」

「被害者は、育成牧場のオーナーと言いましたか？　厚真の？」

「岩倉牧場の岩倉達也《たつや》」

競馬界の大物のひとりではなかったろうか。

思い出した。競馬には詳しくないが、厚真の岩倉牧場といえば、ダービー制覇の競走馬を出したことでも有名だ。その牧場主だ。

「岩倉達也の伯父を知っているか？」

「いえ」

「国会議員だ。岩倉圭作《けいさく》」

津久井が黙ると、長正寺は続けた。

「通報の経緯からして、妙な事件だ。散弾銃一挺のために四人組の強盗が押し入るはずもないが、被害の詳細がわからない。どう考えたって、現金があったはずだが、夫人は何もわからないと言っている」

津久井を見つめてくる。お前はこの事件に何を感じるかと訊いているようだ。

「被害届けの出せないカネが被害に遭ったのでしょうか。犯人たちは、闇サイトで集まったかという印象を持ちます」

長正寺はうなずいた。

「金持ちリストに載っていたか、身内か関係者の中に協力者がいる。おれたちは、逃亡中の犯人を追う。そいつらは目立たぬように、バラバラに逃げたろう」

滝本が長正寺に訊いた。

「使った車は？」

「まだわからない。被害者宅の監視カメラを解析中だ。本部は、この数日中の盗難車を照会している。それと周辺の道路の」長正寺は、打ち切る口調で言った。「そこまでだ。津久井たちは、国道一二号と南郷通りを受け持て。緊張して行け」

はい、と答えて、津久井たちは司令車を降りた。

佐伯は、駆けつけた妹と一緒に病院の休憩室を出た。

医師からの言葉は伝えてある。父親は十日ほど入院する。Ⅱ度の火傷であるし、後発性の感染症の可能性があるとのことで、入浴などを考えると最低それだけは入院させたほうがいい……。

認知症の懸念についても、伝えた。運ばれたとき、父親は自分が佐伯とふたり暮らししていることを理解していなかった。岩見沢の浩美の家のほうにいると思い込んでいたのだ。それに、日常生活で多くなっている物忘れ。煙草の火の不始末。そしてきょうの、ＩＨヒーターの使いかたの失敗。退院前に内科で診てもらうべきだと、医師からは伝えられたのだった。

浩美は、佐伯を見上げて言ってきた。

「もうたぶん、兄さんには手に負えないレベルだよね」

佐伯は、言葉を選んで言った。

「これで一段階重くなっているとなると、正直なところ、働きながらの介護はきついな」

「もう個人では無理だと、判断するときかも。誰も言ってはくれないだろうけど、公的な制度に頼って、兄さんは仕事を続けるの」

「引き取ってたった一年で、冷たいと思うんだ。自分でも」

「兄さんがつぶれてしまうわけにはいかない。わたしは、わかるよ。兄さんが薄情なんじゃない。共倒れを避けるなら、社会を頼る。兄さんは勤め人だから、なんとか手は見つけられると思う」

「どこに相談すればいいんだ？　また福祉事務所か？」

「わたしにまかせてもらっていい？　問い合わせたり、相談したり、それはわたしがするから」

「やってくれるか」

「でも、経済的には無理なの。そちらは、兄さんを頼っていい？」

「ああ」

それこそ、父親の介護で、妹の家庭まで崩壊させるわけにはいかないのだ。それは引き受けるつもりだった。

携帯電話に着信があった。新宮からだ。彼はいま、盗難車の発見現場に行っている。

「ちょっといいか」と妹に言って、佐伯は廊下の奥へと歩いた。

「はい」と通話にすると新宮が言った。

「車は、昨日の夕方には発見現場に停まっていたようです。ろくに走った形跡はありません」

「荷物は？」

「工具とか消耗品とか、なくなっていたものがありました。ただ、盗まれたものかどうかは、責任者も自信がないものがありました」

「どんなものだ？」

「レンチ、スパナ、結束バンド、小さめの掛け矢。粘着テープもそうかもしれないとのことですが、もう使い切っていたのかもと」

「そんなものをいただくために、車両窃盗とは妙だな。ホームセンターで、身分証明書もなしに買えるだろう」

さっき出がけに伊藤から伝えられた件を思い出した。厚真で強盗殺人とのことではなかったか？　厚真のどこの件か知らないが、札幌と厚真とでは、多少距離もある。七、八十キロぐらいか。あるいはそれ以上。札幌寄りのどこかだとして、時間にすれば一時間はかかる距離だ。

札幌市内でせこい道具類を調達して、厚真まで行って強盗をする人間はいるだろうか。それとも土地勘のない連中が、てっとり早く札幌市内で準備をしたということだろうか。

考えていると、新宮が続けた。

「最初は、車自体が欲しかったのかもしれません。でも、スターターがそろそろ寿命なのか、すんなり発進できない車でした。それで、とても換金できないとあきらめたのか」

「その設備業者も、よくそんな車を使っていたもんだな」

「責任者も、こんなにひどかったかと焦っていました。だましだまし使ってきて、知らないドライバーの癖で一気に不調が出たのかもしれません」

「詳しいな」

「自動車窃盗では、ずいぶんメカを勉強しましたから。どうしましょう?」

「厚真の強盗事件のことは何か聞いたか?」

「いえ、まだ何も」

「そっちとの関連が気になってきた。被害届け、細かいことになるが、出してもらえ」

犯人が逮捕されて検察が起訴した場合、その強盗殺人事案の公判では、犯罪の計画性も争われる。その場合、もしかすると被害届は被告たちの計画性を立証する有力証拠となるかもしれなかった。丁寧に出してもらうべきだった。

新宮が言った。

「はい。佐伯さんのほうは?」

「大事じゃなかった。これから署に戻る」

「無理しなくても、ひとりでやっておきますよ」

「いや、こっちはおれがいてもしょうがないんだ」

通話を切って、妹のほうに歩いた。

妹は言った。

「兄さん、仕事に戻って。わたしは一回兄さんのうちに行く。着替えやら持ってくるから。それから、夕方まで病院にいるから」

「すまない」

「助け合っていこうね」

「ああ」

佐伯は妹から視線をそらして、エレベーターホールへと歩き出した。


小島百合の携帯電話に着信があった。

知らない番号からだ。

「小島です」

相手は名乗った。昨日、携帯電話を奪われた女子高生からだ。

「内野です。昨日、婦警さんに話を聞いてもらった」

「どう？　戻ってきた？」

「いいえ。まだなんです。学校の公衆電話からかけています」

ちょっと借りたという言い分は通らなくなった時間だ。警察官の言葉で言うなら、すでに毀棄《きき》隠匿罪や使用窃盗ではなくなっている。

「窃盗として、きちんと捜査したほうがいいですね。協力してくれます?」

「何をするんですか?」

「まず、被害届けを出してもらう」暴行・脅迫の手段によらないことが窃盗罪の構成要件だが、ひったくりも窃盗罪である。この高校生の場合は、十分窃盗罪で被害届を受け付けることができるのではないか。「それから、少し写真を見てもらいたいの。その相手に似た女性がいないかどうか。どうだろう?」

「はい。どこに行けばいいですか?」

「大通警察署。まず少年係を訪ねてきて。わたしが、窃盗担当の刑事さんのところに一緒に行く」

「お願いします」

通話を切ってから、小島は思った。

佐伯は、この事案を担当してくれるだろうか。例のとおり、佐伯はずっと窃盗犯担当の刑事三課の遊軍扱いだ。もっと言えば、冷や飯食らいだった。ずっと大きな事案は担当させてもらえていない。暇にもしている。

たぶん道警本部の人事課は、一度組織に楯突いた佐伯がその冷遇に音を上げて依願退職することを期待しているのだろうが、佐伯はタフだった。一見つまらない事案とも見える窃盗事案に関わって誠実に対処し、想像外の大きな事案の解決の手がかりをつかむこともたびたびだった。

最近は、道警本部の中にも、佐伯に対する処遇は懲罰の意味があるとしてもやりすぎだという声があるようだ。小島は、純粋に同僚として願うけれども、佐伯にはもっとこのまま警察官、捜査員であって欲しかった。佐伯がいることで、腐ったり心折れたりせずにいる道警本部の警察官もけっして少なくはないのだから。

時計を見た。午後の二時四十分となっていた。佐伯はいま、デスクだろうか？


佐伯は、いったん自宅に戻り、管理組合の理事長に礼と詫びを言った。

「なに、お互いさまだから」と理事長は言った。しかし、顔には不安がある。いつまでこのままなのか、と佐伯に問うているようでもあった。

その表情には気づかないふりをして、佐伯は自分の住む集合住宅を出た。

居間も台所も父が救急搬送されていったときのままで、とりあえず片づいてはいる。妹がやってきても、父と息子のふたり暮らしについて、そう不安になることはないだろう。少なくとも問題は父の体調であって、佐伯の家事能力ではないことはわかってもらえるはずだ。

地下鉄の白石《しろいし》駅に着いたところで、新宮に電話した。

「いまは？」

新宮は答えた。

「署に戻っています。車の鑑識は終わって、もう所有者に返却されています」

「そうか。おれはいま白石駅だ。署に出る」気になっていることを訊いた。「苫小牧署の事案、どうなってる？」

「まだろくに何も聞いていません。大きな動きはないみたいです」

「設備業者の車がいったん盗まれて、結束バンドやらが盗まれた件は、苫小牧の本部に伝わっているのかな」

「係長が上に上げたと思いますが、まだとくに反応はないみたいです」

佐伯が署に戻ると、係長の伊藤はデスクで電話中だ。席に着いている同僚たちも、通常勤務という様子だった。

新宮が隣りのデスクで言った。

「終わりました。鑑識の結果はまだ出ていません」

「苫小牧署のほうが、忙しくなるんだろうな。どうなった？」

「まだです。捜査本部はまだ記者発表していないみたいで。そう言えば、機動捜査隊がサッポロファクトリーの人質立てこもり犯を確保しました」

「そんな件があったのか？」

「昼過ぎに発生で、通報から十分後には機動捜査隊が逮捕、人質の子供を確保したそうです」

佐伯はとうぜん津久井の顔を思い起こしていた。きょうが誰の班の当番なのかは知らないが、もし長正寺の班だとしたら、それをやってのけたのは津久井だろう。そしてその相棒の滝本という警察官。とくに根拠があるわけでもないから、単に自分がそう期待したというだけのことでしかないが。

伊藤が電話を終えて、佐伯を呼んだ。

「昨日の件、片づいたのだったな？」

何か新しい事案の担当を指示する雰囲気だ。

佐伯は伊藤のデスクに歩きながら言った。

「はい、身体は空きました」

デスクの前に立つと、伊藤が言った。

「中央バスの待合室で置引き。ガードマンが押さえて、いま地域課のパトカーで護送されてくる。お前と新宮とで担当してくれ」

「はい」

置引き犯の取調べ。ずいぶん件数もこなしてきた。大通署では、自分ほど多く置引き犯を担当した捜査員もいないのではないか。それはつまり、佐伯は北海道警察の中で置引き事案担当数が最多という記録ホルダーということにもなる。

もっとも、自分の部下になる新宮には、その記録は有難迷惑でもあるはずだ。刑事課の捜査員として、彼だってそろそろ苫小牧署の強盗殺人とか、機動捜査隊があっさり解決してしまった人質立てこもりのような事案も受け持ちたいはずなのだ。その前に異動が必要になるにせよ。

自分のデスクに戻ろうとすると、伊藤が訊いた。

「親父さん、具合は？」

佐伯は答えた。

「まったく何でもありません。ちょっと火傷しただけで」

「そうか」伊藤は少し声を落として言った。「何でも抱え込まないで、相談しろよ」

「はい」

上着をロッカーに入れて、廊下に出た。トイレに行くつもりだった。

廊下の前方のエレベーターホールから、小島百合が歩いてきた。私服姿だ。

佐伯に気がついて、あいさつしてくる。

「佐伯さんに」と、同僚としての呼び方をしてきた。「ちょうど相談ごとがあった。時間あります？」

「トイレに行かせてくれ。そのあと、置引き犯が到着するまで、話を聞ける」

「佐伯さんのデスクで、待っています」

デスクに戻ると、佐伯と新宮のデスクのあいだに椅子を入れて、小島が腰掛けていた。

佐伯のデスクには、紙コップ入りのコーヒーが置いてある。

小島が言った。

「相談に乗ってもらう御礼」

「なんだ？」

小島が話し出したのは、女子高生がスマホを奪われたという一件だった。最初は、少年同士のトラブルだろうかという印象もあった事案だったという。まだ携帯電話は友人を通じても出てきてはおらず、遺失物としても届は出ていない。窃盗事案として扱うべきかとも思い始めているのだという。

佐伯は言った。

「その高校生が来たら、話を聞く。窃盗事案で立件できるのではないかと思う」

小島は、安堵した顔になってから、少し口調を変えて言った。

「それにもうひとつ、気になることを耳にして。三、四日前に、四丁目交差点近くで、スマホを奪い合っている女性たちを見た、という情報があったの」

「いまの件とは別だな？」

「昨日と、三、四日前では、完全に違う事案の目撃情報。佐伯さんなら、何を想像する？」

「この数日、札幌に緊急にスマホをいくつも欲しがっている人間がいたんだ。足のつかないスマホが」

「振り込め詐欺を想像しませんか？」

「ああ」

そこに、廊下のほうから声があった。

「佐伯さんは、どちらです？」

顔を上げると、ふたりの制服警官がいた。あいだに、中年の男をはさんでいる。それが置引き犯なのだろう。

「おれだ」

佐伯は小島に、ここまでと合図して立ち上がった。

「あとでまた聞かせてくれ」

小島も立ち上がった。

「忙しいようだったら、上を通して、誰かに聞いてもらう」

「それでも、女子高生が来たら、取調べ中でも声をかけてくれ」

小島はうなずいてフロアを出ていった。

佐伯は制服警官たちから置引き犯の身柄を引き取った。

制服警官の年配のほうが言った。

「中央バスの待合室で、女性のハンドバッグを盗もうとしたんです。警備員が気がついて、地下への階段まで追って、つかまえた。つかみかかってきたので、警備員も応酬、押さえつけました。私人逮捕になります。すぐ通報があって、わたしたちが身柄を引き取りました」

佐伯は訊いた。

「置引きは認めたのか？」

「ええ。警備員は、この数日よく来ていたとのことで、余罪があるかと連行したんです」

「名前は？」

「イナバタカシ。健康保険証を持っていました」

「身元照会はした？」

「まだです」

佐伯はふたりの名前を聞いてから言った。

「あとはまかせてくれ」

佐伯と新宮は、イナバとはテーブルを間にして椅子に腰掛けた。

佐伯は、ノートとボールペンを前にして訊いた。

「イナバタカシ、でいいのかな？」

「そうだ」と、男は少し顔を斜めに向けて答えた。上着のポケットから、国民健康保険証を放ってくる。

稲葉孝志というのだとわかった。

稲葉は、目が狡猾《こうかつ》そうだ。単純な窃盗犯ではなく、寸借詐欺の常習と言ってもいいような印象がある。全体に目も鼻も口も小さな造作の顔だった。

「訊くが」と佐伯は言いかけた。

稲葉が遮るように逆に訊いてきた。

「おれは、逮捕《パク》られたのか？」

「ああ」

「逮捕状なんて見ていないぞ」

「置引きの現行犯だ。逮捕は警備員でもできる。置引きを認めているな」

「気がついたら、手に知らないハンドバッグがあった。おれのものじゃないってことは認めた」

佐伯は健康保険証を見ながら確認した。

「稲葉孝志。住所は北海道三笠《みかさ》市……でいいんだな？」

「ああ」

「年齢は、昭和…年。いくつだ？」

「四十二。厄年だよ、まったく」

「職業は？」

「無職。職探し中だ」

新宮が保険証を持って、取調室を出ていった。身元照会のためだ。

「家族は？」と訊くと、また稲葉が言った。

「おれは、婆《ばあ》さんのハンドバッグをたまたま手にしていただけだ。チンケな事件だろ？　警察も、おれなんかかまっていたら、やってられないだろう」

「警察の仕事なんだ」

「おれが車とか現金を盗んだんなら、あんたもやりがいがあるだろうけど」

「ハンドバッグの中に現金がないとどうしてわかる？」

「カネを持っていそうな婆さんじゃなかったぞ」

「あると期待したから盗んだんだろうに」

稲葉は苦笑した。

「おれには前科がある。何もしなかったのに、前科二犯になるのは承服できない」

「もうやってしまっているんだ。未遂じゃない」

「取引できないか。警察が絶対に喜ぶ情報を持っている。微罪だからってことで、放免してくれたらうれしいんだけどな」

「取引きはできない」

「いい情報だと思う。もっと大きな事件がある」

「この取調べが終わったら聞く」

「おれが余計なことをしゃべらないうちに聞いたほうがいい。そのほうが、あんたはおれを釈放しやすいと思うがなあ」

「犯罪を認めた以上、おれが釈放なんてできないんだ。手続きが必要だ」

「検察に書類送るんだっけ？　なんて言うんだっけ？」

「送検」

「こんな微罪で、検察のエリートさんたちを忙しくしたら恨まれないか。送検を止めることもできるはずだ。それは警察の裁量だろう」

「警察の仕事は、杓子定規《しやくしじようぎ》なんだ」

「ほんとうに聞きたくないか？」

「あとで聞く」

「振り込め詐欺の元締めを知っている」

佐伯は驚いて稲葉を凝視した。本当か？　でまかせを言っていないか？

稲葉はにやついた。さあ、どっちだと判断する？　とでも聞いてきたようだ。

さっきの小島の話を思い出した。

この数日、札幌市内ではいくらか荒っぽい方法で、契約者と繋がらない携帯電話を集めた者がいるらしいと判断できる件。近々に何かあるのだと想像もできることだった。

佐伯は、平静な調子で訊いた。

「いつの話だ？」

「乗ってきたね。約束してくれ。釈放が無理なら、送検はしないって」

「取引きはできないし、そういうことを約束もできない」

「おれがきょう、その婆さんのハンドバッグが自分の手にあることに気づいたのは、午後二時二十分過ぎのことだ。場所は中央バスの待合室。時間は、一、十五分ぐらいだったかもしれないな。あの場所は、待合室とは言わないのかな。乗車ロビーかな。ただの一階って言うのかな」

稲葉はだらだらとしゃべり始めた。佐伯をからかい始めたのだ。焦り出すようにと。取調べなどあと回しでもいい、という気分にするつもりだ。

かなりすれた男だ、と佐伯はあらためて稲葉孝志の顔を見つめて思った。

佐伯は、稲葉という男の目を見つめ、手で言葉を遮って言った。

「まずベンロクを取る。ベンロクは、前科があるなら知っているよな」

稲葉は答えた。

「弁解録取書。あんたが書くのかい？」

「ああ。そのあとの話も聞いてやるから、簡単にすませないか。だらだらくだらないことをしゃべらないで」

「自分、稲葉孝志は、昭和…年、三笠市生まれ。本籍も三笠。現住所はありません」

稲葉は、録取書のスタイルを承知でしゃべりだした。供述書もそうだが、このような書類はすべて被疑者本人の一人称で書いていくのだ。もちろんじっさいの取調べでは、取調べ担当捜査員と被疑者との一問一答のやりとりである。被疑者が一人称で長々と、5W1Hの形式でしゃべることはない。

稲葉は続けた。

「わたしは仕事を失って求職中ですが、このご時世ではなかなか仕事も見つからず、二日間何も食べずに腹をすかしていました。こんな身になっても、闇バイトをするのは自分の道徳観が許さなかったものですから、ついつい目の前にあったバッグに手を出してしまったのでした」

佐伯は遮った。

「道徳観は余計だ。事実だけを言え」

「大事なところですよ。どこまで書きました？」

「最初だけだ。ちょっと待ってろ」

犯行日時と現場については、正確に言わせることになる。

「七月…日午後二時二十分頃、札幌市中央区大通東一丁目の北海道中央バス・ターミナル待合室で、ベンチに腰掛けていた老婦人のバッグを、本人がよそを向いた隙に盗みました」

新宮が戻ってきて、稲葉にも聞こえるように言った。

「函館で、四年前に中国人観光客のバッグをやはり置引きしています。懲役一年半の判決、執行猶予が三年つきました」

稲葉が言った。

「ね、けちな泥棒でしょ。相手するのも馬鹿《ば》馬鹿《か》しくなりませんか？」

「けちな泥棒だから、たぶん余罪はそうとうにあるよな」

「いいえ。現実にある事実だけで、おれを送検して、刑務所送りにしてくださいよ。架空の犯罪なんかもとにするんじゃなく」

「誰がそんなことをする？」

取調室のドアがノックされた。振り返ると、係の最年少の捜査員だ。延原《のべはら》という。

延原が言った。

「係長が、集まれと」

「新宮も？」

「わたしがここにいます」

「そうしてくれ」

「テレビでニュースが始まります」

新宮と一緒に、刑事部屋に出た。

奥のテレビの前に十五、六人の捜査員たちが集まっている。係長の伊藤もだ。そばに寄ると、伊藤はテレビを顎《あご》で示して言った。

「苫小牧署から、中継だ。例の強盗殺人、記者発表だ」

苫小牧署の会議室だろうか。殺風景な空間に、折り畳みのテーブルがふたつ、横に並べられている。四人の制服の道警幹部が腰掛けていた。佐伯はどの顔にも見覚えはない。

五十代の眼鏡をかけた男が立ち上がった。パシャパシャとカメラのシャッターが切られる音。画面には映っていないが、かなりの数の報道陣がこの空間には集まっているのだろう。

「昨日、午後十一時ごろ、厚真町の……で、強盗殺人事件が発生しました。襲われたのは、……十二番地の、岩倉達也さん宅。三人から四人の男が侵入し、岩倉さん、妻の富美子《ふみこ》さんを縛ったうえで室内を物色、散弾銃一挺を奪って逃走しました。主人の岩倉さんは、犯人のひとりに鈍器で頭を殴られ、苫小牧市立病院に運ばれましたが、死亡が確認されています。北海道警察本部は、苫小牧警察署に捜査本部を設置、いま全力で犯人たちの追及に当たっています」

被害者の名の文字、年齢も発表された。被害者岩倉達也の職業は、競走馬育成牧場経営、である。

質問があった。

「発見したのは誰でしょうか。何時のことか、時刻も教えていただけますか」

署長が答えた。

「朝の七時四十五分に、通いの家政婦が岩倉さん宅に入って、事件を発見しました。一一九番通報は、午前八時二十五分ごろです。八時五十分に救急隊が岩倉さん宅に到着しています」

「警察への通報は、何時でしょうか?」

「十時三十五分です」

少し会議室が沈黙したあとに、べつの記者が質問した。

「一一九番通報と、警察への通報にずいぶん時間差がありますが、警察には十時三十五分ということでまちがいありませんか?」

「たしかです」

「時間差に何か理由はありますか?」

「被害者の夫人が混乱していて、警察への通報を完全に忘れていたとのことです。岩倉さんの住宅の東五百メートルほどのところに、岩倉さん所有の競走馬育成牧場の施設がありますが、夫人からの連絡を受けて駆けつけた従業員も、警察には当然通報が行っているものだと思い込んでいたとのことです」

佐伯が、いやたぶん捜査本部の捜査員たちも感じたに違いない通報の遅れ、一一九と一一〇番通報の時間差は、この段階ではまだ解決がついていないのだ。

一一九番通報したのは夫人か家政婦か? そのどちらかが一一〇番通報を忘れたのか? 隣接する牧場の従業員が駆けつけたとある。これは夫人からの連絡を受けてのことだという。つまり、牧場への連絡はしているのに、警察への連絡を忘れた?

べつの記者が質問した。

「奪われたのは散弾銃とのことですが、犯人たちは散弾銃を狙って侵入したのでしょうか?」

「まだわかりません」

「室内を物色したと説明がありましたが、ほかに奪われたものは何でしょう?」

「捜査中です」

「現金とか、宝石とかでしょうか?」

「まだ細目はわかっていません」

またべつの記者。

「散弾銃の実弾も奪われたのですね?」

「はい。どのくらいの数の実弾を奪われたのかは、まだわかっていません」

「散弾銃の種類は?」

「国産の、ミロクの上下二連銃です。十二番径」

「被害者の所有していたものでしょうか」

「そうです。被害者は所持免許を取って数挺の猟銃を所有していました。そのうちの一挺を犯人たちは奪っています」

「犯人たちがどのような男たちなのか、見当はついていますか」

「捜査中です」

「人数は三人か四人とのことですが、正確にはわからないのですか?」

「夫人も、三人か四人か、目撃の記憶があいまいなのです」

「全員男なのですね?」

「まだわかっていません」

「顔は目撃されているのでしょうか」

「全員、顔を隠していました。いわゆるウィルス防止用のようなマスクをつけていた者もいたと、被害者の夫人は証言しています」

「犯行には車が使われているのでしょうか？」

「車で被害者宅の庭に乗り付けています。白いワゴン車のようですが、被害者宅の防犯カメラの映像を調べているところです」

「犯行の後、どちら方面に逃走したか、見当はついているのでしょうか？」

「可能性のあるルートすべてで検問を実施しています」

「検問は、警察への通報があった十時三十五分以降ということになりますか？」

「そのとおりです」

「最近の闇サイトでひとを集めた事件のような印象がありますが、捜査本部の見方は？」

「まだなんとも断定していません」

「岩倉牧場というと、何年か前の競走馬が殺された事件を思い出しますが、そちらとの関連はいかがでしょう？」

「それは」想定外の質問だったようだ。署長は口ごもって言った。「何の件だかわかりません」

「あれはたしか」と記者が言いかけた。

署長の右横にいる司会役の幹部が、遮って言った。

「次の質問をどうぞ」

苫小牧署長の左横にいる幹部が、署長に何かささやいた。メモを手にしている。

署長は記者席に一礼すると、テーブルの後ろを通って退席していった。表情が少し硬い。

司会役の幹部が言った。

「記者発表は、これでいったん終了します」

記者席がざわついた。

画面は放送局のスタジオに切り替わった。テレビの前の捜査員たちは、それぞれのデスクに戻っていった。

伊藤が言った。

「管内の盗難車情報、全部上に上げろと指示が来てる。例のワゴン車の鑑識結果は出ているのか?」

「まだです。従業員以外の指紋がいくつか出たようですが」

「こういうタイミングだと気になる」

佐伯たちは自分たちのデスクまで歩いた。

新宮が佐伯に訊いた。

「競走馬が殺された一件って、何のことです?」

佐伯は記憶をたぐって答えた。

「よく覚えていないけど、あのあたりの有名な育成牧場で、育成中の馬が変な死に方をした件のことかな」

「そういう事件があったんですか?」

伊藤が横から言った。

「あった。七、八年前かな。岩倉牧場だ。事件として届け出はなかったけど、有名馬の血が入った育成馬が、訓練中に突然死して斃獣《へいじゅう》として処理されたんだ」

「斃獣処理場に運ばれたんなら、事故なんでしょうね」

「人間の場合とは違う。斃獣処理場では、自然死か変死かなんてことは調べない。突然死だと持ち込まれたら、それで記録するだけのことだ。あとになって、事件じゃないのかって業界で噂《うわさ》が出たらしい。だけど、殺されたと被害届けが出たわけでもない馬のことで、警察は動かなかった」

「もし育成馬が殺されたんなら、そうとうな被害額ですね」

「一千万から一億くらいの範囲だろう」

新宮が伊藤に訊いた。

「もし馬を殺されたのが事実として、それって何のためなんです?」

「何かの警告とか、恐喝ってことを想像できるな。事実だとすればだ」

佐伯は言った。

「ペットの犬や猫を殺すより、脅迫の効果は大きいな。警察に届けずに処理しようという気持ちになるかもしれない」

伊藤が言った。

「あのマフィア映画みたいなものだ」

「なんです？」

佐伯は、その情報を足して事件を想像し直してみた。競馬業界の、有名育成牧場に強盗。警察への通報が不自然に遅かった。被害はいまのところ、散弾銃一挺としかわからない。かつて、脅迫とも受け取れる育成馬の不審死があり、斃獣として処理された。被害者の伯父は、国会議員。

捜査本部も、同じ情報をもとに、事件の性格を読み取ろうとしているはずだ。

競馬の世界の、何か闇のトラブルが、とうとう強盗殺人事件というところまで行き着いたのか？

単純な闇サイト犯罪ではないのかもしれない。実行犯は、闇サイトで集められたのかもしれないが。

そういえば、いま稲葉孝志が言っていた。

振り込め詐欺の元締めを知っている……

佐伯は取調室に戻ると、あらためて稲葉の向かい側の椅子に腰掛けた。

稲葉はにやついている。

「話を聞く気になったという顔だな」

佐伯は言った。

「ベンロクは、いいのか？」

「優先度は、もうひとつの話の方が上だろう?」

「まず要点を話してみろ」


津久井たちの捜査車両が南郷通りを南に走っているときだ。

長正寺班長から隊内無線が入った。

「JRの上野幌《かみのっぽろ》駅、近いな?」

助手席の津久井が応えた。

「国道二七四の東、厚別《あつべつ》です」

「札幌市内のレンタカー会社から連絡だ。きょう九時に返却予定のミニバンが戻っていない。十一時に確認したところ、GPSでは上野幌駅近くに停まっていた。ずっとそのままだ。少し前の苫小牧署からの記者会見で、白っぽいワゴン車が強盗事件に使われたみたいだと知って、通報したとのことだ」

「上野幌駅ですね」津久井はカーナビに上野幌周辺の地図を表示させた。

「車種は」と長正寺が情報をつけ加えた。「トヨタ・アルファード。白。ナンバーは、れ、の」

「れナンバーとは、北海道の場合、わナンバーと同様にレンタカーにつけられる用途表示だ。「向かって、報告してくれ。警報は鳴らすな。散弾銃が奪われているんだ。用心していけ」

「了解です」

滝本がルーフに警告灯を出して、加速した。

ＪＲ上野幌駅は、ＪＲ北海道千歳線の駅だ。各駅停車しか停まらない。駅の周囲はまだ緑や農地の残るエリアで、住宅密集地ではなかった。

津久井たちは駐車場の東側から中に入った。月極《つきぎめ》の、管理人のいない駐車場だった。

駐車場に入ったところで、徐行してその白いミニバンを探した。

「ありました」と運転している滝本が言った。

「右手奥に、車高の高いミニバンがあります」

駐車場は、地形の都合なのだろう、ふたつのエリアに分かれている。そのミニバンは、出入口から遠い方の、さらに最奥に近いところに停めてあった。駐車スペースはおよそ七割方は埋まっているというところだろう。急発進しても、簡単には逃げられない位置にある。

滝本はそのミニバンから死角になっている位置、やはりミニバンの陰に捜査車両を停めた。赤色警告灯は点灯させたままだ。

津久井はシートの下の装備ボックスから、ライフジャケット型の防弾ベストを取り出してかぶった。滝本も同様にした。

次いで津久井は腰のホルスターから拳銃を抜いて、シリンダーを確かめてから、もう一度ホルスターに戻した。

滝本も拳銃を抜いた。

「一日に二度抜くのは初体験です」

「おれもだ」と津久井は言ってから、隊内無線で長正寺に連絡した。「上野幌駅駐車場に到着しました。白いアルファードが一台停まっています。ナンバー確認してから近づきます」

「ひとは乗っているのか？」

「まだわかりません」

少なくとも午前十一時から停まっている車に、ひとがずっと乗ったままだとは考えにくかった。乗り捨てられていると考えるのが妥当だろう。しかし、用心はすべきだ。

「警告して、両手を上げさせて降ろせ。無視するなら、応援を待て。車を発進させたならタイヤを撃て。応援に二台、向かわせている」

「はい」

津久井たちは、腰を屈めて、アルファードの前面のナンバープレートが読める位置に動いた。それの後ろの番号は、長正寺から連絡のあったものと一致した。間違いなかった。札幌市内で昨日借り出されたアルファードだ。運転席にも助手席にも、ひとは乗っていない。

津久井はもう一度長正寺に報告した。

「レンタカー、確認しました。ひとの姿は見えません」

「でかい車なんだろう？　シートを倒して眠っているかもしれない。近寄るな。まず警告だ」

そのとき、駐車場の外、西か北の方角から、警察車両のサイレンが近づいてきた。

自分たちは、警報は鳴らすなと長正寺から指示された。機動捜査隊のほかの捜査車両も、同じだろう。しかし、これは地域課のパトカーだろうか。

津久井は滝本に指示した。

「拳銃を抜いて、車一台分離れてくれ。おれがメガホンを使う」

「はい」

滝本は、トランクルームを開けて、装備ボックスから小型のメガホンを取り出し、隣りの車の陰に回った。

アルファードは、一本奥の駐車スペースに停まっている。端なので、運転席側にはほかの車は停まっていない。助手席側に、小型のハッチバック車。津久井の位置からアルファードまで、十メートルほどか。

サイレンの音が近づいてくる。

津久井はメガホンを握りながらオンスイッチを押した。

「警察だ。白いアルファードの運転手、いますぐ車を降りなさい。白いアルファードの運転手、ただちに車を降りなさい」

それからつけ加えた。

「覆面パトカーのそばにいるひとは、ただちにパトカーから離れてください。駐車場を出てください」

目を凝らしたが、車内で人影が動いたようではなかった。運転席も助手席も、無人のままだ。誰かが寝ているようでもなかった。

ほかの車からも、誰も降りてこない。駐車場の車には、誰も乗っていないようだ。

サイレンが近づき、パトカーが駐車場に入ってきた。このサイレンの音は、いまのメガホンでの津久井の声よりも大きく聞こえているはず。熟睡していても目を覚ますだろう。しかし誰も動かない。

パトカーが津久井たちの後ろに停まった。

津久井はパトカーの警察官たちにも手で合図した。一カ所、駐車場から出られる位置に、パトカーを停めろ、と。この場合、現場にいる機動捜査隊に、指揮権があるのだ。

パトカーはすぐに了解して、その位置へと回っていった。

津久井は滝本に目をやって、手で合図した。

おれが近づく。掩護《えんご》しろ。

滝本がうなずいた。

津久井はもう一度メガホンを持ち上げて言った。

「アルファードの運転手。十秒待つ。十秒で降りてきなさい」

やはり車からは誰も降りてこない。

津久井は、五秒経ったところで言った。

「五秒。六、七、八」

車内に動きはない。車は空か？

「九、十秒だ」

メガホンを地面に置くと、拳銃を両手で構え直して運転席のドアの側にまわり、慎重に歩いた。

滝本が、助手席側のやや前方にいる。

隊内無線で長正寺に言った。

「ひとの気配がありません。近づきます」

「気をつけろ。散弾銃を向けられたら、警告なしで撃っていい」

「はい」

津久井は運転席の真横から、アルファードに近づいていった。もしウィンドウが下ろされたなら、それは発砲の前段階だ。もう一度警告するだけの余裕はある。

運転席にも、助手席にも、ひとはいないようだ。メーターパネルに、血痕《けっこん》らしきものが見える。ハンドルにも、血らしきものの痕《あと》。

後部席のガラスはスモークシートが貼られている。中の様子はわからない。

また滝本に合図。

助手席斜め前方で掩護を。

滝本はその位置に動いた。

拳銃を両手で構えたまま運転席側のドアのすぐ後ろ側に立ち、中を覗いた。誰も見当たらない。

左手でドアレバーに手をかけて開こうとした。ロックされている。

「前の席には誰もいません。ドアはロックされています。後部席はスモークガラスなのでよく見えません」

視界の端で、制服の地域課巡査が近づいてくるのが見えた。

「地域課のパトカーが到着しています。いったん切ります」

津久井は拳銃を右手に下げて、近づいてきた地域課の制服巡査に言った。

「機動捜査隊です。厚真の事件の手配車両です。ひとはいなくて、ドアはロックされているんですが」

制服巡査が言った。

「開ける道具があります。いま持ってきます」

制服巡査がもうひとりと一緒にパトカーから戻ってきた。ひとりがいったんミニバンの後ろに回ってから、助手席の横に立ったもうひとりに言った。

「オーケー」

津久井は運転席のドアを開けて覗き、それから後部席のドアも開けた。やはり血痕が飛び散っている。量はわずかではあるが、鼻血が垂れたのとは違う勢いで飛び散った血だ。後部席には鞄がひとつ、置かれている。それに床にはガンケースらしき黒いレザー張りの、長い箱状のもの。

滝本が助手席のドアを開けてそのガンケース様のものに手をかけ、軽く揺らした。中は空のようだった。滝本はそのケースを外に引っ張りだして、蓋を開けた。やはりガンケースだった。ウレタンが、散弾銃の形でくぼんでいる。散弾銃自体はない。

津久井たちは後部に回ってハッチを開けた。フロアのマットが汚れている。かなりの出血の痕だ。

津久井は滝本と顔を見合わせた。

滝本が言った。

「強盗犯たちが使った車だとして、犯人のひとりも負傷していたということでしょうか。被害者も、発砲していたか？」

「被害者は、猟銃以外の銃器を持っていたのかな。ハンターには、銃器マニアも混じっている」

「この血の量、病院に運びこまなきゃ死ぬ量ですよ」

「死んでしまったので、どこかで死体は捨てられたか」津久井は運転席のほうを手で示した。「運転席にも血痕があった。逃げるところを被害者に撃たれたのか。それとも」

滝本が津久井に顔を向けた。何でしょう？　と訊いている。

「仲間割れがあったか」

「ああ」

津久井は拳銃をホルスターに収めると、後部荷室をていねいに見てからミニバンを離れ、長正寺に報告した。

「ミニバンは無人ですが、大量出血の痕があります。ガンケースもありましたが、散弾銃はありません」

駐車場に、機動捜査隊の覆面パトカーが一台滑りこんできた。応援のうちの一台だ。

長正寺が言った。

「おれも向かっている。お前たちは、駅でミニバンから降りた男の目撃情報、不審者情報をあたれ」

「了解です」

稲葉に、煙草を一本やった。彼は数口うまそうに吸ってから、話し始めた。

「月寒《つきさむ》通りの西二丁目に、コンビニがあるんですけどね。そこをたまたま通りかかったとき、大きな四駆が停まって、エンジンかけたまま運転手が降りて、コンビニに入っていくんですよ。男が降りたとき、引っ掛けてしまったのに気づかなかったのか、運転席から鞄が落ちたんですよね。おれは拾ったんです。その男に渡してやろうと思って。だけどなかなか出てこないし、車道から歩道に戻ったら、薄野交差点のほうから警官が歩いてくる。あ、誤解されるかなと思って、ほら、前科あるし、いったん反対側に歩いて、並びのビルの入り口に入ってやり過ごしたんです。

警官が通り過ぎていったところで、四駆の運転手に渡そうとビルから出たら、もう四駆はいなくなっていた。

おれは、なんとか返してやりたいから、バッグの中身を見たんです。連絡先でも中に入ってないかと思って。そうしたら、中身なんだと思います?」

佐伯は言った。

「もったいをつけるな」

「スマホですよ。十台ぐらい」

スマホ。

さっき小島が言っていた件。女子高生が昨日、市内中心部でスマホを奪われたとのことだった。三、四日前にも、スマホをめぐっての騒ぎが起こっていたらしかった。

関係することか？

稲葉は続けた。

「おれはすぐに、これ、やばいものを拾ってしまったのかと思って、とにかくその場を離れて、これをどうしようか考えたんです。警察に届けても、おれが何か怪しまれますよね」

「車上荒らし」と佐伯は言った。「運転手がエンジンを切らずに離れたところを見たんで、さっとドアを開けて、たぶん助手席にあったバッグを盗んだんだろう？」

「違いますって。地面に落ちたんです。だから拾ってやろうという気持ちになった」

「で、どうした？」

「営業の商売なんかで、十台くらいスマホ使う業種もあるのかもしれないって。落ち着いたところできちんとバッグの中を見れば、連絡先が出るかもしれないと思って、ゆっくり見ることにして、その場を離れた」

「どこに行ったんだ？」

「豊平川ですよ。河原の草っ原」

最短距離であれば、そのコンビニから四百から五百メートルくらいか。

「いまそのバッグはどこにある？」

「ある場所に、隠してあります」

「持ち主の連絡先はわからなかったのか？」

「残念ながら、名刺一枚出てこなかった。スマホをひとつひとつ見ても、着信履歴のどれが持ち主なのか、絞れなかったんですよ。間違い電話かけてしまうのも、相手に迷惑ですしね。それから思いついた。振り込め詐欺に使われているスマホなんじゃないかって」

「入っていたのは、スマホだけ？」

「あとスポーツ新聞とか、充電器がいくつかとか」

「スマホは全部で何台だ？」

「数えたら八個。アンドロイドが半分」

「どういう状態で？」

「みんな赤っぽいケースに入ってた。番号シールがケースに貼ってあったな」

「番号シール？」

「丸くて、五百円玉くらいの大きさ、数字が印刷されているシールさ。四番から十一番まであった」

管理用の番号だ。他人に使わせるためのものか。通話先によって使い分けているのか。

シールの番号が四番からということは、この男は自分個人用のスマホを三台持っているのではないか？　バッグなどに入れたりせず、身につけて持ち歩いている。

「預金通帳とかは?」

「なかった」

佐伯は失望して言った。

「お前、振り込め詐欺の元締めを知っていると言ったんだぞ。駄ボラか?」

「スマホ八個の盗難届け、出てます?」

聞いていない。

「いや」

「ほら、あやしいでしょう」

「振り込め詐欺のためのスマホかどうかは、それだけじゃわからない」

「四駆の番号を覚えていますよ。その持ち主が、元締めじゃありませんか?」

「言ってみろ」

「送検、勘弁してもらえますか?」

「その権限はない。だけど、こんどの置引きでは、実質、被害は出ていなかった。ベンロクも、供述調書も、そこがわかるように書く」

これが自分にできるぎりぎりの取引きだ。上に回せば、面倒くさいことになる。せっかくの振り込め詐欺の元締めにたどりつけるかもしれない情報を、ふいにしてしまう。

それにこの一件、何か切羽詰まっている印象がある。とにかく足のつかないスマホを必要としている人間が、数日前に札幌に出現しているのだ。その人物は、少々荒っぽい手段でも複数のスマホを手に入れようとしている。大きな犯罪が準備されている。もしかしたら、昨日のうちに実行されたのかもしれない。

考えていると稲葉が言った。

「おれは、バッグを盗んだわけじゃないってことも、わかってもらえたんですよね」

「お前が言ったとおりに書く。裏を取っている暇はないだろう。で、車種と番号は？」

稲葉は答えた。

「トヨタのランクルです。プラドでした。白」

「二・八リッター車か？」

「わかりません。札幌の3ナンバー車でした。つの25……」

札幌の車？　振り込め詐欺であれば、日本全国どこにいようと、いや外国の刑務所の中にいようと、ビジネスは可能ではあるが。

北海道は、なんといっても、金持ちの数は少ないし、「市場」ってやつは小さい。そういうビジネスには、札幌を本拠に仕事をするのは非効率ではないのか？　じっさい北海道警察の振り込め詐欺の摘発件数は、やはり警視庁や大阪府警と比べて、人口比にしても少ないはずだ。

そのいくつものスマホの持ち主は、振り込め詐欺犯かどうか判断はしにくい。ただし、かなり何らかの犯罪への関わりを疑わせる者であることはたしかだ。番号シールをつけ、身につけるのではなく、まとめてバッグに入れていたのだから、それは何らかの特別な用途向けのスマホであるとも判断できた。

佐伯はその番号をメモしながら言った。

「そんなに記憶力がいいのか?」

「どういうわけか。意味のないことでも、覚えてしまう質《たち》なんですよ。番号がわかれば、本人にたどりつけますよね」

番号がわかったところで、法律上手配できなければどうしようもないが。

新宮が横から手を伸ばして、その番号のメモを持って出ていった。登録を確かめるのだ。

佐伯はまた稲葉に訊いた。

「スマホの入ったバッグ、あるところに隠してあると言ったな」

「連絡先がわからなかったので」

「どこにある?」

「豊平橋近くのマンションの宅配ボックスです」

「お前が住んでるところか?」

「まさか。おれがマンション住まいに見えますか?」

「謙虚な言い方をするな」

「宅配ボックスだけ借りたんです」

「管理人の前で、入れたのか?」

「管理人のいないマンションですよ」

非合法な品の受け渡しで、管理人不在のマンションの宅配ボックスはときどき使われる。荷物を入れて、暗証番号を相手かたに連絡するのだ。相手かたはそのマンションに出向いて、宅配ボックスから品を持ち出す。駅のコインロッカーでは監視カメラがあるし、へたをすると管理者側の権限でロッカーが開けられる。いまはクスリや拳銃の受け渡しにも、駅のコインロッカーはあまり使われない。道警本部では、現職刑事の起こしたいわゆる郡司《ぐんじ》事件のときにはよく、どこそこのコインロッカーに拳銃がある、と匿名の通報があったものだが。

「どうして宅配ボックスに入れた?」

「まずは安全な保管庫として使ったんです。相手と連絡が取れた場合も、そのマンションの宅配ボックスを使うつもりだった」

「どうやって?」

「返してやるとき、マンションと番号だけ教えてやれば、顔を合わせずに済みますから」

「返すときに、多少の謝礼も要求するだろう。その受け渡しは?」

「いや、向こうがどうしても受け取ってくれって場合はね」

「だから、受け渡しはどうするんだ?」

「同じように、宅配ボックスに入れてもらいますよ。連絡のときの印象次第では、ほんとうに自分のものか確かめてもらうために、まずスマホを半分だけ返すつもりだったんですけどね」

「犯罪者相手じゃ、いきなり本人の前に出て行くのではリスクがあるな」

「相手はひとりじゃないと思ったほうがいいですしね」稲葉は、もう一本煙草を要求してきた。

「ともかく、そういう段取りで、ものをお渡ししようと考えていたんです。連絡先さえわかれば」

新宮が取調室に戻ってきた。わかりました、という顔だが、部屋に入ってこない。

佐伯が外に出ると、新宮はメモを渡してくれた。

「坂爪俊平《さかづめしゅんぺい》　白石区」

新宮は言った。

「坂爪は詐欺で逮捕歴があります。警視庁が、九年前に。懲役二年半。執行猶予がついていました。今年三十八歳」

「東京に住んでいたのか?」

「このときも、札幌在住です」

「詐欺の詳しいところは?」

「ここまで、とりあえず。もう一度調べてみます」

この坂爪という男がかつてもし振り込め詐欺に関わっていたとして、それで逮捕され詐欺罪で執行猶予判決だったならば、受け子をやったということか。主犯、元締めで懲役二年半の判決はありえない。詐欺罪の法定刑は懲役十年以下なのだ。振り込め詐欺で出し子をやった場合は、窃盗罪だ。

佐伯は新宮に言った。

「引っかかってくるとしたら、半グレとしてじゃないかという気がする。ここか本部の暴対に問い合わせてみる」

「はい」

「一緒に出る。暴対への問い合わせは、車の中からやれ」

佐伯は部屋に戻ると、稲葉に言った。

「そのマンションまで、案内してくれ」

「釈放されるんじゃないのか？」

「まだ調書を取っていない」

稲葉はしかたがないという顔で立ち上がった。


ＪＲ上野幌駅の月極駐車場にはいま八台の北海道警察本部の車が集まっている。機動捜査隊の捜査車両が一台、指令車が一台。厚別警察署の地域課のパトカーが三台だ。機動捜査隊の車はもう二台到着していたが、長正寺の指示で上野幌駅周辺の聞き込みに回っている。鑑識のワゴン車も来ているが、いまからミニバンをトラックに載せて、道警本部科学捜査研究所に運ぶことになる。

津久井は滝本と一緒に、指令車に乗って長正寺に報告した。

「ミニバンは、駅員が今朝十時十五分過ぎに見たと言っています。乗っていた人間は目撃していません。それ以前に停められたものでしょうが、それが何時からかはわからないとのことです。駅舎の近辺に監視カメラが何台かありますが、駐車場のあの位置が映っているものはないそうです」

　滝本がつけ加えた。

「ミニバンの後ろに、衣料品の会社のバンがありました。その会社のドライバーと連絡が取れましたが、九時二十分にそこに停めたときには、白いミニバンはなかったそうです」

　長正寺がうなずいて言った。

「改札を通る不審者の目撃情報は？」

「九時二十分から十時までのあいだで、上り下りとも二本ずつ列車があります。駅員は、とくに不審者を記憶していません。ゴルフのクラブケースとか、長いものを持った男などいなかったか、とも質問していますが。プラットホームの監視カメラの映像は借り出せるそうです」

「ここに車を停めて札幌方面に向かったか、千歳空港かだな。千歳空港にも新札幌駅にも乗り付けなかったのは、ひと目が多すぎるからだろう」

「散弾銃は、被害者宅で奪われたものですか？」

「捜査本部はまだ確認してきていない。ガンケースも、被害者宅にあったものかどうか確認は取れていないが、車のほうは、まず強盗犯たちが使ったってことで確実だろう」

　津久井は確かめた。

「カーナビの確認はどうでした？　目的地が被害現場と一致すれば、確実にこのミニバンが犯行に使われていますが」

「まだだ。それは科捜研でやる」

「犯行車両だとして、散弾銃を奪った犯人は、むき出しで運ぶことはないはずです。ガンケースの代わりになるものも奪っていたか」

「たとえば？」

「ゴルフクラブのケース」チェロのケースも考えたが、いくらなんでもそれはないか。

「被害品の中には入っていない」

「では、どこかで調達していますね。散弾銃が最初からの狙いなら、昨日現場に乗り付ける前に。もし散弾銃が予定外なら、きょうになって買ったか盗んだかしている。きょう、店で買ったのなら、店員が顔を覚えている可能性がある。厚真とここのあいだの店で」

「捜査本部に、その件を伝える。手配があるだろう」

「病院に重傷患者は運びこまれていないのですね？」

「いまのところ、どこからも報告はない」

「被害者宅で、犯人側も負傷した可能性は？」

「発表には、ない。一方的に襲われた、としか読めない発表だ」

「ドラレコに、車内の会話は録音されていませんか？」

長正寺が首を振った。

「壊されていた。鑑識の話では、走った道、車内の会話なんかが復元できるかどうかはわからない。会話は最初から録音されていなかった可能性もある」

「レンタカー会社は、いつ貸し出したんですか？」

「昨日の午後四時十五分だ。吉川《よしかわ》という男に、今朝九時返却予定で貸し出している」

滝本が不思議そうな顔で長正寺に言った。

「強盗をやるのに、免許証を出してレンタカーを借り出すとは、大胆なのか馬鹿なのか」

長正寺が、津久井に目を向けてきた。

お前はどう解釈する、と訊いている。

津久井は、自分がいま持っている印象を口にした。

「犯人たちは、強盗殺人にするつもりはなかったのではないでしょうか。もしかすると、警察への通報もないと確信があったのかもしれない。じっさい、警察への通報が妙に遅れていますね」

「そうだ」と長正寺。「大通署の佐伯たちが、設備業者のワゴン車の盗難を担当した。昨日午後に盗まれて、今朝見つかっている。工具とか、結束バンドなんかがなくなっていたそうだ。犯人たちが犯行に使うつもりでいったん盗んだのかもしれない。だけど、相当にぼろい車だったそうで、犯人たちはその車を使うことをあきらめて捨て、レンタカーを借りることにしたのかもしれない」

「あまり計画的ではなかった?」

「いや、襲った先は、警察への通報をためらうような事情のあるところだ。その事情をつかんでいた。計画的だ。車の件は、その解釈でいいかどうかわからないが」

「捜査本部の読みはどうなんでしょう?」

「機動捜査隊《きそう》には伝わってきていない。捜査本部がどう読んでいるのかはわからないが、このヤマ、まだ何が奪われたのかもわかっていないんだ。被害者の家族と会社は、何か隠している。散弾銃は、ついでに持っていかれたものだろう。三十万、四十万で買えるものを奪うのに、大の男が三人、四人でひとをひとり殺すのは割に合わない」
長正寺のヘッドセットに、通信が入ったようだ。長正寺は、イヤホンを押さえて通話を聞いた。

通話が終わってから、長正寺は言った。

「レンタカーのミニバン、今朝早くに、千歳空港の駐車場に入っていた。午前五時三十分に入り、六時七分に出ている。いま、その時間帯の空港ビルの監視カメラを調べている」

津久井は訊いた。

「乗り捨てにしないで、出ているんですね？」

「怪我をした男を、どこかに運ぼうとしたのか」

「厚真の現場を出たあと、どこか大病院の通用口に怪我人を放置して、ミニバンは空港の駐車場に乗り捨てるのが合理的かと考えますが」

「こんな強盗《タタキ》をやる連中に、合理的な思考なんか求めるだけ無駄だ」

「このあとは？」

長正寺は、指令車の壁に貼られた札幌とその周辺の地図を指で示しながら言った。

「いま捜査本部からうちに要請があった」厚真の事件となると、機動捜査隊の管轄地域外だが、捜査本部から要請があれば動くことになる。「千歳空港から上野幌までのあいだに、車を出してくれないかとのことだ。怪我人が出ていたり、あるいは倒れている誰かが見つかればそこに急行する。いまの本部の指示は、国道三六号線を中心にということだったが、津久井たちは、この上野幌から国道二七四、道道四六で回れ。行け」

津久井たちは、はい、と答えて指令車を降りた。


そのマンションは、十階建てで、道路に面した間口は八間ほどだろうか。あまり大きな建物ではない。ロビーには管理人室のものらしい小窓があるが、管理人の常駐はないようだ。壁の郵便ポストの数は四十ほどか。そのステンレス製のポストの下に、宅配ボックスが大小五つ並んでいた。

稲葉は宅配ボックスの前にしゃがんで、手錠をかけた手でロックの番号を動かした。シリンダーの四桁《けた》の番号を入れ換えると、扉が開いた。

稲葉は中から黒いナイロンのバッグを取り出して、佐伯に渡してきた。そこそこ重みがあった。佐伯は手袋をはめた手でジッパーを開いて中を覗いた。赤いケースに入ったスマホがいくつも無造作に収まっている。赤いケースには、たしかに番号のついたシールが貼られていた。弁当箱ほどのサイズの透明のケースの中には、充電用のコードとか、バッテリーを使う携帯充電器が入っていた。

「これで間違いないか?」と佐伯は訊いた。

「ええ。これですよ」

新宮がそのボックスの中を覗き込んだ。

「それだけです」

稲葉が言った。

「もう釈放ですね？」

「まだ手続きは終わっていない。署に戻る」

「ずっと重大な犯罪を、おれ、未然に防いだでしょう？　その程度によっては、ベンロクや供述調書書くとき、何かしら気分が反映されるかもしれない」

新宮が先に立って、そのマンションのエントランスを出た。

佐伯は左手にバッグを提げ、右手で稲葉を押して続いた。

大通署に戻って、スマホをじっくりとあらためてみる必要がある。

佐伯は稲葉に訊いた。

「一日、留置されるっていうのはどうだ？」

稲葉は情けない顔で首を振った。

「勘弁してください。何のためにわざわざ申し出たと思ってるんです？」

「それはわかっている。きょうこのあと、何度も事情を聞きたくなる予感がするんだ。そばにいてくれると都合がいい」

「大通署の留置場ですか？」

「体験ずみか？」

「いえ。だけど、晩飯は特別扱いにしてもらえますかね」

「取調室で食わせる。カツドンか？」

「カツカレーにザンギでは？」

「大盛りでもいいぞ」

「夕方と、夜と」

「いいだろう」

「一泊しますよ」

署に戻り、地下駐車場から刑事部のフロアに上がると、ばったり小島百合に会った。

「あ」と小島は足を止めた。

エレベーターを降りて、佐伯は小島に訊いた。

「頼まれていた一件か？」

「そうなんです。スマホを持っていかれた女子高生が来た。話を聞いてもらえないかと思って」

小島は、稲葉と新宮に目をやった。「でも、お忙しそうですね」

「いや。そちらの件、気になってきた。五分したら、来てくれ。第二取調室のほうにいる」

はいと答えて、小島はエレベーターに乗っていった。

取調室に戻ると、佐伯は新宮にも手袋をつけさせて、スマホをすべてテーブルの上に並べた。

稲葉が言っていたとおり、四台がアップル社製で、半分がアンドロイドだった。

一台ずつ電源を入れてみようとしたが、すべてバッテリー切れだった。

一台に充電のコードをつなぎ、電源を入れてみた。当然ながら顔認証は通じなかった。ナンバーキーパッドが出てくる。使うためには、四桁のパスコードを入れる必要がある。どうしようもない。ロックさえ解除できれば、所有主が誰かを知ることができるだけではなく、メールやメッセンジャーのやりとりもわかる。入れているアプリから、このスマホが、主に何のために使われているか、類推することもできた。しかし、パスコードがわからない状態では、すぐには無理だった。それを知るためには、科学捜査研究所に助けを求める必要がある。

小島がいま言っていた件を思い出す。

彼女は、昨日市の中心部で女子高生が若い女にスマホを奪われたと話していた。それは窃盗の刑事事件として立件できるだろうかと、昼過ぎにも聞いている。その関連で、同じようにやはり市の中心部で、三、四日前にスマホを強奪しようとしていた騒ぎがあったとも言っていた。

佐伯は稲葉に顔を向けた。

「あのバッグ、正確にはいつ手に入れた?」

「三日前です」

「昨日、一昨日《おととい》、一昨昨日《さきおととい》の一昨昨日だな?」佐伯は自分のスマホでカレンダーを確かめて、その日を言った。

「ええ。午前中」

ドアがノックされた。

佐伯は立ち上がって、ドアを半開きにした。小島だった。

「まだ早すぎました?」

「ちょうどいい」新宮に指示した。「その四駆の運転者のこと、様子を訊いておいてくれ」

佐伯は席を立った。

小島は、制服の女子高生と一緒だ。少しおどおどしている。

女子高生をデスクの横の椅子に腰掛けさせると、小島がざっと説明してくれた。昨日の女子高生が遭遇した、スマホ強奪。あるいはスマホひったくり。

相手は若い女とのことで、高校生の知り合いではない。ただ、顔は見たことがあるという。

高校生は言った。

「あたしが、中通りを歩いてきて、停留所から市電に乗ろうとしたときです。乗るためにスマホを持っていたら、その女のひとが停留所で近づいてきて、あたしに突然話しかけてきたんです。パスコード、何番?って」

小島が訊いた。

「内野さんの名前は言っていないんだよね」

「と思います」高校生は自信なげな顔となった。「何か言って近づいてきたんです。名前じゃなかったと思うけど、あたしの知り合いかと思って、立ち止まった。なんとなく見たことある顔だなと。そしたら、パスコード何番だっけって言いながら、すっとスマホ取り上げようとした。えって、あたしよくわからなくて、反射的に渡してしまったんです」

「脅してきたの？」と佐伯は確かめた。

「最初は、親しげだった。パスコード何番ってもう一度訊かれて。思わず言ってしまったんです」

「何番だったの？」

「5188」

「何か意味はあるのかな」

「恋はハッピー、のつもりでした」

「言ってしまったんだ」

「あたし、いろんなもののパスコード、それにしてるんです。教えても害のないものの番号のときは、友達なんかにも教えてやって、あ、意味わかるって言われるのが楽しみで。そのときもつい。そしたらそのひとが、ちょっと借りるねって、おカネを出してきたんです。一万円かな。そのとき初めて、持っていかれるんだってわかって。スマホを取り返そうとしたんです」

「揉み合いになった？」

「ええ。女のひとは、返すからって言ったと思います。警察になんとかって言ったと思います」

「届けるな？」

「いえ。警察に届ける、かな、警察に届く、だったかな。はっきり聞こえていません。そして停留所から逃げようとして、あたしは追いかけようとして、転んでしまって」

「おカネはどうなったの？」

「受け取っていません。あたし、びっくりして、返して、返してくださいって、大声を出した」

「その女のひとは、逃げていった？」

「ええ。南のほうへ」

つまり薄野方面へという言い方もできるが。

「自動車じゃなくて？」

「走って。だけど途中からはわかりません。まわりのひとが心配して抱き起こしてくれて、しばらく呆然《ぼうぜん》としてたんですけど、そうしたらこちらの婦警さんが駆けつけてくれて」

高校生の話が終わったところで、小島が佐伯の顔を見つめてきた。立件できるか、と訊いている。いま高校生には大丈夫と答えたけれども、ということだろう。

佐伯は、まだ事情が飲み込めなかった。このようなやりとりとなるひったくり事案は、いままで経験したことがない。手口として、あったろうか。カネを渡そうとしてきたという部分も引っかかる。一万円？　高校生が何か誤解しているということはないだろうか。ほんとうに現金が差し出されたのか？

考えていると、高校生は言った。

「こちらの婦警さんの話で、まだ届いていないってわかったんで、やっぱり取られたのはたしかなんだろうと思って」

「そのとおりだ。ひったくり事件として、被害届けをもう一回出してもらおう。届けられるのを待つだけじゃなく、事件として捜査できるように思う」

小島は一瞬意外そうな顔となった。捜査できる、という部分が、期待以上だったのだろうか。

佐伯は小島に目で合図した。ちょっとこの高校生から離れたところで。

小島が立ち上がったので、佐伯は取調室の前まで移動して、小島に言った。

「三日前に、置き引きの常習犯がスマホの入った鞄を四駆の助手席から盗んだんだ。八台のスマホが入っていた」

「八台も」と小島が驚いた。「見本でも持っていたんですか?」

「この高校生の一件と、市内中心部の騒ぎ。足のつかないスマホを緊急に必要としている人間がいたんじゃないか。いまは、プリペイドカードの電話を持つにしても、身元は厳格に調べられる。犯罪やるやつには、持ち主までたどれない携帯電話が必要なんだ」

「もしかして、厚真の強盗殺人との関連を言っています? あの犯人たち、闇サイトで集まったんじゃないかって、うちのフロアでも話題になっていますけど」

「まだ何とも言えないけど。ただ、スマホを手に入れるやり方としては、荒っぽいことはたしかだ。しかも女を使っているのも、どういうことなのかはわからない。もうひとつ」

小島が首を傾《かし》げた。

佐伯は言った。

「ひったくりの現場。なんで四丁目交差点に近い場所なんだろう。高校生からのカツアゲなら、狸小路《たぬきこうじ》だ」

「あの交差点のそばには、アップルの直営店がある。ドコモの販売店もいくつか。関係あるかな」

「最初はそっちでまとめて狙っていたのかな。新製品発売のときには、転売屋も並ぶよな。だけど、きのう奪っているのは、若い女だ」

「闇サイトで、カツアゲ要員を募集したのでは？　たまたま女の子も応募した」小島はちらりと高校生のほうに目をやった。「ひったくっていった女は、あの高校生の顔を覚えていて、知り合いのつもりで近づいていて、貸せとカネを出したのかもしれない」

新宮が言った。

「サイバー犯罪対策室に問い合わせます。この三日ぐらいで、そういう闇バイトの募集がなかったか」

まだ解釈ができず、佐伯は疑問を口にした。

「札幌にはどうかわからないが、犯罪用の携帯電話を用立てる業者もいるんだ。ふつうなら、そんな危ない真似《まね》をする必要はない」

新宮が言った。

「厚真の強盗事件は、午後十一時くらい。昨日の昼間には、ワゴン車の盗難もあって、車は今朝見つかったけど、工具やら結束バンドが消えています。スマホ盗難という予定外のことが起こって、かなりばたばたと、おかしなことをするしかなかったんでしょうかね」

「とにかく、被害届けを出してもらおう」

北海道道四六号線で北広島《きたひろしま》を南に向かっているときだ。津久井たちの車に長正寺から連絡が入った。

「北広島の南の里緑地へ。地元の農家が、ひとが倒れているようだと通報してきた」

「向かいます」

こんどはサイレンを鳴らして四六号線を走った。

南の里緑地は、農地の中の里山部分だ。その里山の端に沿って、農道が走っている。道道四六号線は、地形を無視し、そのあたりをほぼ一直線に延びているのだった。里山の公共緑地部分は、この季節、下草も繁茂した雑木林となっていて、道路を自動車で走っているかぎりは、緑地の中に何が放ってあろうとろくに目には入らない。

四六号線を北から走ってその南の里緑地にさしかかったとき、右手の道路脇に男の姿が見えた。カーナビで確認すると、里山の山麓《さんろく》部分を巻くように通る道道一一四八号線の起点だ。男は手を振っている。通報者なのだろう。

滝本が捜査車両を徐行させた。

停まると、その男が駆け寄ってきた。ワークマンのマークの入った作業服に、長靴をはいた中年男だ。

津久井が訊いた。

「通報された方ですね？」

「そうなんだ。倒れているって電話したけど、動かない。死んでるようにも見える」

「近寄って見てみました？」

「勘弁してくれ。よくわからないものに近づきたくないんだ」

「いつからありました？」

「きょうは、ここまでさっき来たのが最初だ。いつからかはわからない」

一一四八に、軽トラックが停まっている。ひとが倒れているのは、一一四八のその先百メートルほどの脇、山側だという。反対側の平地は農地となっている。土がむき出しなので、何の畑なのかはわからなかった。

「この道は、どこにつながっているんでしたっけ？」

「ゴルフ場さ。三つ並んでいる。その先は、北広島の南の住宅地。音江《おとえ》別川《べつがわ》に沿って走って、また四六号線に戻る」

ということは、必ずしも土地勘のある人間だけが使うわけではない道路ということだ。

捜査車両を停めて、その場まで十メートルほどを歩いた。

道の端に立つと、かなり雑草の生い茂った法面《のりめん》に、ひとの服が見える。近づくと、男が倒れている。うつ伏せだ。

動いていない。後頭部が汚れていた。服の首のあたりにも血がついている。

津久井たちは法面を数歩下り、その男の様子をもう一度あらためた。カジュアルなズボンに、化繊の上着。あまり上質とは言えない衣類だ。足元もカジュアルシューズ。

「お父さん、聞こえる？」と言いながら、男の肩に手をかけて、仰向《あおむ》けにした。

死相だった。肩も肘《ひじ》も動かない。死後硬直だ。死亡してから数時間たっているようだった。いま死んだ人間ではない。

鼻のあたりが血で汚れている。陥没しているようにも見えた。

上着を探って、内ポケットに財布を見つけた。津久井はその財布を滝本に渡すと、さらに上着のポケット、ズボンのポケットをあらためた。目ぼしいものはなかった。

立ち上がって、長正寺に連絡した。

「死体です。顔と後頭部に外傷があります。中年男。発見者の話では、昨日はなかったとのこと。死後硬直が始まっていますが、死亡推定時刻までは自分にはわかりません」

長正寺が訊いた。

「銃傷か？」

「わかりませんが、鼻は陥没しているようです。鈍器を叩き込まれた仏さんのように見えます」

「男の所持品を調べろ。男の身元を知りたい」

「財布がありました」

滝本が津久井にカードを渡してきた。運転免許証だった。

「免許証です。ヨシカワクニヤ」吉川邦也と書くと伝えた。

長正寺が言った。

「ミニバンを借り出した男だ」その声は、珍しく動揺していた。「仲間割れかな。違う事案になってきたぞ」

そういうことか。しかし、仲間割れの理由は？　仲間を殺した者は、散弾銃を持っているはずだが。津久井はとにかく報告を続けた。

「免許証番号は、東京です……」

次いで誕生日。

「昭和…年十二月二十一日」

「四十五歳か。携帯は？」

「見当たりません」

「死体の近辺を探せ。いま捜査本部の車がそこに向かう。厚別警察署の地域課、刑事課も向かっている。それまで、その場で通報者から話を聞いておいてくれ」

「はい」

津久井は、見守っていた農家の男に近づいて言った。

「通報ありがとうございます」

男は、不安そうに言った。

「何かの事件なのかい？」

「まだ何もわかりませんが、お父さんのお名前と連絡先を聞いてかまいませんか」

「第一発見者って、いろいろ調べられるんだよな。どっちみちおれしか通報しようがないと思うからしたけど」

「ご迷惑はおかけしません」

男は名前と携帯電話番号を教えてくれた。

深田《ふかだ》という名字で、この道路の脇の農地の所有者だ。住居は南隣りの谷にあるのだという。

聞いているあいだに、滝本は捜査車両からブルーシートを取り出して、吉川の死体の上にかけた。

津久井はそれを横目で見ながら、深田に訊いた。

「ここに入ってくる車は、多いんでしょうか？」

「いいや。こっちのほうは、農地だけ。ろくに人家はないし、抜け道としても特別便利ってわけじゃない。山菜採りの季節なんかに、入ってくる車はあるけどね。里山に入るのに、駐車するための車も多い」

「農家さんは、ほかにも？」

「ゴルフ場の南のほうに、もう二軒ある」

「きょう、このあたりに停まっていた車なんて、見ていますか？」

「いいや。待てよ」深田は、道の西方向に顔を向けた。道道四六号線から離れる方向だ。「発進したばかりかって感じで、あっちへ走っていく車があったな。滑らかに走ってるんじゃなくて、加速していく感じだ。はっきりとは言えないけど、見たときそう感じた」

「何時ごろです？」

「十時十分前くらいかな。そのあたりだ。おれは四六号をうちから恵庭《えにわ》に向けて走ってたんだ。ここの畑には回ってきていない」

「どのあたりから、見たんです？」

「そこの四六号線と一一四八とが交差する少し北。二百メートルくらい手前で気づいたかな。ちょうどうちの畑の真横なんで、目が行ったんだ」

「車の種類はわかります？」

「ワゴン車。ミニバンっていうやつかな。少し大きめだ。白い車」

上野幌の駐車場に放置されたあの車に似ている。加速してゆくように見えたとのことだが、ここに停まっていたのだろう。四六号線を北に走っていて、山林のある場所にかかった。犯人は死体を遺棄するならこのあたりだと考え、幹線道路である四六号線から左折、ちょうど周囲に車の姿も見えないタイミングで、車から死体を降ろし、道路脇の雑草の繁《しげ》る法面へと放り投げた。ほんの一瞬のことだったろうが、たまたま深田が四六号線を通りかかっていた。ふつうの速度で走っていれば気にならなかったのだろうが、発進直後で加速していくところであれば、なんとなく違和感が出る。だから深田は記憶したのだ。

北の方角から、警察車のサイレンの音が聞こえてくる。厚別署の地域課か刑事課だろう。苫小牧署に置かれた捜査本部の捜査車両は、いくらなんでも五分や十分ではここには着けない。三十分はかかる。

津久井は深田に礼を言った。

「また協力をお願いするかもしれません」

「いいよ。それ以上のことは、思い出せないと思うけど」

深田は軽トラックに乗って、一一四八号線を西に走り去っていった。

津久井は滝本に言った。

「ここを交替するまで、死体のそばを見ておこう。見落としたものがあるかもしれない」

滝本は、緑地の雑木林に目をやって言った。

「携帯なんかは、あの山の中に放り投げたでしょうね。機動隊はちょっとご苦労さまだ」

「どうかな」と津久井は否定した。「死体は無造作に道路脇に捨てた。財布はポケットに入っていたんだろう？　身元を隠す手間もかけていない。案外死体のまわりに落ちているかもしれない」

「そうか」と滝本がうなずいた。「死体遺棄したそいつは、この男の身元がばれたところで、自分の身元がたどれるとは思っていないのでしょうか」

「いよいよ闇サイトで集められた男たちって印象になるな」

死体の位置を中心に、東側四六号線寄りの道路脇を津久井が探した。滝本は西側だ。

パトカーのサイレンが接近してくる。四六号線の北方向に、車の姿が見えてきた。こちらの捜査車両は、赤色警告灯を点けたままだ。間違いなくここまでやって来られるだろう。

滝本が声を上げた。

「ありましたよ」

死体から三メートルも離れていない場所だ。滝本は黒っぽいケース入りの、携帯電話を持ち上げた。

津久井は滝本に近づいた。

「壊されてもいませんね。パスコードを要求されました」

止めるか、と一瞬だけ津久井は考えた。それは捜査本部にまかせてもいいことではないか。すぐに考え直した。死体を遺棄した男は、判事にもマスコミにも遠慮なしに言うなら、この死体の殺害犯だ。しかも、厚真の強盗殺人の現場からは散弾銃を奪っている。自分たち機動捜査隊は、その凶悪犯を追い詰め、身柄確保しなければならない。一刻も早く、次の凶悪事件が起こらないうちに。犯人がもうひとり殺さないうちに。

この男は最初の殺人ですでにタガがはずれた。この吉川という男でふたり目。このあと何人殺そうとも、量刑は死刑が確実だ。この男の次の犯行を止めるものは、何もない。

滝本は、その携帯電話を左手で持って、指でタップした。パスコード、携帯電話に書いてあるのか？

「誕生日は違いました。一二二一はだめ」

滝本はすぐにまたタップした。

「あ」

「解除か？」

「ええ」

「どういう数字を入れたんだ？」

「免許証の、住所の番地ですよ。四の二の一六」

「単純なやつだな」津久井は滝本に近づいた。

「例のチャットアプリが入っていますよ」

「犯罪者が持つ定番アプリだな」

「ろくに使っていませんね」

「いちばん最後のやりとりは、いつだろう」

「待ってください」滝本は慣れた調子で画面をタップしていく。滝本がこのアプリのユーザーとは思っていなかったが、堅気の人間にも重宝する特徴があるのかもしれない。「こいつだ。きょうの九時四十二分の発信」

「殺される直前ってことかな。仲間割れの前。相手は？」

「ヒデって名前です。どうします？」

「共犯か。それとも、違うか。助けを求めた相手かもしれない」サイレンが近づいてくる。この携帯電話が捜査本部にまで運ばれたら、この電話を使っての情報収集は半日ぐらい後になるのではないか。煩瑣《はんさ》な手続きの後で、ようやく試してみろと統括官から許可が出るのだ。そのころには、証拠として使えるようなデータはすべて消えてしまっているだろう。「まず吉川とどういう関係かだけでも、確かめたいな」

「通話してみます」

滝本はまたタップ。それから耳に当てた。津久井は滝本の耳に自分の耳を寄せた。すぐに相手が出た。中年男の声だ。

「どうしました？」かなり怯えているように聞こえる。

滝本が黙っていると、相手は訊いた。

「ヨッサンですよね。無事ですか？」

無事かの確認？　何かあることを心配していたのか？

滝本が言った。

「ヨッサンじゃないんです。警察です。吉川さんのことで、少し伺いたいことがあって」

「警察？」

「ええ。吉川さんの携帯を借りています。ヒデさんと吉川さんは」

滝本が言葉を切って津久井を見つめてくる。

通話が向こうから切れたか？

「もしもし」と滝本。「切れましたね」

滝本はいったん携帯を耳から離して、もう一度操作し直した。同じ相手にかけたのだろう。

十秒ほど後に滝本は首を振った。

「つながりません。出ないいだけかな」

津久井は言った。

「強盗事件の関係者、ではないか、と感じるな」

到着したパトカーが、一一四八へと曲がってきた。

津久井は長正寺に報告した。

「滝本がいま、携帯電話を発見しました。こういう事態なので、パスコードを入力したところ解除できて、例のアプリの最後の通話相手に電話したんですが、警察と名乗ったら切れました」

「パスコードを、どうして知ってる?」

「免許証の、住所の番地です。四桁の数字を入れたら、つながりました」

津久井は、いまの滝本と相手のやりとりを長正寺に伝えた。

長正寺は言った。

「九時四十二分か。どういう時刻だったんだろう」津久井が待っていると、長正寺は指示を出してきた。「そのアプリの、昨日夜十一時過ぎの発信を調べろ。厚真の事案の実行犯だとして、ボスに報告をしているかもしれない」

滝本に伝えると、滝本はまたその携帯電話を操作し始めた。

「ありません」と、滝本が言った。「昨日の発信はまったく。というかこのアプリでの発信がありませんね」

それを津久井に伝えると、彼は言った。

「そのアプリって、発着信の記録は消せるんだったか?」

「消せるはずです」

「せっかく携帯を見つけたのに、残念だ。科捜研なら、なんとか復元できるのだろうが」

「いま厚別署の地域課パトカーが着きました」

「現場保存はそちらに任せて、目撃情報を探せ」

「この携帯電話は？」

「財布と合わせて、地域課に預けていけ」

「はい」

津久井は滝本に合図して、近寄ってくる地域課の制服巡査たちに向き直った。


小島たちがフロアを去ってから、佐伯は携帯電話を取り出して、連絡先の画面を開いた。しばらく会っていない相手だ。薄野のはずれに質店を持っている古物商だった。

「はい、佐伯さん」と調子のいい声が聞こえた。「いま電話大丈夫です」

「仕事、順調のようだな」

「おかげさまで、コロナのあいだに、ずいぶん仕入れができましたので。サックスも二台入っていますよ」

「そっちはいいんだ」

「もうジャズはやらないんですか。せっかくのシティ・ジャズの季節なのに」

世間話が長くなりそうだった。

「本題だ。最近、スマホが欲しいって客は来ていないか？」

「スマホですか。うちはあいにく。預かることはするんですが。いまのところ、流した客もいないな」

よっぽど切羽詰まった事情の客が、数日だけのつもりで質入れするのだろう。流れた場合も、アップルの最新型だとそこそこの相場で取引きされているはずだ。

「あんたのところに来た客でなくてもいい。同業者から問い合わせもないか？」

「最近の話ですね？」

「せいぜい一週間以内」

「うちにはありませんが、ちょっと訊いてみますよ。あったとして、客の身元も必要ですか？」

「いいや。そこまでわかれば助かるが」

「十分。いや、十五分ください」

通話を終えると、部屋に伊藤が戻ってきたところだった。

「そのままで聞け」と伊藤が自分のデスクで言った。フロアの職員たちがみな伊藤に顔を向けた。

「厚真の強盗事案で、新しい情報だ。事件で使われたレンタカーは、ＪＲ上野幌駅駐車場で見つかった。少なくとも朝の十時過ぎから放置されていたらしい。そしていま、捜査本部が確認した情報。レンタカーを借り出した男の他殺死体が、北広島の南の里緑地近くで発見された」

フロアの同僚たちがざわついた。

佐伯も驚いた。死体が二つ目？　どういう事案なのだ？

伊藤は続けた。

「レンタカーから遺棄されたらしい。凶器はわかっていないが、散弾銃は使われていない。死体遺棄の件は、捜査本部はまだ発表していない。取扱い注意。以上だ」

佐伯は新宮と顔を見合わせた。

新宮が言った。

「現場が北上してきているんですね。厚真で強盗殺人。北広島で死体遺棄。そして上野幌でレンタカー放置。札幌に近づいている」

「途中、千歳空港にも寄っているかな。ひとりふたり逃げるために。手配前なら、寄ることは可能だ」

「死体遺棄って、どういう理由なんでしょうね。車を借り出した男って言ってましたけど、主犯じゃなかったんですね」

「車をそいつの免許証で借り出させて、使い捨てにしたのか」

「実行犯の中に、大ボスもいたのか。遠隔操作じゃなくて」

佐伯にも、これだけの情報では解釈は難しかった。

小島が、生活安全課のフロアに戻ると、吉村が近づいてきた。

いいニュースだという顔だ。

「あの男、自供しました」

昼過ぎに薄野から任意同行を求めたヤマグチヨウジのことだろう。

吉村が続けた。

「五月八日の朝に、地下鉄大通駅にいたことを認めました。故意ではないがぶつかって、女性が倒れたことはわかったけど、そのまま立ち去ったそうです」

「そう？」

小島は少し拍子抜けした思いだった。もう少し粘って、その日はあの団体の事務所にいた、とでも言ってくれたら、それが事実かどうか記録を確認するために事務所を捜索する理由にもなった。暴力団の事務所でもないかぎり、家宅捜索を受けると構成員たちは警察沙汰《ざた》に用心深くなる。違法行為をせぬように活動に慎重になるのだった。それができなくなったのは、多少残念でもある。

「五月八日の一件は傷害罪を構成しますんで、北海道迷惑行為防止条例違反で追い詰めるよりも、一課に任せたほうがいいかなと思って」

同意できた。

「そうしよう。係長を通して」

「いま係長が見当たらないんで」

「わかった。刑事課にも一応、引き継いでもらえるかと話を通しておく」

小島は自分のデスクへと向かった。


伊藤が自分のデスクに着いたところで、佐伯は新宮に言った。

「稲葉には、あのスマホと鞄そのほか、拾得物件預り書を書かせる」

新宮が訊いた。

「どうするんです?」

「持ち主を探すという名目ができる。坂爪に当たれる」

「坂爪の情報、本部に照会していますから、そろそろ返事が来るはずです」

新宮が自分のデスクトップPCのマウスを操作した。

「来ていました」

画面を覗き込むと、坂爪俊平という男は、古物商の免許を持っているとわかった。営業所を白石区に持っている。屋号は、株式会社サン・ミラノ。

新宮が言った。

「サン・ミラノって、最近聞いたことがある名前ですね」

「あったな。北海道の訪問買取り商法で、話題になったか」

新宮がまたマウスを操作した。

「これでした。去年秋ですが、消費生活センターに持ち込まれた一件。古い楽器も買ってくれるのかと電話したら、宝石を買う、売るまでは帰らないと居座った件です」

「一件だけ？」

「一件あれば、十件は表沙汰になっていないのがありますね。ゴキブリみたいなものだ。労働災害の法則なら、その三倍ですが」

「その相談では、楽器の何を売ろうとしたんだ？」

新宮が佐伯の顔を見てにやりと笑った。

「そこまでは記録に出ていませんが、チラシの画像データでは、ピアノ高価買取り。即金支払い。即時に運搬します、となっています」

「ピアノか」

「サックスだと、燃えますか」

「自分の趣味はまじえない。生活センターでは？」

「サン・ミラノに対して、注意しています」

「それだけか」

「同じ手口の商法では、サン・ミラノは個人営業です」新宮がまた別の画面を示した。「こっちは大阪本社の業者、不動産詐欺まで手がけている。北海道での相談件数は八十ですよ。大手ですね」

「こういう業者は、金持ちの年寄りなんかの情報も集める。自分たちがカモにできなかった場合、その情報を闇のマーケットに売っているかもしれない」

新宮が佐伯を見つめてきた。こんどは真顔だ。

「振り込め詐欺だけじゃなく、もっと凶悪な犯罪に関わってきますかね」

「厚真の一件との関係、俄然《がぜん》気になってきた」

佐伯たちが取調室に戻ると、稲葉がうれしそうに言った。

「夕飯、そろそろですよね」

佐伯は稲葉の正面の椅子に腰を下ろして言った。

「その前に一通、書類を作る」

「どうしてそんなに書類ばっかり？」

「警察だからだ」

「どんな書類です？」

「拾得物件預り書。あんたが拾ったバッグとスマホ、警察が預かったという書類だ」

「がめたんじゃないって、認めてくれるんですね」

「拾得物として警察に届けられた。七日以内に」

稲葉はにやりと笑った。

フロアにまた小島百合が入ってきた。

さっきの件の続きか？

小島は佐伯の前に近づくと言った。

「被害届けが出ました。係長に渡しておきますか？」

「一回、目を通して、おれから上げる」

小島は書類を渡してきたが、まだ何か言いたそうだった。

佐伯は首を傾けた。

小島は言った。

「別件もひとつ。薄野で、おカネのない若い女性を支援しているグループに嫌がらせをしている男たちがいて、お昼にそのひとりを事情聴取で任意同行したんです。地下鉄大通駅のぶつかり事案で」

佐伯は小島を見つめた。先を言ってくれ。

「そうしたら、その男が犯行を認めた。刑事課に引き継ぎたいのだけど」

被害者が怪我をしている場合は、一課の担当になる。

「残念ながら、おれの範囲じゃないな。一課だと」

佐伯はフロアの最も奥に目をやった。いまデスクにいる職員たちの顔は、ひとりひとりは判別できない。

「あ、いいんです。うちの係長を通す」

じゃあ、何の用事だ？

小島は首を振った。

「いえ、それだけでした。スマホの件、危ない場面に巻き込まれないよう、気をつけて」

「心配なのは津久井だよな。相手は散弾銃を持っている」

「あとでまた」

小島は、フロアを出て行った。


津久井たちの捜査車両に、長正寺から隊内無線が入った。

「恵庭に行け。恵庭のフレスポ恵《めぐ》み野《の》。ホームセンターがある」

それは恵庭市の市街地北にある巨大ショッピングモールだ。津久井は行ったことはないが、北海道のほかのモールと同様、スーパーマーケットのほか、衣料品店や家電店、自動車用品店が集まっているはず。そうしてこのような北海道のモールには、たいがいホームセンターが入っている。ホームセンターでは、ガンケースの代わりになる商品がさまざま売られている。

長正寺が続けた。

「記者会見を見た店員が、今朝開店前から、駐車場に白いワゴン車かミニバンみたいな車が停まっていて、気になっていたそうだ。開店早々に男がふたり、入ってきた」

「買ったものは？」

「販売記録を調べている。いまのは店長代理からの電話なんだ。まだ詳しいことはわからない」

「向かいます」

津久井はそのフレスポ恵み野までの道を、ナビで確認した。いま走行中の場所から七、八キロメートルぐらいだろうか。一一四八から道道四六号線に折れて、まっすぐ南下するだけだ。五分で着く。

滝本が車を加速しながら言った。

「開店前から、駐車場にいたのはどうしてでしょうかね？」

津久井は少し考えをまとめてから答えた。

「ホームセンターは、九時半オープンが多いのかな。それまで時間をつぶしていた」

「遠くに逃げてもいいでしょうし」

「手配されれば、千歳空港か苫小牧港か函館方面で検問になる。それを避ければ、自然に北ってことになるか」

「本州に逃げるとすれば、散弾銃を持って逃げるんですから飛行機は無理です。札幌発のＪＲで逃げるつもりでしょうか？」

「あるいは小樽《おたる》からフェリーか」

「いくつかに分解できるものなら、宅配便で送って、自分は空身《からみ》で逃げるって手もありますね」

「手元から離して逃げることはない。本州でも、闇で眠り銃なら手に入る。いま欲しかったから奪ったんだろう」

道道四六号線に入って、赤色警告灯をつけて南下、五分未満で津久井たちの車はそのショッピングモールに入った。

滝本が、ホームセンターのエントランスの真ん前に車を停車させた。

すぐに店長代理だという四十代の男が津久井たちを迎えてくれた。

津久井が訊いた。

「その車はどのあたりに？」

店長代理は、駐車場の直線で五十メートルほどのあたり、出口に近い場所を指で示した。

「あのあたり。わたしが八時五十分に出勤したときには、もうありました」

「車種はわかります？」

「いえ。白いワゴン車か、もしかしたらミニバンという種類かもしれません。わかりません」

「乗っていたのは？」

「運転席と助手席に男が乗っていました。後ろの席にもいたのかもしれませんが、見てはいません」

「その男たちが、開店と同時に車を降りて店に入ってきたのですね？」

「ええ。ドアの外で待っていた様子でしたね。買い物が終わって出て行くところも、ちらりと見ました。買い物はせいぜい十五分くらいでした」

「防犯カメラはありますね？」

「何カ所かに。レジの上にも」

「男たちの様子は？」

「ふたりともマスクをしていました。若く見えるほうは、キャップをかぶっていた。足首まであるスニーカーだったように思います。マスクは黒。年配のほうは、カジュアルなジャケット。コットンパンツ。マスクは白だったと思います」

「荷物などは？」

「年配のほうは、ショルダーバッグを斜め掛けしていた。若いほうは手ぶらでした」

「買った商品はわかります？」

「ええ。レジの記録を見ました」

「なんです？」

「チップソーカッター、金鋸《かねのこ》とヤスリ、それぞれ何種類か。金床つきのリードバイス。延長コード。それにロッドケースです」

津久井は滝本と顔を見合わせた。

銃を切るつもりだ。いわゆるソードオフ・ガンとして、一見散弾銃を持ち運んでいないように見せるためにだ。猟銃としてではなく、武器として使うためには、銃身は短くていい。

しかし、散弾銃の銃身とか木製の銃床などは、ホームセンターにある金鋸程度のもので切れるのだろうか。銃を固定する道具なども必要なのではないか？　仕上げなど気にしないのであれば、なんとか切り落とせるのかもしれないが。

津久井は言った。

「同じ商品があれば、見せていただけます？」

「こちらへ」

天井の高い広い空間に入って、店長代理はアウトドア用品、スポーツ用品の売り場に津久井たちを案内した。

まず見せてくれたのは、ナイロンタフタ製の、ロッドケースだ。背中に掛けるだけではなく、手に提げて運べるように真ん中に持ち手もついていた。色はグレーだ。長さは八十センチほどか。一見して銃を運ぶものとは見えない。実包も、いくつものポケットに分けて入れることができそうだった。

「これをひとつだけ？」と津久井。

「ええ。そして、記録だと、チップソーカッター、金鋸などです」

工具売り場に移動して、店長代理は売り上げ票を見ながら、男たちが買った商品を示してくれた。

チップソーカッターという金属用の電動工具、それに金属パイプを切るための金鋸が大小三種類と、棒状のヤスリ。

チップソーカッターは、木材用の電動丸鋸《まるのこ》とほぼ同じ外観だ。

津久井は金鋸を自分で持ってみた。けっこうな重さだ。

「これで、鉄パイプを切れますか？」

「家庭用の配管とか、農業用の資材程度のものなら、切れます。建設工事現場では、ちょっと無理なものもあるかもしれません」

「硬い木はどうでしょう？」

猟銃の銃床はどうかと訊くわけにはいかない。

「切れますね」

「延長コードがありますが、ふつうの百ボルトのコンセントから電気を取れるのですね？」

「ええ」

「電動工具のほかに、金鋸がありますが」

「作業の中身次第では、こっちのほうが使いやすいのかもしれません」

「素人でも扱える工具なんですね？」

「多少趣味でやっていたひとなら使えるでしょう。でも、やっぱり仕事の関連で使い慣れてないと、買わないだろうな」

「電動じゃない金鋸を買ったのはどうしてか想像できますか？」

「さあて。細かな作業に使うつもりだったのかな。慣れている男だと、逆に電動がなくても、こっちのほうの金鋸で、あんがいさっと作業をこなしてしまうかもしれませんよ。量によるけれども」

「十五分くらいで買っていったとのことでしたね？」

「最初から、買うものは決めていたのでしょうね。ぽんぽんとカートの籠の中に放り込んで、精算だったのだと思います」

「精算の時刻は？」

レシートを見せてくれた。

午前九時四十八分だ。

吉川が電話したのは四十二分。買い物の最中ということになる。買い物したのは、主に若いほうということになるか。

現金での支払いだという。金額は二万六千二百円だ。

津久井は礼を言ってから、店長代理に言った。

「店内の防犯カメラ、データをお借りに上がるかもしれません」

「協力しますよ。去年、屋外の商品置き場でごっそり建築資材がやられたんです。お世話になりましたから」

店の外に出たところで、滝本が言った。

「買った商品、ミニバンの中には何も残っていませんでしたね」

「どこかで切断をすませてそのまま捨てたんだろうな」

「延長コードも買っています。コンセントのある、オープンなところで作業したんでしょうか」

「場所が簡単に見つかったろうか。手作業で終えたのかもしれない」

車に戻ると、津久井は隊内無線で長正寺に報告した。

「男ふたりが、ホームセンターで電動工具とかロッドケースなんかを買っています。ひとりの服装は、見つかった吉川って男と合っています」

津久井は、男たちが買った商品を長正寺に告げた。

「散弾銃を切る気なんだな」と長正寺も、当然だが同じ判断だ。「念のために持ち歩くというよりは、まだ何かやる気でいるな。いますぐかどうかはともかく」

津久井は、ロッドケースの特徴を長正寺に伝えた。その情報も、手配されることだろう。

「車は何だった?」と長正寺。

「車種はわかりません。白いワゴン車かミニバンってことです。ここに自動車用品店があるんで、このあと目撃していないかどうか訊いてみます」

いったん通信を切ってから、津久井たちは自動車用品店に向かった。白い車が停まっていたと教えられた場所からは、少し離れている。百メートルばかりあるか。

応対してくれた若い店員に、朝早くから駐車していた白い車のことを話すと、彼も覚えていた。

「アルファード、停まってましたね。まだ駐車場にはそんなに車が停まっていなかったから、気がつきましたけど。おれが見たのは九時半前です」

「男ふたりが乗っていた?」

「そこまではわからなかった」

自動車用品店の店員が目撃したのだ。車種に間違いはないだろう。

捜査車両に戻ってから、長正寺に車種の件も連絡した。

「買い物をしたふたりが乗っていたのは、白のアルファードです。自動車用品店の店員が確認しています」

長正寺が言った。

「そこに、本部の捜査車両が向かってる。引き継いだら、また四六号線に戻って北へ」

「はい」

滝本が捜査車両を駐車場から出した。

それにしても、と津久井はシートベルトを留めながら考えた。少なくとも八時五十分から、九時半まで、彼らはどうしてこのショッピングモールの駐車場にいたのだろう。電動工具やらを買うためにホームセンターの開くのを待ったのだとしても、犯罪を犯したばかりの連中にしては、少し呑気《のんき》という気がしないでもない。ニュースにはなっていなかったので、安心して休んでいたか。

それを口にすると、滝本が言った。

「この連中、JRの千歳線から離れていません。車を捨てたあと、千歳線に乗るために、千歳線沿線を動いているのかもしれない。ホームセンターが開くまでは、へたに動いたりせずにここで時間をつぶそうということだったのでは?」

たしかに上野幌駅でのレンタカー乗り捨ては、千歳線に乗るためだったのだろう。札幌市内に入ってホームセンターを探すという手もあったはずだが。いや、都会に入ってしまうと、土地勘のない者は、ナビを頼りにしても動きにくくなる。

滝本が、別の件を口にした。

「買い物が、ふたり仲良くというところ、気になりませんか？　店を出たあと、時間経過を見ると、あんまり間をおかずに吉川は殺されているのに」

その点については、津久井はもう仮説を持っていた。

「仲良く、ではなかったんだ。若いほうは、吉川を車に残すと逃げられると心配した。たとえキーを預かってもだ。それで、一緒に買い物をした」

「吉川に逃げられて困る理由はなんでしょう？　どっちみちばらばらになるしかないのに」

「若い男は、途中から吉川の分け前を奪う気になっていたんじゃないか。ふたりを降ろして千歳空港駐車場を出たあとからだ。三十万か、五十万かは知らないけど、すでに凶悪犯罪をやってしまった男だ。ふたりきりになると、吉川の取り分も欲しくなってきた」

「そうか」滝本はうなずいた。「吉川も、薄々気がついて、若い男が車を降りたら逃げるつもりでいたんでしょうね。だから、若い男は、買い物につき合わせた」

「あの吉川の死体、さほど粗暴な印象はなかったろう。若いのが、いちばん粗暴なんだ。散弾銃を奪ったのは、計画にはなかったことなんじゃないか。その若いのが手を出して、狂い始めたんだ」

「ちょっと待ってください」滝本が、何か引っかかったかのように言った。「吉川を殺して分け前を奪い、自分で運転してホームセンターに行かなかったのは？　闇バイトなら、運転できることは必須《ひっす》の条件だと思いますが」

「千歳空港を出たあと、若いのは吉川を殺すタイミングをはかっていたのかもしれない。だけど、千歳周辺は交通量も多い。吉川に警戒されて、信号で停まったところで逃げられる。とにかくホームセンターで買い物は済ませようとした。そしてここを出たあと、南の里緑地の脇で吉川を殺した」

「買い物の途中で吉川は、どこかに電話していますね。その番号に電話したら、いきなり無事ですかという質問だった。事情を知っていて、吉川の安否を気にしていた男がいた」

「仲間のひとりだろう。千歳で別れたあと、吉川が殺されるんじゃないかと、心配していた」

「闇バイトで集まった連中だという前提で話していたけど、それなりの仲間意識を持った関係もあったんですかね」

「吉川を殺した若いのは、絶対に仲間意識なんて持っていなかった。闇バイトさ。吉川を心配していた電話の相手は、何かしらかすかに吉川と通じるものがあったんだろう」

反対方向からパトカーが向かってきた。赤色警告灯をつけているが、サイレンは鳴らしていない。前方を走っていた数台の車が徐行し、道路端に車を寄せて、パトカーを追い抜かせた。そのパトカーが津久井たちの車とすれ違うとき、運転手はちらりと滝本に目を向けた。天井の下の警告灯を格納するふくらんだ部分に気がついたのだろう。

パトカーが後方に遠ざかって行ってから、滝本がまた訊いた。

「買った道具で銃身を切り落とす作業はどこでやったのでしょう？　上野幌駅で見つけたアルファードには、そういった道具は残っていませんでした」

きょうはこのように、滝本と情報整理する会話が多かった。

津久井は自分でも読みを整理しながら言った。

「上野幌駅までは、北広島の市街地をはずれたら、ひと気のない脇道は多い。そのあたりのどこかで、手作業で切り落として道具を捨てたかだな。吉川を殺した若いのは、一秒でも早く散弾銃を、使える状態にしたかった」

「電気の使える作業場を探すのは、すぐにあきらめましたか。少し離れた農地に、納屋とか、作業用の小屋もないわけじゃないかと思いますが」

「小屋の外に車を停めれば、目立つ。農家が見たらすっ飛んでくる。ひと目につかない納屋を探すほど、土地勘があるとは思えないのだし」

「もうひとつ」と滝本が言った。「その若いのが、そんなに急いで相棒を殺し、散弾銃を短くしようと必死なのは、どうしてなんでしょう。すぐにも次の事件をやるつもりなら、相棒はいたほうがいいと思うんですが」

「まったくの想像だけど、若いのは初めての闇バイトで、あんがいうまく行ったと味をしめたんじゃないか。散弾銃まで手に入った。誰かの指示なしでも、もっと大きなヤマがやれると」

「うまく行ったんですかね。ひとり殺してしまったのに」

「それで人生が終わったとは感じないくらいに追い込まれていた」

「受け取った金額と散弾銃で、生き返ったと感じているんですね」

「むしろ、生まれ変わったと思っているか。散弾銃も手に入れた。ひとも殺した。万能感持って、

「スーパー悪党になった気だ」

「危なくないですか？」

「むちゃ危ないな」

滝本がうなずいた。


そのサウナはＪＲ札幌駅に隣り合う高層ホテルの、最上階に近いフロアにあった。

栗崎は札幌に土地勘はないが、ＪＲ駅の周辺ということは、話に聞く薄野という歓楽街とは違って、客に暴力団関係者はいないだろうと想像ができた。ということは警察の立ち入りなども少ないだろうと思えるのだった。

大浴場で入念に身体の汗を落とし、洗った。そのあと、休憩室に入った。札幌市中心部のビル街を眺めることができる休憩室だった。ここでビールを飲みながらテレビを観《み》た。休憩室は空《す》いていて、十人ほどの客しかいない。二台あるテレビのうち一台でちょうどニュースが始まるところだった。

厚真の事件のことが報道された。

牧場主の自宅に数人組の強盗が入り、主人が殺されたこと、散弾銃が奪われたことが伝えられている。ヘリコプターから撮ったものか、その被害者宅が空から映し出されていた。何台もの警察車両が、庭先や門の前の道路に駐車している。

自分も事前にスマホのアプリで、その航空撮影の画像に似たものは見ていた。

しかし、隣接する競走馬の育成牧場の画像は、あまり意識して見ていなかった。狙った住宅は、経営している育成牧場とは離れている。別の敷地にあるとサンボーからは教えられていて、その距離をざっと確認しただけだった。男の従業員たちは住宅から離れた牧場に住んでいるから、すぐには駆けつけられないとサンボーは言っていた。栗崎もいちおうは航空撮影の画像でその位置関係を確認していたが、どんな建物が建ち、どんな施設があるのか、厳密には確認していなかった。

苫小牧警察署に捜査本部が置かれたとアナウンサーが原稿を読んでいた。

そのニュースのあとに、アナウンサーは言った。

「次のニュースです。きょう午後三時ごろ、北広島市の南の里緑地の近くで、中年男性の死体を近所のひとが見つけて警察に届けました。中年男性は鈍器のようなもので頭部を殴られて死亡したものと見られています。警察では、厚真の事件との関係についても慎重に捜査するとのことです」

栗崎は息を止めた。

やはりヨッサンは殺されていたのだ。殺したのはハックという呼び名の若い男で間違いない。ハックがホームセンターまで送ってくれと執拗《しつよう》にヨッサンに頼んでいたときから、栗崎は不安を感じていた。ヨッサンは、ハックの分け前を取り上げようと提案した男であるし、じっさいハックは取り分を減らされたのだ。あの切れやすいハックが黙っているわけはないと、ぼんやりとその事態を予期していた。

九時四十分ころだったか、ヨッサンからは電話があった。

「あんたはいまどこにいる?」と訊いてきた。

正直に答えるわけにはいかなかったので、千歳空港と答えた。

「どうしたんだ?」と栗崎は訊いた。

「いや。このあとどうやって逃げようか考えてるんだ」

「車を捨てて逃げろ。手配されるぞ」

「わかっている。あ」

通話はそこで突然に切れた。ヨッサンは、ハックの目を盗んで電話してきたのかもしれない。相談したくて。そのことにハックが気づいて、あわてて切ったのだろうか。ちょうどホームセンターが開いたばかりの時間だ。ホームセンターで買い物中の電話だったのかもしれない。

それから午後になって、ヨッサンの携帯から電話があった。

思わず訊いた。

「無事ですか?」

そうしたら相手は警察だった。

死体を発見した警官が、ヨッサンの持っていた電話の発信履歴からかけてきたのだろう。ヨッサンの携帯電話が指紋認証だったか顔認証だったかは知らないが、認証できない場合はパスコードを入れることで使えるはず。警察はどういうわけか、あの時点ですでにパスコードを突き止めていたのだ。

逆に言えば、警察は栗崎の携帯電話についての情報も手に入れてしまったことになる。警察が自分の身元を知るまで、そんなに時間はかかるまい。せいぜい一日あれば、わかってしまうのではないか。自分の居場所は、位置情報をオンにしない限り、しばらくは知られることはないと思うが。

ヨッサンも殺された。

こういう場合、事件は別々のものなのか。それとも連続したひとつなのか。

自分はひとりを殺した強盗殺人事件に関わってしまったのか、それともハックが起こした連続殺人事件の関係者なのか。

別々のものだろう、とは思いつつも確信は持てなかった。いや、すでに強盗殺人事件に関係してしまっている以上、そこに差があると考えるのも空《むな》しいのか。

しかし、と思った。厚真の岩倉という男の家に押し入った一件は、栗崎が逮捕された場合、強盗殺人として起訴される可能性がきわめて高い。その場合は、テレビで聞いたことがあるが、量刑は無期懲役だ。だけど、ハックはこれでふたり殺したことになる。ほぼ確実に死刑だろう。

自分はどうなる？　強盗殺人の実行犯のひとりなのか？　ハックがやっている強盗殺人プラスもうひとつの殺人事件の、その共犯者ということにはならないか？　ハックとは千歳空港で別れたが、もしハックが逮捕されたときに、罪逃れのでたらめの供述をしたとしたら。たとえば、ヨッサンの殺人もサンボーから指示されていたことで、カチョーとかヒデという男も共犯、ただ手を下したのが自分ということに過ぎない、とでも……。

焦りが募ってきた。

千歳空港から飛行機に乗らなかったのは、手配を心配したからだった。少しタイミングをずらしたほうがいいのではないかと考えたのだ。だから札幌へやってきた。しかし、なぜか事件の発覚と、警察の手配は遅れたようだ。カチョーはたぶん七時三十分発のどれかの飛行機に乗り、すでに北海道から遠く離れている。ヨッサンは、なまじハックにつき合ってやることなど考えたばかりに殺された。カチョーの状況判断がもっとも正確だったのだ。

北海道に残ってしまった自分は、次はどうする？　どうするのがいい？

さいわいいま自分は、事件の前には期待もしていなかった大金を手にしている。四百万。いまどき、この額の年収の仕事など、ふつうの失業者には望めない。その額が手に入った。

別の言い方をすれば、やり直せるのだ。堅気の仕事に就けるかもしれない。

ただし、事件が発覚せず、遺留品そのほかから自分の名が割れなくて、指名手配されなければだ。しかしあの家でひとりを殺してしまったことで、このとおり事件は発覚し、捜査本部が置かれる事態となった。加えて、レンタカーを自分の運転免許証を使って借り出したヨッサンが死んだことで、実行犯残り三人の割り出しには、警察は全力でかかってくるということだ。こんな大事件を、適当に捜査したふりだけで迷宮入り事件とするはずはない。

この事件を計画し、実行犯を闇サイトで集めたサンボーも、誤算だったはずだ。ひとを殺したこと。仲間割れが起こって実行犯ひとりが殺されたこと。たとえ、見込んでいたよりも多い現金を奪うことができたとしても、計画した主犯としての追及は厳しいものになるのだ。

どうすればいい?

やり直せる、と一瞬でも考えたことは間違いだったと認めるか。

となると、この闇バイトを受け入れたとき覚悟したように、捜査の手は、目一杯楽観的に見ても半年か一年後に伸びてくると読み、その刻限のついた自分の人生の残りを、なんとか楽しくやり過ごすか。

つまり、女、家、毎日の酒。あとの人生が刑務所しかないなら、それを楽しむか。この現金が続く限り。

栗崎はまたビールのジョッキを口に運んで、札幌中心部のビル街の眺めに目をやった。

堅気の仕事に就くことなど考えず、闇社会で生きると居直るか。自分は強盗殺人に関わってしまった。かけがえのない体験をして、たいがいの犯罪など屁《へ》でもないと思えるだけの度胸がついた。それはつまり、このあと単独で、サンボーのような男がいなくても、嗅覚《きゅうかく》を利かせるなら、窃盗、強盗のような事件を成功させられる、とも言えるのではないか。

新しい犯罪を実行し、失敗し発覚し逮捕されることを、自分はもう恐れずにすむようになっている。へたをしたら刑務所、それもかなり長期の、という予測ができても、もうそれを止める理由にはならない。

いや、と栗崎は考え直した。

犯罪者とは、あのハックのような男を言うのだ。悪事を働くこと、ひとを傷つけたり殺したりすることに何の葛藤《かっとう》もなく、あっさりとそれをやってのけられる神経と、肉体を持っている人間。あれが犯罪者だ。

自分は、どう考えてもハックのような鋳鉄の神経は持ち合わせておらず、まだまだ世間の常識や決まり事に縛られている。ドアを開けるために錠を叩き壊すことにもためらうし、土足でひとさまのうちの中に侵入することさえ、躊躇《ちゅうちょ》したのだ。犯罪をなりわいにすることはやはり難しいのではないか。それとも、自分はもう一線を越えたろうか。プロの犯罪者となれたろうか。

気がつくと、ジョッキが空になっていた。

ウェイトレスが、脇に立って訊いてきた。

「お代わりお持ちしましょうか?」

我に返って、栗崎は言った。

「あ、いや、いい」

ウェイトレスの言葉で決まったことが一件ある。自分はきょうはじたばたしない。このホテルに泊まる。

ひとつ、自分がプロになったと感じた一件を思い出した。

車の中で、分け前をめぐって緊迫したやりとりになったとき、自分はスマホの録音アプリをオンにしたのだ。逮捕されて取調べとなったとき、自分の罪は軽いと主張するために。あれはいい思いつきであり、あの瞬時の判断力は、ほめてやってもいい。

佐伯は、稲葉を署の留置係に引き継いでから、内線で刑事二課の同僚捜査員に電話した。

「はい、川島《かわしま》」

刑事二課は、上のフロアにあるのだ。佐伯のデスクからは、在席かどうかわからない。

「佐伯です。いまいいですか」

相手の声が少し低くなった。

「通常の業務の話だよな」

「ええ」川島が何を心配したのかは、わからないでもない。「訪問買取り業者のサン・ミラノってところ、当たったことがあると聞いたものですから」

この電話の前に、刑事二課のべつの捜査員に電話して確認していたのだ。

「サン・ミラノ。ああ、消費生活センターにも持ち込まれた案件、直接こっちでも相談を受けたんで、話を聞いた」

「坂爪って男がやってる会社のようですが、そいつには会いました?」

「会った。何をやっているか、一応見に行った」

「ちょっと情報を聞かせてもらっていいですか?」

「何か大きな話か?」

「まだよくわからないんです。この坂爪、振り込め詐欺なんかに関わっていないか気になって」

「情報持ってるなら、おれにくれ。詐欺はこっちの管轄だ」

「何かはっきりしたら、川島さんにおまかせしますよ」

「まずは来いよ」

二課に行くと、川島が立ち上がって、ここだと手招きしてきた。川島は佐伯よりも年長の巡査部長だ。佐伯は川島のデスクの横に、空いている椅子を引いて腰掛けた。

佐伯は、嘘には聞こえないように言葉の調子に注意して言った。

「スマホ八台の入ったバッグが届けられたんですが、この持ち主が坂爪のようなんです。スマホ八台というのが気になりまして、川島さんに、謎《なぞ》を解いてもらおうと」

川島は、まんざらでもないように笑った。

「そりゃあ、専門のことなら謎は解けるけどよ、どうして三課で拾得物の届けが出るんだ？」

「拾ったと言い張る男を、慎重に調べたもので。拾得物というのは間違いないようなんです」

「持ち主のＩＤでも入っていたのか？」

「落とした車の番号からです」

「車から、バッグを落とした？」

「捨てたのかもしれない。ただの間違いかもしれない。事情はわからないんですが」

川島は少し疑わしげな顔になって佐伯を見つめていたが、やがて視線をそらした。

「サン・ミラノの案件、居座られたと、被害者が消費生活センターに持ち込んだ後、うちに相談に来た。じつはおれがサン・ミラノの相談を受けたのは二件目だ。何の被害も出ていなかったんで、一件目のときはおれが消費生活センターに行くことを勧めた。この業者がこれ以上市民に迷惑をかけるのが、止まるかもしれないって」

「二件目はどういうものだったんです？」

「ピアノを高く買いますってチラシを出していて、山鼻《やまはな》の戸建ての家に住む婆さんがサン・ミラノに電話したんだ。最初女がやってきて、ピアノを見せたら、ほかにも買えるものがありますと、時計やら宝石やらを見せろと言い出した。それから男がやってきて、なかなか帰ろうとしない。一時間以上居座っていて、そこに婆さんの娘さんが帰ってきて、警察に通報したんだ。うちの事案ってことで、おれが事情を聞きに行って、二件目だし、サン・ミラノの事務所に行って、坂爪から事情を聞いた。ま、牽制ってところだ」

「何も立件はできていないんですね？」

「していない。ただ、こいつまだ余罪があるな、とは感じた」

「どっち系の余罪です？」

「二課系かな」

「粗暴そうではなかったんですね？」

「うん。むしろ、頭のいい営業系の男って印象だったぞ。調子がよかった」

「振り込め詐欺で受け子をやっていたことはご存じですか？」

「ああ。執行猶予だったよな。警視庁の事案だ」

「いま八台もスマホを持っているとなると、やっていそうな犯罪はなんでしょうかね?」

「振り込め詐欺が最初に考えられるよな。だけど、自分で八台持っていたのか?」

「そのようなんです」

「これから新しく、かけ子を集めるところだったのかな。ひとりで八台も持っていたってしかたがないんだ」

「強盗の指示役っていうのはどうでしょう?」

「そうだな。坂爪の場合、高価買取りチラシで、カネのありそうな家の当たりをもうつけている。闇サイトで男を集めて実行犯にすることはできる。本人が粗暴である必要はない。むしろ実行犯たちをだまくらかすだけの、達者な口が必要だ。だけど、そっちのほうの犯罪だと、おれの専門じゃなくなる」

「坂爪の古物商の登録は、白石ですね? サン・ミラノの事務所もここですか?」

川島に、新宮が調べてくれた古物商としての登録住所を見せた。

「そうだ」川島は言った。「だけど、そこには実店舗はない。店を持って古物商をやってるんじゃないんだ」

「お話では女もいるみたいでしたけど、従業員なんですか?」

「手前《てめえ》のオンナだろう」

「ありがとうございます」と、佐伯は立ち上がった。

「何かおれが関われる事案なら、言ってくれ」

「そのときはお願いします」

自分のデスクに戻ると、佐伯は新宮に言った。

「出るぞ」

新宮は上着を持って立ち上がった。そのつもりでいたようだ。

「ちょっと待て。スマホ盗難の被害届けはまだ出ていないんだな？」

「稲葉の件は、出ていません」

地下駐車場に向かいながら、佐伯は新宮に、いま川島から聞いた情報を伝えた。

捜査車両を駐車場から出してから、新宮が訊いた。

「確かめるのは、あの八台のスマホの盗難届けを出していない理由なんですね？」

「それもあるが」佐伯は答えた。「もうスマホは必要なくなったのか、それともまだ必要なのかってことだな」

「まだ必要なら？」

「これからでかい事件が起きる」

「厚真の事件以上の？」

「いや、あれほどの事件は、三年に一件あるかないかの事案だ。もっと小さいだろう」

「強盗ですかね？」

「高価買取りのチラシをばらまいているんだ。その意味ははっきりしている」

「昨日、スマホのひったくりが出ているんです。もう必要なくなったのでは？」

「届けは一件だけだ」

「別のルートから調達できたか」

「エスに調べてもらっているが、まだ返事がきていないな」

「もう実行犯への指示が出ているかな。つまり、もう終わっている」

「通報はいまのところ、ないようですね」

「ぎりぎりいまちょうどこのタイミングで、実行されているのかもしれないが」


小島は、時計を見た。

午後五時十二分だ。

ヤマグチヨウジを刑事一課に引き渡し、きょうは一段落となった。

まさか、とは一瞬だけ思った。ここまでだって十分に濃密な日だったのだ。でもこの時刻で、きょうしておくべきことはなくなった。

内野陽菜のスマホはまだ拾得物として届けられてはいないが、佐伯はこの事件をひったくりとして捜査する手続きを取ってくれた。きょう警察としてできることはこの程度だ。取っかかりの仕事はなくなったと言っていい。珍しいことだった。

どうしよう。買い物もできる時間だ。それとも、誰かに会うか。いまからメールして、今夜空いている誰かと軽く食事、それから少しお酒を飲むのはどうだろう。

小島は、誘いが入っていないかどうか、スマホを確かめた。

誘いはなかったが、小島同様札幌に住んでいる弟から、メッセージが来ていた。

「お盆には、帰る?」

来月の盆休みに、帰省するかどうか訊いている。シフトがまだ発表になっていない。休めるなら帰る。タイミングが合わないようなら、後ろにずらす。

それを弟に返信した。

七月だから、この時刻でも札幌の空は明るく、気温もほどほど。夜のビアガーデンには少し早いが、ビールも白ワインもおいしい季節だと言える。

お酒を飲むかと考えると、最初に小島が候補にするのは、狸小路という繁華街の、そのはずれ近くにあるジャズ・バーだ。

ブラックバード。

かつて北海道警察本部の職員だったジャズ好きのマスターの経営している店だ。グランド・ピアノがあり、ときにライブもある。

音楽隊でサックスを吹いていた佐伯も、この店によく来ていた。小島にこの店を教えてくれたのは佐伯であり、もう何年もこの店で佐伯と並んでカウンターの席に腰掛け、お酒を飲んできた。いま佐伯が小島と距離を取っているので、一緒にお酒を飲むことはなくなっているが、小島にとって、ひとりでも飲みに行ける大事なバーであることに変わりはなかった。

やはりジャズ・ピアノを弾《ひ》く、いまは機動捜査隊の津久井も、その店をひいきにしていた。いや、佐伯の部下である新宮も、また津久井の上司に当たる長正寺警部とも、その店で会ったことがある。しかし、コロナのあいだ、やはり客足が遠のいて、マスターの安田《やすだ》が苦労しているようだとは、なんとなく耳にしていた。

佐伯はきょうはまだまだ忙しそうだったし、彼には父親の介護という私生活の課題もできていた。きょうの仕事ぶりからは、少なくとも今夜、その件については何か対策が取られたのではないか、という気もする。抱え込んではいないはずだ。

となれば、この札幌がもっとも美しい季節である七月上旬の週末、大通り公園の木々の下を歩いて、佐伯がふらりとやってこないとも限らない。

いや、さっき自分は、佐伯と仕事のことで話をしたとき、思わず言いかけていた。久しぶりに、お酒でもいかがですか？と。そのとき、もし佐伯が、いいね、という表情になったなら、自分はブラックバードの名を出していたろう。しかし、佐伯にはそのつもりはまったくなかったのではないか。

佐伯が、小島と別れることを告げてきたとき、彼はその理由については何も語らなかった。ただ、彼には恋愛をする余裕も、もっと言えば小島と結婚する希望を持つゆとりもなくなったのはわかった。すぐに周囲から、父親の介護をしなければならなくなったと耳にした。佐伯は小島と同じく、一度結婚に失敗した離婚経験者だ。シングルなのだ。

警察官という職業の四十男が、自宅で要介護か要支援かはわからないが、父親の面倒を見るのは容易なことではないのはわかる。佐伯の上司であれば、再婚を勧めることだろう。それはこの国の古い家庭観から来る、親の介護が必要になったとき誰を頼るかという、ある意味で実際的な解決法だった。

佐伯が小島と別れると決め、別れる理由を口にしなかったのは、小島に自分の親の介護をさせたくないからだ。結婚して警察官を辞め、専業主婦として亭主の親の介護も引き受けてくれと、佐伯は小島に言いたくなかった。絶対にそれを希望してはならないと、心に決めていた。だから、あのときのやりとりを思い返せば、佐伯はこの上もないほどに冷酷に、非情に、小島に別れを告げてきたのだ。

何度か、小島は佐伯と結婚し、北海道警察本部の中堅幹部の配偶者となろうかと考えたこともないではない。自分にはその人生は無理だろうか、そんなに嫌悪しているだろうかと、それこそ偶然佐伯がやってこないかと酒を飲みながら待つブラックバードで、何度も考えた。

答は、ある幅の中を行ったり来たりしているが、佐伯が出した結論は大人のものであり、小島への愛情ゆえに示したその別れという結論を、小島は受け入れねばならない、ということだった。もちろん、これが二十代なかばころ、最初の結婚の前に佐伯と知り合っていたのなら、小島の選択も違っていたかもしれない。あの最初の結婚も、相手は警察官だったし、警察官の妻となる人生に、さして否定的な部分はなかったのだ。佐伯の両親は健康だったろうし、自分の家庭の側にもそうした生活上の問題はなかった。

ただ、その日によっては、小島が正解だと思う答は違った。

好きな男と添い遂げたいと思っている自分がいるのに、相手の男の親の介護は、それほどの障害になるだろうか。ふたりとも金持ちではないが、地方公務員として実直に働いてきた。親の介護は、自分たちの収入や年金、保険を使い、なんとか社会の手も借りて解決できないだろうか。問題をそう立てることは、あまりにも散文的すぎる？　しかし、恋愛が詩だと思えた年齢は過ぎた。

ロッカールームで私服に着替えていると、同僚から声をかけられた。

「小島さん、日曜日、シティ・ジャズ行くの？」

小島は訊き返した。

「こんどの日曜？」

「明日明後日《あさって》」

いま、サッポロ・シティ・ジャズという夏のイベントは、大通り公園に特設のステージを作っての開催ではなくなっている。期間も長くなり、さまざまな性格のコンサート、ライブの組み合わせとなっていた。夏は、劇場を使ってのビッグバンドの演奏が中心となっている。

小島は、さほどジャズが好きというわけではないが、ブラックバードにときどき顔を出すことは、周りには知られている。というか、何年も前、同僚が女性警官殺害の嫌疑をかけられたときに、そのジャズ・バーの二階にいわば「裏捜査本部」を有志と作って、同僚の嫌疑を晴らしたことがあった。その件は、当時大通署に配置されていた女性警官のあいだにはよく知られていたのだ。

それでいま彼女は、小島ならこの季節、ジャズのコンサートに行くのかと訊いてきたのだろう。行くなら誘ってという意味もあるのかもしれない。

「ううん。その予定はないな」

「そう」

同僚の話はそこまでだった。

ブラックバードに行こう、と小島は決めた。佐伯が忙しそうな今夜のほうが、ブラックバードで飲むのが物欲しげではないだろう。

あの店は、五時からオープンだ。もう営業している。

私服に着替えて、小島は大通警察署を出た。いったん南に歩き、大通り公園の五丁目から七丁目へと歩いて、それから狸小路八丁目のブラックバードを目指すのだ。

大通り公園には、外国人観光客の姿が目立った。アジア人観光客は家族連れが多く、欧米人と見える客は、カップルかグループが中心だ。コロナ前よりも多くなっているような気がする。

狸小路という商店街は、一丁目から十丁目まであるが、七丁目まではアーケード街となっている。八丁目から西側は、商店街としてはさほど賑《にぎ》わってはいない。戦後すぐあたりに建った古い木造の店舗もあるし、再開発を待つ空き地も多かった。ようやくこの数年、かなりお洒落《しゃれ》なバーやフレンチ、和食の店などができてきたエリアだ。

ブラックバードは、八丁目の古い三階建てのビルの一階にある。

ブラックバードは路面店なので、外側の重い木のドアの内側にもうひとつドアがある。ふたつのドアのあいだの、畳半分ほどの空間は、北海道の建築にはだいたいつき物の風除室と呼ばれるものだ。冬であれば、来店客はここでオーバーコートから雪を払い、脱ぐ。ブラックバードの内側のドアには、小さい窓がついていて、風除室から店内を見ることができる。カウンターの席は向こう端だけが見えた。

見ると、客はひとりもいないようだ。

ドアを押し開けると、安田の声がした。

「いらっしゃい」

マスクをかけた安田幹夫《みきお》が、グラスを拭《ふ》きながら、おひとりですか?と目で訊いていた。

「ひとり。いいですか?」

「お好きな席に」

カウンターはL字形で、フロアの左手側で折れている。折れた短辺側のカウンターには、ふたつのスツールがあるが、カウンターの出入り口があり、ときにサービスカウンターともなるので、ふだんはそこに客は腰掛けなかった。

小島はそのカウンターの長辺の、左寄りのスツールに腰を下ろした。

少し考えてから、小島はビールを注文した。たぶん二杯飲む。こんな季節だから、一杯目はビールが欲しかった。二杯目は、何かカクテルだ。

かかっているのは、ピアノ・トリオの曲だ。LPジャケットが、プレーヤーの横に立ててある。オレンジ色が基調で、小さめに写真が使われている。ニューヨークにあるジャズ・クラブの前だろう。看板の下に、プレイヤーらしき男たち三人が立っていた。

安田がビールを出して言った。

「物騒な事件がありましたね」

「ああ」小島はマスクをはずしながら言った。「厚真のあれですね」

「昼には、サッポロファクトリーでもありましたね」

「ああ、そうだった。あちらの事件を忘れるくらいのニュースが飛び込んできてる」

「大通署も、忙しくなっています？」

「本部が苫小牧署にできてるし、そうでもないと思う。でも、機動捜査隊は津久井さんの班」

小島も訊いた。

「やっと街に観光客が増えてますね。お店も、お客が戻ってきたでしょう？」

「そう言われるけど、さっぱりですよ。こういう店がもう時代に合わないのかもしれません」

入り口のドアが小さなきしみ音を立てた。

安田が入り口に顔を向け、目を丸くした。いらっしゃいの挨拶を忘れている。

小島も振り返った。

入ってきたのは、女性だった。白っぽいジャケットに、黒いシャツ。黒っぽいパンツ。髪は少し長めのボブだ。マスクをしているので、年齢はよくわからない。大きめの革のトートバッグを肩にかけている。

その女性は、入り口のところでマスクをはずしてから言った。

「お久しぶりです、マスター。安西《あんざい》です」

初めて見る顔だった。お久しぶりと言ったからには、かつてはこの店の常連客だったのだろうか。

安田が言った。

「どうぞ、お好きな席に」

安西と名乗ったその女性は、小島の右側、ふたつ空けたスツールに腰を下ろして、小さく小島に会釈してきた。

三十歳前後だろうか。やや南国的にも感じる大きな目。鼻梁《びりょう》は細く、口も大きかった。化粧は上手だ。なにかアート系の仕事に就いている女性にも見える。

「マルガリータをいただけますか」

「はい」安田はうなずいてから、カウンターの下に手を伸ばした。

安田が取り出したのは、ジャズの専門誌だった。少し前のものだろう。

「ご活躍ですね」と安田。

「いいえ」と安西が言った。「地道にやっています」

ということは、ジャズの演奏家？

「今回はサッポロ・シティ・ジャズですか？」

「いいえ。室蘭《むろらん》で仕事があったんです。そちらが終わったんで、札幌にちょっと寄り道。ブラックバードに来たくて」

「それはうれしい」安田が珍しく軽口を言った。「きょうはこの時間から女性がおふたりで、最高の日になりそうです。あ、でも」

「問題でも？」と安西が訊いた。

「きょうは警察が忙しい日です」

「あ、ニュースで見ました。札幌もですか？」

「少しは」

安西の顔にはっきりと落胆が表れた。

小島は不思議に思った。安田に警察が忙しいと言われて、落胆する理由は何だろう？　道警の誰かと会いたい？

名字は安西？　聞いたことがあるような気がする。安西。ジャズのプレイヤー。

小島は思わず安西に訊いた。

「楽器は何をなさるんですか？」

安西が小島に顔を向けた。

「ピアノなんです」

ブラックバード。安西というジャズ・ピアニスト。もしかして……。

その推測を口にしていいものかどうか、小島は迷った。その話題は、彼女にとって迷惑なものではないかとも思えるのだ。自分が道警の警察官であることも、ここでは口にしないほうがいいかもしれない。

安田が、安西の前にマルガリータを置いた。

安西が訊いた。

「最近は、こちらではライブは？」

「あんまり」と安田が少し顔を曇らせて答えた。「コロナの影響で、三年間この商売は苦しいものがありましたよ。みなさんお酒を飲む習慣をなくしてしまったのかと思うくらいに」

「でも、またみなさん、その習慣を取り戻していません？」

「どうでしょうかね」

「札幌も、観光客がずいぶん目立ちますけど」

「アジアからのお客さんは、こういうバーは好みませんから」

「でも、いま日本のジャズ喫茶が、注目されているんだそうですよ。同じような店が、世界のあちこちにできてるみたい」

「ジャズ喫茶は、たしかに独自文化でしたからね」

ドアが開いた。

何人か若い白人たちのグループだ。女性もいる。

ドアを開けた先頭の白人男が、何か言った。

「すいません」そこは日本語だ。あとの言葉はわからなかった。

安西がすぐ立ち上がり、安田の顔を見て言った。

「お客さんです」

安田が安西にうなずいた。

安西は男に返事をした。英語だった。かなり滑らかな。

白人の男は一瞬驚いた顔をしたけれど、一緒に来たほかの面々に何か言って、店の中に入ってきた。

「ありがとうございます」

女性ふたりをまじえた五人の客だった。


栗崎がスマホで札幌のデリバリー・ヘルス業者のサイトをチェックしているときだ。スマホに着信があった。

入ったサウナのある、高層ホテルの二十四階だ。窓から札幌市の西の山々が見える部屋だった。まだ陽は落ちていないので、手前の札幌の市街地も、夜景とはなっていない。栗崎はその風景を横目で見ながら、スマホを操作していたのだった。

相手の通知を見て、栗崎は驚いた。

ハックからなのだ。実行犯四人は互いの携帯電話にメンバーそれぞれの番号を登録している。あいつが栗崎にかけてくることは可能だった。まだ着信拒否まではしていなかった。

どうして自分に？　ハックは十中八九、ヨッサンを殺している。ハックから分け前を取り上げろと言い出したことへの恨みと、分け前を奪うため。あのハックは、平気でそれができる男だ。昨夜、ただのチンピラがいきなりそういう男に成長したのかもしれないが。

そのハックが、自分に何の用だ？　おれまで殺したいというのだろうか。殺してやるから出てこいと言うのだろうか。ヨッサンの死体が千歳と札幌のあいだで見つかったことを考えると、彼はまだ北海道にいる。札幌市内にいるのかもしれない。どこかで出くわす可能性があるのか？

しかし、電話を無視することが怖かった。栗崎は電話に出た。

「はい」

「ハック」と相手が言った。耳触りな甲高い声。「どこ？」

完全にタメグチだ。事件の主犯は自分だったろうと、確かめているようにも聞こえる。それを誇っている。

「どこだっていいだろ」と、なんとか脅《おび》えを気取られぬように言った。「ニュースを見た。ヨッサンまでやったとは」

ハックは、ヨッサン殺害を否定しなかった。

「あいつは、おれに反感を持っていた。目障りだと思っていた。わかるだろう。放っておけば、おれがどうなるかわからなかった」

「ホームセンターまで送ってくれたろう」

「おれの取り分を横取りした男だぞ」

その理由については、ヨッサンのほうに分があると思うが、栗崎はそれを言わなかった。

「何の用事だ？」

「こんどの仕事で、不審なことがあるんだ。あんた納得してるのか？」

「どういうことだ？」

「おれたちは、サンボーに騙《だま》されて、まずい事件の実行犯にさせられたんだ。あんたも、そう思うだろう」

「確信はない」

「絶対に通報されない事件のはずだったのに、通報された」

「主人を殺してしまったからだ」

「あの家に猟銃があることを教えられていなかった。ハンティングをやる男だから気をつけろと言われていなかった。相手が猟銃を持っていると知っていたら、あんた、やったか？」

「やらなかったたな」

「カネが多すぎた。通報されたのは、そのせいもあるんだ。泣き寝入りできるカネじゃなかった」

「その分、おれたちの取り分は多くなった」

「通報されるのが確実だったら、おれは引き受けたりしなかったな。はした金で人生捨てるほど、困ってたわけじゃないんだ」

いまさら何を言っているんだ、と思った。たとえ報酬が十万円だとしても引き受けたろうに。

黙っていると、ハックが言った。

「サンボーに、きちんと落とし前つけてもらわないか。奪ったカネは、三分の二はおれたちがもらってもいいんだ。あいつには、三分の一をやって、それで恨みっこなしにするんだ」

サンボーを襲って、カネを奪うということか。こいつは半日でどんどんやることをエスカレートさせている。とんでもない悪党になりつつある。

ハックが続けた。

「おれはひとりでもやる気になってる。あんたがその気なら、仲間に入れてもいいぞ」

ひとりではできない。相棒が欲しいということか。

栗崎は言った。

「サンボーの正体も知らないだろうに。どうやって落とし前をつけさせる？　電話で呼び出したって、来ないぞ。だいたいもう電話はつながらないだろう」

「見当はついてる。三日あれば、確かめられる。いや、多少カネを使えば、一日でサンボーの正体はわかる。落とし前をつけさせるのに、電話がつながる必要はないんだ」

返事はできない。こういう事件の主犯の正体を、ハックが簡単に突き止められるはずはない。警察の科学捜査でもそれは容易ではないだろう。ハックははったりをかましている。それはたぶん、自分をハックの前におびき出して、自分の分け前を奪うためだ。

ハックが言った。

「サンボーはいま、三千万近い現金を持ってる。おれたちの人生を詰ましておきながら、三千万持ってゆうゆうと生き延びるつもりなんだぞ。あんた許せるかい？　おれたちを騙した男が、のうのうと娑婆《しゃば》でいい思いするのを」

栗崎は言った。

「まず計画を聞かせろ」

そうだろう？と、ハックが笑ったような気がした。

6

そこは、札幌市白石区の、白石公園に近いエリアだった。国道一二号線の北側で、戸建ての古い住宅が並ぶ一画だ。完全な住宅街というわけでもなく、その中通りには町工場っぽい看板を上げた建物もいくつもあった。おそらく軽産業地域に分類されているだろう。

その建物の前を通り過ぎてから、新宮が捜査車両を停めた。目指す番地には、古い四階建ての雑居ビルがあった。一階には、ラーメン屋、アジアの雑貨を扱っているらしい小売り店、もう一軒が謡曲教室で、もう一軒は空き店舗だ。二階以上が、事務所か住宅だ。築三十年近いかと見える外観の建物だった。正面から見ると、建物の中央に出入り口と階段室がある造りだ。エレベーターはないだろう。

出入り口の脇に、ビル名を記した看板がある。

札幌東セントラル・ビル。

外観には似合わぬご大層な名だが、いかがわしい事務所が入るには都合のいい名だ。

坂爪は車を持っているが、駐車場は近所に借りているのか。建物の裏手にあるのか？

坂爪のサン・ミラノは二階のはずだった。

車を降りて建物の中に入った。出入り口はロックされていない。出入り口の横の壁に、郵便受けが並んでいる。

二階に上がって、佐伯たちはその坂爪が古物商として登録している部屋のドアの前に立った。

表札の掲示部分に、プラスチックの看板が張り付けられている。

札幌市の古物商の免許番号が書かれたものだ。

坂爪の名の下には会社名。

株式会社サン・ミラノ。

インターフォンはなかった。昔ながらの呼び鈴のボタンがドアの横にあるだけだ。押すと、室内でいまや懐かしいとも言えるチャイムの音が聞こえた。でも、三十秒待っても、中からは何の反応もない。

もう一回ボタンを押して待った。

新宮が言った。

「古物商なのに、倉庫を持っていない。臭《にお》いますね」

佐伯も同意した。

「よそに持っているのかもしれんが、扱っているものは、大きなブツじゃないんだ。ピアノを買うと出かけていっても、狙いは時計や宝石。そして、現金があるかどうかの情報だ。だったら、倉庫も駐車場もいらない」

階段をはさんで反対側のドアが開いて、主婦らしき女性が姿を見せた。ショッピングカートを、玄関から外に出してくる。

佐伯は警察手帳を見せて、その女性に訊いた。

「ちょっと伺います。警察なんですが、こちらの坂爪さんは、いまはお住まいじゃないのかな?」

女性は驚いた顔で警察手帳を見てから言った。

「何かあったんですか?」

「坂爪さんの商売のことで、ちょっと教えてもらいたいことがあって、訪ねてきたんです」

「商売って言うと?」

「古物商さんです」

「ほとんど見たことがないんですよ。お店がここなんですか?」

「登記上は」

「お店のようじゃないですよ。お客さんもなかったと思う」

「失礼ですが、長いことお住まいなんですか?」

「もう十年以上。そのドアの看板が出たのは五、六年前だと思いますけど、古物商?」

「ええ。倉庫として使っているのかもしれませんが」

「そういう商売されているとは全然思っていなかった。どういう事件なんです?」

「事件でもなんでもありません。ただ、業界の情報が必要で」

「もし見かけたら、お電話しましょうか」

「そうですね。そのときはお電話をいただければ」

佐伯は聞き込み用の名刺を渡した。

新宮が訊いた。

「この建物の駐車場はどこになりますか？」

女性は答えた。

「裏側。六台停められるようになっています」

礼を言って、佐伯たちは建物を出た。

裏手に回ってみたが、稲葉の言っていた四輪駆動車はなかった。

車に戻ったところで、新宮の携帯電話に着信があった。

「はい」と新宮がすぐに出た。

通話を切ると、新宮は佐伯に言った。

「坂爪の記録です。本籍が滝川《たきかわ》。親も滝川在住。滝川高校を出て、札幌の北陽《ほくよう》国際大学法学部入学。二年で中退。きちんとした就職歴は出てきていません。警視庁に逮捕されたときも、札幌在住」

この男の犯罪歴から想像するに、女のところを渡り歩いていた、と考えていいだろう。ホストクラブ勤めの時期もあったかもしれない。必ずしも北海道に住み続けていたわけでもないのだろう。

新宮がつけ加えた。

「逮捕された場所は、札幌市内です」

「どこだ」と佐伯は訊いた。

「西区《にし》。発寒《はっさむ》九条。ＪＲの発寒駅に近いところのようです。セントラル・コーポ発寒。住所不定で送検されているのに、警視庁は逮捕状をこの住所で取っていたようです」

「女と同棲《どうせい》していたか」

西区のそのあたりは、市の中心部から見て西、いわゆるコーポという形式の二階建てのアパートが多い住宅街のはずだ。鉄工団地という工業地域に近く、純粋に住宅街というよりは、少し軽工業地域の雰囲気のあるエリアだと佐伯は記憶していた。

新宮が、行きますか？と目を向けてきた。

そのとき佐伯の携帯電話が震えた。

取ってみると、妹の浩美からだった。

「うん」

「兄さん」と、浩美は言った。「いま、大丈夫？　早いほうがいいかと思って」

「大丈夫だ。何だ？」

「父さんのこと、あちこちと相談したけど、父さんさえ承諾するなら、札幌の施設で受けいれてくれるところがある。父さんは、もう札幌に住民票移してるでしょ？」

「引き取ったときに、移した」

「父さんは、わたしもなんとか説得できると思う。まだ判断力はしっかりあるから。問題は」

「何だ？」

「兄さんの気持ち。それでもいい？」

「施設に入れるということか？」

「そう。兄さん、それだけはしたくないと思っていなかった？」

「おれにだって判断力はある。共倒れは避ける」

「じゃあ、いい？」

「お前がいちばん冷静で、実際的だ。従う」

「兄さん自身は、いやじゃないのね」

「いやじゃない。それしかないと思う」

「じゃあ、手続き進めていい？」

「ああ。頼む」

「そのつど連絡して、兄さんと相談しながら進める」

「細かいところは、すっかりおまかせになる。いいか？」

「いいよ」

通話を終えると、新宮と目が合った。彼はたぶん何が話題かわかったはずだが。

「行こう」と佐伯は新宮に言った。

「帰らなくていいんですか？」

「いいんだ。きょうのうちに、やっておこう」それから、自分が鈍かったことを悟った。「約束があったか?」

「いえ。大丈夫です」

嘘を言ってはいない目だった。ここは、言葉通りに受け取っていいだろう。


小島百合の前に、安田がビールのグラスを出してきた。

小島は手もとにビールのグラスを引き寄せ、安西を横目で見た。彼女はいま、ウェイトレスを買って出て、五人の外国人客から注文を聞いているところだった。

そのとき携帯電話が振動した。見ると、刑事一課の、先輩捜査員からだった。さっきひったくりの被害届を出した相手だ。中西《なかにし》という三十代の男である。

彼は、拍子抜けしたような声で言った。

「さっきのスマホですけど、出ましたよ」

小島は思わず訊き返していた。

「出たというのは?」

「拾得物として届けられていました。駅前交番です。地下街のコンビニのゴミ袋の中にあって、従業員がゴミ袋を裏に移そうとしたときに気づいたそうです」

「いつのことなんです？」

「届けは、午後の五時二十分。見つけたのは昼前だそうですが、客がうっかりゴミと紛れ込ませたかもしれなかったので、レジで預かっていたそうです」

「たしかに、届けのスマホですか？」

スマホには、ナンバープレートもついていないし、製造番号を確かめることもできない。もちろん持ち主の名前も。

中西が答えた。

「赤い革ケースに入っていて、パンダのシール」

内野陽菜はたしかに特徴についてそう記していた。間違いはないだろう。

「指紋を採りますよね？」

「ええ。すぐに終わります」

「じゃあ、持ち主に返せますか？」

「かまいませんよ」

「いま、外なんですが、署に戻ります」

視線をグラスに戻した。まだ飲む前でよかった。たとえひと口でもアルコールを入れてしまっていたら、仕事はすべきではない。緊急の場合を除いて。ただ、勘定は支払っていかねばならないだろう。

安田が察して言った。

「かまいませんよ。お仕事なんですから」

勘定は受け取らないと言ってくれている。しかし、それは許されまい。

小島は財布を取り出そうとした。このお店は、電子マネー決済はできないのだ。

カウンターに戻ってきた安西が、メモを安田に渡してから小島をちらりと見て言った。

「そのビール、わたしがいただいていいかな」

安田が驚いた顔をした。

「安西さんには、べつにバイト料をお支払いするつもりですが」

「喉《のど》がいまカラカラなんです。マルガリータの前にビールだった」

安西が小島に目を向けて、いいですかと、首を傾けてくる。小島はうなずいた。

「ありがとう」

安西はそのグラスに手を伸ばして持ち上げ、ひと口飲んだ。自分でいま言っていたほど、喉が渇いているようには見えない飲み方だった。

「ああ、生き返る」と安西が言った。

小島は安西に微笑して、席を立った。陽菜に、スマホが見つかったと連絡してやらねばならない。

署に戻って十分後に、内野陽菜がやってきた。

小島百合は、ポリ袋に入ったスマホを内野陽菜に渡して訊いた。

「間違いない?」

大通署二階の刑事三課のスペースだ。佐伯の姿はないが、いま壁の予定表を見ると、まだ退庁していない。スマホをいくつも持っていた男に会いに行っているようだ。

応接用のテーブルをはさんで、小島は陽菜に向かい合っていた。小島が、スマホが見つかったことを陽菜に伝えると、陽菜はすぐに大通署までやってきてくれたのだ。

小島の隣りに、このごく小さな事案を担当してくれた年配の捜査員、松尾《まつお》がいる。

陽菜は、スマホを袋から取り出して、画面をタップしてから言った。

「はい、たしかにあたしのです。ありがとうございます」

「バッテリーは残ってる？」

まだそれを確かめてはいない。

「ええ」

「使われた形跡はあるかな。通話の記録」

「待ってください」陽菜は画面をスワイプしてから首を振った。「通話はないです」

「ない？」

「ええ」

何のために、ひったくっていったのだろう。捨てたぐらいだから、換金目的でさえなかったのはわかったが。

松尾が陽菜に言った。

「念のためだけど、自分で知らないアプリなんて入っていないか、見てくれるかな」

陽菜がまたスマホの画面をスワイプした。

「これ、そうかな。あ、いや違う」陽菜はひとりごとのように見ていく。「ううん、何も新しいのは入っていません」

「そう?」

拍子抜けしたが、もし何かの犯罪に使ったのだとしたら、捨てる前にアプリも削除していたろう。通話記録も新しいアプリもないからと言って、使われなかったことを意味するわけではない。

松尾が、書類を陽菜の前に滑らせて言った。

「では、ここにサインしてください」

サインを終えると、陽菜はそのスマホを鞄の中に収めて、小島に何度も礼を言った。

陽菜が立ち上がりかけたとき、松尾が止めて言った。

「もうちょっとだけ」

松尾は小島に言った。

「もう指紋の照合が終わってるんです。ヒットしてます」

「早いですね」

「スマホ一個だけの鑑識作業でしたから」

松尾が小島に、自分のデスクを指さした。道警内部用のPC画面が立ち上がっている。

小島は松尾に促されて、彼のデスクの前に移動し、画面を見た。

データベースの、犯罪歴のある者のデータ。若い女の画像が出ている。

本川風花

その読みも。もとかわふうか、だ。

詐欺で、二十三歳のときに逮捕されていた。執行猶予つきの二年六カ月の懲役刑。

生年月日を見て驚いた。陽菜が、顔を知っているワルと言っていたので、まだ二十歳前の女性を想像していたのだ。でも、三十歳だった。化粧をしていない顔は、若く見えるが、ワルと分類するには歳だ。

松尾が陽菜をデスクに呼んだ。

陽菜がやってきて、画面を見るなり言った。

「あ、このひと」

松尾が確認した。

「この女が、スマホをひったくった?」

「ええ。このひと。四丁目のあたりで、何度か見たことがあるんです。あのあたりで、前は恐喝とか万引きしていたって」

松尾が小島に目を向けてくる。立件しますよ、と言っている目だった。

小島は陽菜に言った。

「まだこの件では協力してもらわなければならない。お願いできる?」

「ええ。スマホを見つけてもらったんですから」

「そのときはよろしく。こちらの松尾さんから連絡がいくことになるかな」

松尾が自分の名刺を渡した。

陽菜はあらためて松尾にも礼を言った。

陽菜を階段まで送ってから、小島は松尾のデスクに戻った。

松尾が言った。

「この女だとわかったんで、周辺情報、数人に聞いてみたんです。かなりまだ余罪がありそうです」

「逮捕された詐欺は、どんな事案だったんです」

「キャバクラで知り合った男の実家に電話して、騙されて妊娠した、慰謝料を出して欲しいと。青森県警の事案」

「被害金額は?」

「二百万。示談になっています」

「それで執行猶予がついたのね。でも一件だけ?」

「立件されたのは。でも、いくつもやっているでしょう」

「共犯は?」

「男がひとり、一緒に逮捕されていますけど、送検されていません。サカヅメって名前の、北海道の男です」

「どんな字を書くんでしょう」

坂爪だ、と松尾は教えてくれた。

「そっちも調べてみました。その坂爪は、警視庁に振り込め詐欺で逮捕されていますよ。本川の逮捕前ですけど」

振り込め詐欺。

少し背後が見えてきた気がした。やはり陽菜のスマホも、振り込め詐欺で使われたものなのではないだろうか。奪い方が荒っぽいし、すぐに捨ててきたことについては、解釈ができないが。


津久井たちの捜査車両に、滝本が戻ってきた。彼はいま、このコンビニで軽食とコーヒーを買うために降りていたのだ。

滝本が運転席に身体を入れたところで、津久井が降りた。滝本同様、コーヒーと、何か軽食を買うためだ。

津久井は降りるとストレッチし、こわばった身体をゆるめた。車の真ん前のガラス窓に、何枚もポスターが貼ってある。札幌の夏の観光イベントのポスターも三種類。ひとつはサッポロ・シティ・ジャズのポスターだった。

札幌市の地下鉄東西線菊水《きくすい》駅に近いコンビニの駐車場だった。店舗は北海道道三号線に面している。

このあたりのコンビニの中では駐車場が広く、津久井もこれまで何度かここで用を足したり、軽食を買ったりしてきた。

恵庭のショッピングモールを出たあと、長正寺から指示があった。ＪＲの新札幌駅を起点にして、国道一二号線と道道三号線、札幌市内の愛称を南郷通りという幹線道を、ループを描くように走っていろとのことだった。その道路を津久井たちに担当させると。

長正寺によると、上野幌駅でロッドケースらしきものを背負った男が、札幌行きの普通列車に乗るのが駅舎内の監視カメラに捉《とら》えられていた。アルファードに乗っていた男のひとりとほぼ断定できた。

その列車が次に停まる新札幌駅と札幌駅のホームカメラをＪＲ北海道の協力を得てチェックしたところ、その男は、新札幌駅で列車を降り、改札を出ていた。新札幌駅は、札幌市営地下鉄の東西線の東の始発駅である。札幌市中心部に十八分で入ることができる。

近くに目的地があるのか、あるいは誰かと合流する予定なのか、それとも警察官の数の多い札幌駅を避けて地下鉄で札幌市街地入りとしたのか、新札幌駅で降りた理由はわからない。いずれにせよ、仲間まで殺した男が次に何かやろうとしているのは、札幌市内だ。事件が起こった厚真や、捜査本部の置かれた苫小牧市内ではない。

機動捜査隊の長正寺は、班の全車両を札幌市内に戻した。いつ市内のどこで次の事案が発生しようと即座に急行できる態勢を取ったのだろう。長正寺がそう説明したわけではなかったけれど、そういうことだ。

担当した道路を二周半して、津久井たちは小休止することとした。きょうはお昼に刃物を振り回す男の確保もあったし、死体も発見した。いささか疲労感が募ってきていた。これでもまだ、この勤務の半分も終わっていないのだ。カロリーのあるものを胃に放り込み、コーヒーを飲むことが必要だった。それにトイレにも行っておいたほうがいい。

店に入ってパンの棚へと向かうとき、店内に流れている音楽がジャズ・ピアノだと気づいた。有名曲だしポピュラーでもあるが、この曲をコンビニの店内放送で聴くのは初めてのような気がした。いつのまにか、この曲もイージーリスニングになってしまったのだろうか。津久井はコーヒーの抽出を待っているときも、ずっとその曲に耳を傾けていた。

車に戻って、「何かあったか」と滝本に訊いた。

「何も」と滝本が、口の中にパンを入れたまま答えた。

軽食を取る姿勢になると、シティ・ジャズのポスターは、津久井のまっすぐ先にある。ということは、いま待っているあいだ、滝本も同じポスターを見つめて、軽食を頰張《ほおば》っていたということだった。

津久井はポスターに視線を向けたまま、無言でカツサンドを食べ始めた。

コーヒーのカップに手を伸ばしたところで、滝本が正面に目をやったまま訊いてきた。

「今年は、ジャズを聴きにいくんですか?」

どういう意味の質問だろう?　津久井はいぶかった。他意はないのか?　言葉通りの意味の質問か?

津久井はカツサンドを頰張りながら答えた。

「このところ、好きじゃないタイプのイベントになっているからな。どうして？」

「いま、店の中でジャズがかかっていたでしょ。ピアノの曲が」

「ああ。最近は、コンビニでもかかるんだな」

「あれはなんて曲です？」

「おれが入っていったときは、『ミスティ』っていうのがかかっていた」

滝本の言葉が続かない。質問したとき、その先どう話題を発展させるか考えていなかったのだ。あるいは、自分の質問が不用意だったと意識したか。

津久井も、滝本がこの話題をやめてしまった以上、続ける言葉を持たなかった。

しばらく車内には、ふたりの男が軽食を咀嚼《そしゃく》する音だけが響いた。

横目で滝本が津久井を見たのがわかった。別の話題を持ちだそうとしているのか？　いや、考えすぎか？　自分は妙に神経質になっていないか？　あのポスターのせいか？　コンビニの店内のＢＧＭのせいか？

滝本が言った。

「明日、酒を飲みましょうか」

「ん？」津久井は滝本に目を向けずに訊いた。「何かあるのか？」

「いや、こんどの勤務は、かなりささくれだって終わりそうですから」

「きょうが終わるまでは、何も考えられない」

「もし飲むなら、琴似《ことに》じゃなく、中心部に出るのはどうです？」

琴似には、機動捜査隊の本部があり、留置場があり、独身寮がある。機動捜査隊の独身警察官たちが飲むとすれば、JR琴似駅南側の飲食店街に行くのがふつうだった。市街地まで出て飲むのは、少し非日常ということになる。

「どこか行く当てでもあるのか?」

「ブラックバードって、まだやっているんですか?」

滝本とは行ったことはなかったが、店を話題にしたことはある。オーナーは元警察官なので、とくにジャズ好きでもない道警職員でも、その名を知っている者は少なくないはずだ。自分はよく行く。いろいろ思い出のできた店だった。

「やっている。行くのか?」

「いや、たまたま思い出したんで」

「あのポスターのせいか」

「ああ、そういう連想だったんでしょうね」

やはり話題は続けられなかった。津久井はまたコーヒーを口に含んだ。

ふたりとも食べ終えたところで、滝本が言った。

「動きが止まりましたね」

長正寺からの最後の指示が一時間ほど前、五時四十分過ぎだった。いま六時五十分。たしかに、その後、道警は猟銃を持った男の行方をつかめないでいる。新札幌駅でJRの普通列車を降りたあと、どちらに向かったのか、まったく分析も情報も下りてきていない。市内要所の監視カメラの映像でも、まだひとの目ではその男を発見できていないのだ。

津久井は滝本に言った。

「運転、代わるか？」

滝本が首を振った。

「続けます。もう一周してから、お願いできますか」

「うん」

津久井は隊内無線機に手を伸ばし、スイッチをオンにしてから長正寺に連絡した。

「七号車です。休憩を終えたので、巡回に戻ります」

「ああ」と短く長正寺の声が聞こえた。かすかに失望があったようにも聞こえた。何か情報が入ると期待したのかもしれない。

しかし長正寺は、とくに何もつけ加えてはこなかった。やはりその後ぴたりと進展がなくなったのだろう。

コンビニの駐車場から出て、ほんの二百メートルほど走ったときだ。通信指令室からの連絡が入った。市内の無線タクシーに流すA号照会と同じ内容のものだ。

「北七条東十一丁目、ショッピングモール・アリオ札幌の屋外駐車場で自動車の盗難事件が発生しました。盗まれた車は、平成二十八年型のスズキ・アルト。赤。発生時刻は、午後六時三十分。ナンバーは……」通信は最後につけ加えた。「ショッピング中の主婦のハンドバッグが盗まれ、車のキーだけを抜き取られています。ハンドバッグは見つかっています」

通信が終わったところで、滝本が言った。

「現金やカードよりも、車が狙われたってことですね」

「軽を盗んでるってことは、転売目的じゃないんだな」

長正寺からは、これに関しての隊内無線での指示はなかった。機動捜査隊が最優先で追わねばならない車ではないのだ。


佐伯たちの捜査車両は、一条大橋《いちじょうおおはし》で豊平川を渡り、市街地に入った。

このあと北一条通りをとりあえず西に向かうのだ。この時刻、北一条通りは、というか市の中心部はどの通りも渋滞気味となるが、目的地が発寒となれば、あまり道路の選択肢はなかった。市の中心部を抜けてから北五条の手稲《ていね》通りに入り、発寒方向を目指すのがいいだろう。

手稲通りが市街地を抜ける西二十四丁目交差点近くまで来たときだ。

着信があった。一時間ほど前に電話した古物商だ。

十五分ください、と言っていたのだが、これほど時間がかかった。忘れていたのか。それとも、裏を取った上で伝えようとしてくれたのか。

「すいません」と相手は言った。「さっきの件、まだ情報必要ですか?」

「話してくれ」佐伯は言った。

「同業からずっとたどっていったんですけどね、三日前に、あるところに、緊急にスマホ手に入らないかってあたりが来たんだそうです。ＳＩＭカード交換できるやつで、トラブルや足のつかないやつ」

「火曜日？」

「ええ。五台、必要だと」

「どうなったんだ？」

「自分のところでは無理だと、断ったそうですが」

「断ったところがどこか、知っているんだな？」

「いや、知りません。ただ、火曜日の午後に、そういう問い合わせが流れたということです。わたしも、カラネタを佐伯さんに流したくなかったんで、ここまで時間かけて当たってみたんですよ」

「業者には広まった話なのか？」

「わたしのところには来なかった。同業でも、ほら、ボーダーの商売やってるところはいくつもありますから、わたしがそれとなく訊いても無視されています」

「調達は成功したのかな」

「でしょうね。五台なら、半日あればなんとかなりそうな数ですし」

「もし手配した業者がわかったら、教えてくれ」

「ここまではなんとか情報に当たったんです。しばらくは、勘弁してもらえますか」

真剣な調子だった。自分が警察の協力者だとは絶対に知られたくないのだ。当然だった。そばに誰かいるのか、とも感じた。

佐伯は言った。

「あとふたつだけ。はいかいいえだけで答えてくれ」

「はい」

「欲しがったのは、札幌の人間か？」

「はい」

「手配してやったのも、札幌の業者？」

「わかりません」

「助かった。サンキュー」

「いえ、全然お役に立てていない」

通話を切ってから、新宮に中身を話した。

新宮が言った。

「稲葉がかっぱらってから、すぐにスマホを探す男が現れたんですね」

「前の日には、四丁目交差点近くでひったくりもあった」

「ひったくりは一件だけ。スマホは闇でなんとか調達できたんだ」

「集めだしてから三日ですから、足のつかないスマホを使って、犯罪はもう実行されているんでしょうね」

「厚真の件か？」

「記者発表を見ると、どうしたってそうだろうと考えます」

「闇バイトを集めてやったのだとしたら、手際がいい」

「坂爪は、振り込め詐欺の受け子で逮捕です。そのときは、闇バイトでやったんじゃなく、詐欺グループに近いチンピラだったのかもしれません」

佐伯は、あえて新宮の見方に反論してみた。

「じゃあ、掛け子をやったっていいんじゃないか」

新宮の読みの否定ではなく、検討だった。ひとりで考えるよりも、相棒と疑問を出し合ってその答を探っていくうちに、もっとも妥当と見える解が出てくる。新宮と組んでいるときは、このやりとりが面白いのだ。鈍い捜査員が相手だと、このやりとりはたちまち行き詰まるが。

「掛け子って、多少は演技力も必要です。頭も回らないといけない。九年前は、まだ場数も踏んでいなくて、受け子をやらされたんじゃないでしょうか」

「警視庁の事案だった。掛け子は一カ所に集められていたろうし、被害者が札幌在住だったので、札幌にいる坂爪に受け子が指示されたか」

新宮が黙ったまま交差点を右折した。この交差点から、二十四軒《にじゅうよんけん》・手稲通りに入る。交差点を過ぎて一ブロック走ったところで、また佐伯の携帯電話に着信だった。こんどは知らない番号からだ。

「はい」と佐伯が出ると、相手は女性だった。

「刑事さん？　さっき、話をした者です。坂爪ってひとの部屋のことで」

少し緊張した声だ。

「はい」その女性には、聞き込み用の名刺を渡してきていた。「何か思い出しました？」

「ええ、いま少し前なんだけど、お客が来ていて、インターフォンを押したり、ドアをがちゃがちゃやったり、しまいには裏手のベランダに登ろうとしたりしたみたい。そこは見ていないけど」

「侵入しようとしたんですね？」

運転席の新宮が、ちらりと佐伯を見た。

「そうじゃないかと思うんです。あたし、ドアの覗き穴から様子見てたんだけど、別の階のひとが、最近見かけないですよと言ったら、帰っていった」

「一一〇番通報はしていない？」

「あたしはしなかったけど、ほかの部屋のひとがしたかもしれない。いや、もう十分ぐらい経ってるから、たぶん誰もしていないね。何もなかったけど、刑事さんにはこのことは伝えたほうがいいような気がして」

「ありがとうございます。これからうかがいますので、もう少し詳しく聞かせてください」

「テレビ局なんて、来ます？」

「いや、来ないでしょう。事件は起こっていないのだし」

「そう」少し残念そうな声だった。

通話を切ると、佐伯は考えた。

発寒の、坂爪が逮捕されたというアパート、おそらくは九年前は女と住んでいただろうその場所に向かうよりも、いま不審者の情報があった白石のサン・ミラノの事務所に戻ったほうがいい。

佐伯は新宮に言った。

「さっきのビルに戻ってくれ。坂爪の部屋に入ろうと、荒っぽい男が来てたようだ」

「坂爪を訪ねて？」

「ああ。用件はわからないが、侵入の様子を見せた。穏やかじゃない。住人は一一〇番通報はしていないようだが」

「なんというタイミングなんですかね」

言いながら新宮はバックミラーに目をやり、ウィンカーを右に出した。Uターンではなく、横道に入って向きを変える態勢だ。

同じ道を、白石のサン・ミラノの事務所まで戻るのに二十分かかった。

佐伯はさきほど話を聞いた主婦らしき女性に、質問した。

「その男は、坂爪を訪ねてきたんですね？」

女性は、自宅のドアの前に立って答えた。

「だと思う。名前も、呼び鈴を押して、呼んでいた」

「どんな調子でした？」

「って言うと？」

「約束があって訪問したお客のようでしたか？」

「ううん。そうは見えなかった。名乗っていなかったし」

「声の調子は、怒鳴っていた？」

「いや、呼んでいるうちに声は大きくなったけど、最初は怒鳴る声じゃなかったな。そのうちドアをどんどん叩き出したんで気づいて、覗き穴から見てみたの」

佐伯は振り返って、坂爪の部屋のドアに目を向けた。坂爪の名と、株式会社サン・ミラノの名が出ている。

名を呼んでいたのだし、坂爪を訪ねて、もしくはサン・ミラノという古物商に用があるという客が来たのだ。

「その男は、いくつくらいで、どんな外見の男でした？」

「そうね。マスクに帽子をかぶっていたから、年齢は二十代ぐらいとしかわからないなあ。二十五ぐらいかね。格好は、Tシャツにだぶっとしたズボン、運動靴。ちょっとヤンキーっぽいひとたちの服みたいだった」

「ヤンキーっぽいと言うと、危ない雰囲気でもありましたか？」

「なんとなくね。あたしは女だし、あんまりそばには寄りたくない感じはしたよ」

「荷物は？」

「長い物入れを手に提げていた」

「長い物入れ？」

「楽器とか、そういうもののケースかな、あれは。あ、スポーツ道具なのかも。バットとかゴルフクラブとか。古物商なら、そういうものも買うんでしょうね？」

高級な楽器とか、ゴルフクラブなどなら、扱うかもしれない。バットにはカネは支払わないだろう。ファイターズ出身のメジャーリーガーの愛用品でもないかぎりは。

そう大脳の表層で遊んでみたが、脳の奥深いところでは、べつのことが言葉になっていた。猟銃。

厚真の事件では、猟銃も奪われていた。

坂爪は、いくつものスマホを持っていた古物商だ。しかしスマホの入った鞄を失《な》くしても、遺失物の届けを出していなかった。なにより、振り込め詐欺の受け子役で逮捕歴がある。

坂爪は、もしかして強盗の指示役だったか？　若い男は、奪ったカネを渡すために、訪ねてきたということだろうか。

しかし、カネの受け渡しには、当然事前に時間と場所についてのやりとりが行われるはず。指示役のいない事務所を訪ねるわけがない。その若い男は、いまこの女性がなんとなく想像して言ったように、古道具を買ってくれないかと訪ねてきたのかもしれないが。

考えをまとめようとしていると、新宮がその女性に訊いた。

「その男は、自動車で来たようでしたか？」

「どうかね」と、女性は首を振った。「ここは、モノを売りに来るには、不便だから、自動車で来たのかもしれないけど」

「車の音は聞いていています？」

「いいや。でも、外の音はそんなに聞こえないよ。最近の車って、静かだし」

「裏から二階に上がろうとしたというのは？」

「それは音だけ。ドアの前から消えてから少しして、ガタガタと、スチールの柵《さく》を押したり、壁に足をかけたりとか、そういうことじゃないかって音が聞こえたんだ。見てはいない」

「その男じゃないかもしれない？」

「時間からいって、そのひとかと思うんだけど」

「侵入しようとしていたような音なんですね？」

「居留守だと思ったのかね」

ほかに思い出したこともないようだったので、若い男と話していた別の階の住人の部屋番号を訊いた。三階に住んでいるサラリーマンだった。

「ああ」と、その三十代の男は言った。「帰って来たら、ドアの前でいらだってる様子でピンポン押しているんで、最近はほとんど見かけていませんよと教えてあげましたけどね」

「そうすると？」と佐伯は訊いた。

「ああと、不機嫌そうに言って下りていきました。だけど、そのあと裏手でガタガタ音がしたんで、もしかしたらその男かもしれない」

「車で来ていたようですか？」

「どうかなあ。表の通りには、駐車している車があったけど、その車がそうかどうか」

「どんな車でした?」

「赤い軽自動車です。車種まではわかりません」

「荷物を覚えています?」

「ああ。ロッドケース持っていましたね」

「ロッドケースというのは、たしかですか?」

「あ、いや、そう言われると、違うケースなのかもしれない。なんとなく、そうだと思い込んだけれども」

「ほかのものかもしれない? たとえばゴルフクラブのケースとか」

「いや、あれはロッドケースだろうな。知り合いが持っているものに似ていた」

「大きさはどの程度のものです?」

「バットの長さくらいのものかな」男は両手を広げて長さを示した。一メートル弱くらいか。

「ロッドをバラバラにすれば、入りますよね」

佐伯たちはその男に礼を言って、建物を出た。

住人の駐車スペースがある裏手に回ってみた。暗いため、その男が目指す部屋のベランダにどのように侵入しようとしたのかはわからなかった。脚立か梯子《はしご》でもないと、すんなりとはベランダには上がれそうもない。なんとかベランダに飛びつこうと、外壁に足をかけようとしたのかもしれないが、侵入することはすぐに断念したようだ。無意味だとでも考えたのかもしれなかった。

捜査車両に乗ってから、新宮が佐伯を見つめて言った。

「ロッドケース、気になりますね」

「厚真の件か？」

「散弾銃が奪われています」

「猟銃って、そんなに短いものだったか？」

外国の軍隊の特殊部隊などには、銃身の短いタイプの散弾銃を装備するところがあると言うが、日本のハンターはどうだろう。銃身や銃床を体格に合わせて改造する者は多いだろうか。そうした改造自体は、申請なり届けなりでできるはずだが。

新宮が、携帯電話を取り出して、誰かを呼び出した。

「三課、新宮です」相手は署内の同僚か先輩のようだ。「厚真の件ですが、ちょっと詳しい情報を知りたくて。奪われた散弾銃について、どういう手配になっています？ ああ。ええ。そうですか。改造はされていますか？ はい。わかりました。どうも」

通話を終えてから、新宮が言った。

「一課の同僚に訊きました。改造についての情報はないそうです。手配は、ミロクの上下二連銃というだけ」

「口径は十二番だったな？」

「記者発表では、そうでしたね」

いちばんポピュラーな口径であり、国内で使える事実上最大のサイズだ。クレー射撃に使われるのもこの口径のはずだ。基本的には鳥や小動物を撃つための口径だが、スラグ弾を使えば、鹿《しか》や羆《ひぐま》を撃つことも可能ではなかったか。しかし、佐伯は銃砲には詳しくはなかった。細かなところはわからない。

「そのミロクの上下二連、全体の長さは？」

「聞きませんでしたが、散弾銃はふつう一メートルは超えています。一メートル十センチとか十二センチとか」

「いまの住人が言っていたロッドケースでは、入れるのはきついな。やっぱり銃じゃなかったのか」

「ひとを殺して散弾銃を奪うような男なら、銃身と銃床を切って、持ちやすくするぐらいのことはするかもしれませんね」

「その男が何であったかについては、情報が少なすぎる。捜査本部に入っている情報も知りたいところだな」

佐伯が言葉を切ると、新宮が訊いた。

「発寒に向かいますか？」

「いや、そっちの優先度は低くなった。いったん署に戻ってくれ」

新宮がその建物の前から車を発進させた。

こんどは国道一二号線から市の中心部に戻ることにした。一二号線に入るまで、佐伯は情報を整理するため、無言のままでいた。新宮も黙って運転している。彼も、この一連の事案について、その解釈を考えているのだろう。

車が東橋《あずまばし》を渡り切ってから、新宮が言った。

「坂爪って男、やはり厚真の事案と関わっているんじゃないかという気がしてきました。足のつかないスマホをいくつも用意して、指示を出していたんじゃないでしょうか」

佐伯も、すでに同じところまで考えている。少し飛躍があるだろうかとは思いつつもだ。

佐伯は新宮に言った。

「坂爪は古物商で、チラシで買取り詐欺めいたことをやっていた。売れるモノを持っている年寄りの情報を、直接手に入れられる。現金がある家かどうかもわかる」

「現金を持ってる金持ちがいる、って情報は、闇で広まってしまったら、使いにくくなりますよね」

「ああ。貯金を持っている年寄りなら、振り込め詐欺でいいが、それだってできるだけ早くだ。一件、いかがわしい電話があれば、相手は警戒する。情報は使えなくなる。通報される危険も増える」

「厚真の事案の場合は、新聞発表があいまいですけど、かなりの現金が奪われているのでしょう?」

「そう想像できるな」

警察への通報が、第一発見者による一一九番通報から二時間以上経ってからというのも、おかしい。警察が来る前に何か隠さねばならないものがあったか、口裏合わせがあったと想像できるのだ。そして、そこに強盗を呼ぶだけの現金があったとすれば、確実にそれは危ないカネだ。税務署が把握していないカネである。

佐伯は言った。

「現金は、振り込め詐欺ではいただくのは難しい。逆に言えば、多額の現金は、詐欺犯ではなく、荒っぽい犯罪者を引き寄せる。詐欺よりもずっと重罪でも、犯す価値のある犯罪に見えるんだ」

銀行に多額の現金を持っていって振り込みしようとすると、確実に銀行から警察に連絡が行く。口座からの振り込みであれば、そこは避けられるが。

振り込め詐欺の場合、もしそこが現金がある家だとわかっても、騙した相手が冷静にならないうちに受け子をやって、現金を直接手渡ししてもらわなければならない。成功率は低い。現金をレターパックに入れて送れ、という騙し方も、いまはもう難しいだろう。

確実なのは、押し込みだ。

佐伯は、自分の解釈にかすかにおののきながら言った。

「坂爪は、振り込め詐欺の受け子で、逮捕歴もある。たぶん要領も知っているな」

「振り込め詐欺の？」

「闇バイトの指示役のだ。このところ、坂爪はサン・ミラノの買取り詐欺に精を出していた。可能性だけで言えば、坂爪はわりあい最近、厚真のその牧場主の家に現金があることを知ることができたんじゃないか。主人かかみさんか、買取り詐欺のチラシに引っかかってきた、ってひとつ想像できる」

「競走馬の育成牧場のオーナーですから、したたかだろうと思いますが」

「そうだな」佐伯は同意した。「かみさんがこっそり電話したのか。亭主は、多額の現金を銀行に預けないで手元に置いておくような男だ。性格は相当に吝《しわ》い。かみさんも、ろくに自由に使えるカネがなかったのかもしれない。だから何か売りたくなった。サン・ミラノのチラシの番号に電話した」

「ロッドケースを持った若い男は、実行犯ということになりますか?」

「そうじゃないかと思うが、どうして坂爪の事務所を訪ねていったのかわからん。奪ったカネを渡すなら、坂爪が留守にしてるのはおかしい。連絡は取り合うだろう」

「奪ったカネを届けようとしたのだとしたら、実行から事務所に行くまでずいぶん時間が経っています。ほぼ十八時間。厚真から移動したって、一時間少々でしょう。カネを渡すのは、もっと早いうちで済ませたほうが自然じゃないですかね」

そこはどう解釈したらよいのかわからない。佐伯は言った。

「その若いのは実行犯じゃないのか」

「だとすると?」

「坂爪から取り立てる受け子とか」

「坂爪の上に、ほんとうのボスがいた? 坂爪も、指示役を割り振られていただけで」

「そう。受け子が、約束のカネを受け取りに行ったらいなかったので、裏から侵入しようとした」

「ロッドケースは?」

「受け子だとしたら、ただの金属バットだったかもな。バットでも、抜き身で持ち歩けば穏当じゃない。だから、ケースに入れた」

前方の信号が黄色から赤に変わった。


栗崎は、ベッドのヘッドボードの時計を見てから、テレビのリモコンを取り出した。

呼んだ女の子のうち、背の高い、やや肉付きのいい子のほうが言った。

「じゃあ、あたしたち」

「ああ」

ザッピングしていって、北海道のローカル・ニュースを見つけた。

ちょうど始まったばかりのようだ。

若い女性アナウンサーが言っている。

「夜になって、急に冷えてきました。オホーツク海高気圧が張り出してきているせいですね。日中がいい陽気だったので、薄着の方が多いかと思いますが、このあとは一枚上に羽織るものがあったほうがよいかもしれません」

背の低い細身の子のほうが、携帯電話を取り出して言った。

「ゆっぴです。終わりました。よろしくです」

ふたりはベッドから下りて、下着をつけ始めた。栗崎はちらりとふたりに目をやったが、もう欲情はいったん霧散していた。ふたりを見ていたいという気にもならなかった。

ふたりとも、長いTシャツのような服装だった。さっと引っ被《かぶ》り、サンダルを履いて身支度はおしまいだ。

ゆっぴと名乗っていた子が、栗崎に言った。

「じゃあ、帰ります。ありがとうございました」

チップをはずんだのだ。最初に言われた、三人でする場合の料金を支払ったあとに、ひとりに二万ずつ。この出張型の風俗店に電話したとき、そのプレイができるかどうかを確かめた。できるとのことで、ただしホテルは指定のところにしてくれと言う。歓楽街の薄野地区の南はずれにあるラブホテルだった。栗崎はＪＲ札幌駅に隣接するホテルからタクシーに乗ってこのラブホテルまでやってきた。

この部屋に入って待っていると、ふたりがやってきた。背が高く、髪の長い女はメグ。小柄な女はゆっぴと名乗った。ゆっぴが、先輩格らしかった。年齢は三十歳くらいだろう。メグのほうが、ゆっぴよりも何歳か若いように見えた。

厚真の強盗殺人事件の現場の空撮映像が流れて、アナウンサーの声がかぶさった。

「昨夜遅くに発生した強盗殺人事件では、その後の調べで侵入した男たちが四人であったことがわかりました。男たちは通用口のドアを壊して侵入、居間にいた岩倉さん夫妻を縛り上げて、おカネや猟銃のありかを聞き出して奪っていったとのことです。警察は、周辺の防犯カメラの画像の解析を進めています」

ゆっぴとメグが、声を揃《そろ》えるようにしてドアの前で言った。

「それじゃ、失礼します」

栗崎は返事もせず、女の子たちを見送ることもせずに、テレビの画面を見つめていた。

若い男性レポーターが、夕方の事件現場の門の前で言っている。

「わたしはいま、岩倉達也さんが強盗に殺された現場の住宅の前にいます。岩倉さんは競走馬の育成牧場を経営していますが、牧場の施設はこの母屋の、こちらから見て裏手側、直線距離でおよそ五百メートルほどのところに固まって建っています。牧場の従業員もみなそちらの宿舎に寝泊まりしており、夜は住宅には岩倉さんご夫妻だけとなります。警察は、強盗犯たちはこの事情をよく知った者と見て、周辺で聞き込み捜査を続けています」

映像はついで、近所の住人らしき初老の男性となった。

「いいひとですよ。業界でも有名なひとらしくて、お客も多かったんじゃないかな。いや、トラブルの話なんて、聞かないなあ」

それからまた空撮映像。

里山らしき山林と谷間の何か野菜畑の様子が映った。

道路際に白いミニバンが停まっている。このこともすでにニュースで見ていた。

「いっぽう、北広島市の郊外で、中年男性の遺体が発見されました。警察は他殺と見て捜査中です。上野幌駅ではレンタカーが乗り捨てられており、遺留品から、被害者は昨日札幌でこのレンタカーを借り出した人物とわかりました。そのレンタカーは、厚真の強盗殺人事件で使われていた車と同一のものと判断できることから、警察は関連について調べています」

次のニュースは、札幌市内でお昼過ぎに起こったという、大型の商業施設で小学生が刃物を持った男の人質となった事件のニュースだった。警察はすぐに男の身柄を確保した。

厚真の強盗殺人事件と、レンタカーを借りた男の殺人のニュースについては、もう終わったようだ。このあと全国ニュースの時間となるが、そこでは厚真の事件は報道されるのだろうか。されるとしても、いまのローカル・ニュース以上の情報はないだろうが。

ふと気がついて、栗崎はベッドから部屋のドアへと歩き、内側から施錠した。

あの電話のあと、ハックはうまくサンボーの居場所を突き止めたろうか。突き止めて、彼の言う「落とし前」をつけるために、その場へ出向いて行ったろうか。サンボーがどこにいるのかは知らないが。

あの電話で、仲間に入れと誘われ、話の概略を聞いてから、栗崎は断ったのだった。

自分はいま、犯行前は想像もしていなかっただけの大金を持っている。たしかにハックが言うように、サンボーからターゲットが猟銃を持っている男だとは教えられなかったことは腹立たしいが、想像以上の現金を手にすることができたのだ。

サンボーに渡した強奪金額のうち、あらためてその三分の二を渡せと求める。拒めば全額を強奪。ハックが計画しているのは、そういうことだろう。サンボーがすんなりハックの要求をのむはずはないのだ。しかし、ハックはいま、散弾銃を持っている。要求を無理にでものませることができる。

栗崎にとって、その事件の共犯となるのは、どう考えたって避けるべきことだった。ハックはすでに侵入先の主人を殺し、実行犯四人のうちのひとり、つまり短い時間とはいえ、自分の仲間であった男も殺している。

つまり、ハックは強盗殺人と、もう一件の殺人と、ふたつの事件の中心人物だ。主犯という言い方はできないかもしれないが、実行犯四人のうちで事件を「作ってしまった」のはやつだ。自分はどう考えても、思いもよらなかった重大犯罪の従犯になってしまっている。

これ以上関わるのは、危険すぎる。たとえあと一千万円のカネが手に入るとしてもだ。ここで留《とど》まるべきだ。

そう考えたのだ。いずれ自分が運尽きて逮捕されるときも、殺人に関わったのはハック一人だけで、しかも殺人を自分は止めたのだとハックに認めさせた、いや、かなり狡猾にそういうやりとりにしたのだが、その録音も残っている。裁判では、自分は絶対にハックとは量刑に差が出るはずだ。ここで留まるならばだ。

あのとき、電話でハックは言ったのだった。

「見当はついてる。三日あれば、確かめられる。いや、多少カネを使えば、一日でサンボーの正体はわかる」

どうやれば？と栗崎はそのとき訊いた。

教えられるか、という返事が来ると思ったのだが、ハックはいくらか得意そうに答えた。

「情報屋。金持ちの年寄りのリストを売っているところ。そこに当たる。どこがリストを売ってきたかがわかれば、リストを買った業者もわかる」

「どうしてわかる?」

「リストの最新版は、いまはたいがい、買取り詐欺グループから出る。それを振り込め詐欺の元締めたちが買うんだ」

「そんなに簡単にたどりつけることか?」

「あんたがわかるように、簡単にして教えてやったんだよ。おれには、探すツテもある。早く決めてくれ」

「おれには無理だな。同じようなことを、もう一回やる気力はない」

「一回経験してしまったんだ。二回目はラクだよ」

「やめておく」

「どうしても?」

「ああ」

「じゃあ、ひとつだけ、簡単なことを頼めないかな」

　一応は訊いてみた。

「どんなことだ?」

「車。安心して乗り回せるような車を手に入れてくれないか」

「レンタカーを借りたらどうだ?」

「冗談かよ」

「じゃあ中古ディーラーのところに行って、現金で買えばいいだろう」

「どれだけ書類が必要だと思ってるんだよ。すぐの話にはならないし」

「おれはやらない」

「そうかい」ハックは腹を立てたような口調となった。「さんざん聞いておいて、仲間にはなれないって?」

「ろくに何も聞いていない。あんたは具体的なことは何も言わなかったよ」

「な、車だけ、三十万出すから、なんとかならないかな」

「自分で盗め」

「くそっ。親切で言ってやってるのに」

「長電話になったぞ」

通話はそこで切れたのだった。

ふっと、栗崎はあのとき、長く息を吐いた。

電話とはいえ、ハックを切れさせることにならないか、かなり神経質になっていたのだ。やつが札幌市内の自分の居場所を探し当てることができたら、自分はひどく痛めつけられないか心配したのだ。分け前のことでハックを追い詰めたヨッサンは、実際に殺されてしまったのだし。

それにしても、と思いながら、栗崎はテレビのリモコンを操作して、ほかのニュース番組を探した。東京と比べて放送局の数が少なかった。もう、ちょうどいいタイミングでニュースはなかった。

いましがたのニュースの中身を反芻《はんすう》した。警察の見方として、現場のアナウンサーが伝えていた。

警察は、強盗犯たちはこの事情をよく知った者と見て、周辺で聞き込み捜査を続けています……。

闇サイト事件という見方、とニュースが言うだろうと思っていたら、被害者の周辺にいる者の犯行、ということか？　つまり、身内とか、従業員とかの。実行犯は別という解釈なのかもしれない。周辺にいる誰かが、あの家にはいま現金がある、と闇社会に伝えたと警察は見ているのか？　奪ったカネの一部はキックバックさせるつもりで。いや、それはリスクが大きすぎる。

怨恨《えんこん》？　何か岩倉に恨みを持っている身近な人間が、岩倉を困らせるために危険な情報を闇社会に流した？　恨みで、強盗殺人事件が起こりかねない情報を、闇に広めたのか？

自分の田舎では、むかし馬喰《ばくろう》は気性の荒い男たちが多かった。子供のころ、神社の上げ馬の神事などでも、関係者たちは、馬を虐待同様に扱ったものだ。あの男たちは、周囲の人間に対しては優しく思いやりがあったろうか。あの岩倉という男は、子供たちとか、いや自分の女房とか、従業員に恨みを買わない男だったろうか。北海道の馬に関わる男たちの気質は、どんなものなのだろう。

栗崎は冷蔵庫を開けて、ビールの缶を取り出した。プルトップを引いて、ひとくち飲んでから、ハックのことを考えた。

まだあの電話から三時間ほどしか経っていないが、彼はサンボーの正体を突き止めたろうか。車の手配をつけたろうか。

ハックは、かつて振り込め詐欺の掛け子をしたことがあると言っていた。どこまで本当なのかはわからない。ただ集められた四人の中で、マウントを取ろうとはったりを言っただけの可能性もある。だけど、闇社会や裏稼業に、それなりの情報を持っている男かもしれないという気はした。たとえば少年院とか、あるいはほんとうのワルのダチとかから、それなりの知識を得ていることは十分に考えられるのだ。

このサンボーなる人物の正体を、どこに訊けば答がわかるか、彼は知っている。直接は知らなくても、どこのルートをたどっていけば行き着くか、彼はそれなりの知識がある。答を得るための対価がいくらかも、彼は見当がついている。

自分には、たぶんサンボーは北海道に住む人間、北海道に土地鑑がある人間だろうという程度までしか想像できないが。

7

佐伯は、署に戻り、自分の席に着いたところで携帯電話を取り出した。あの彼にもうひとつ頼みたいことができた。

相手は、うれしそうに言った。

「お役に立てましたか？」

協力者の古物商だ。きょう、彼と電話で話すのは三度目になる。

「もうひとつ調べてもらえないだろうか」

「あんまりディープなことでなければいいんですが」

「坂爪という同業者の名前は知っているか？」

「坂爪。ああ、名前は聞いたことがあります。何でも高価買取りのチラシを、ときどき撒《ま》いてますね。サン・ミラノって名前でしたか。あまりいい評判は聞きませんが」

「どういう評判だ？」

「たしか事情聴取も受けたでしょ。買取り詐欺すれすれのことをやっているんじゃないですか」

さすがに、と佐伯は思った。業界のことはよく耳にしている。

「その坂爪がどうかしましたか？」

「スマホを買おうとした男は、坂爪ってことはないか？」

「いや、その名前は出ませんでしたが。確かめたほうがいいですか？」

「できるか？」

「ちょっとお時間いただくことになるかもしれません」

「それと、サン・ミラノの登録の事務所以外で、この坂爪って男がいそうな場所。もしわかるようなら」

「事務所じゃなく、住所を知りたいんですね？」

「ああ。登録の場所は雑居ビルの一室なんだけど、事務所という様子でもない。住んでる雰囲気もない。倉庫なり、ほんとうの事務所をべつに持っているように感じる」

「登録の事務所以外の居場所ですね。広い意味で同業者ですからね。わかると思いますが、当ってみます。そっちのほうが簡単にわかるかもしれません」

「まず、わかったほうを、すぐに教えてくれ」

「はい」

通話を切ってから、横に立っている新宮に訊いた。

「腹が減ってないか」

「少し」

「飯にしよう」

署内の食堂はまだ開いている。メニューは限られているが。


小島は、そのビルのエントランスに入って、テナントの表示を見た。

四階に、幌南《こうなん》企画、という事務所の名が出ている。札幌と函館、それに青森にいくつかの風俗関連の店を持っている会社だ。そのほかにも、ぎりぎり風俗営業法に抵触しない業態の店も持っているらしい。

隣りには、吉村が立っている。自分から残業につきあってくれたのだ。

さっき、刑事一課から少年係のデスクに戻ってきたとき、吉村がまだ残っていた。

そこに松尾から電話が入った。

「いまの件だ。立件を引き受けるが、いちおうは上にお伺いを立てた。何せスマホのひったくりだ。捜査員を専従させるのは無理ってことで」

駄目だったかと、小島は覚悟した。

しかし松尾が続けた言葉は、想像とは違った。

「手伝ってもらえるか」

「もちろんです。何をしたらいいでしょう?」

「本川って女の、せめて現住所だけでもそっちで確認してくれないか」

「やります」

「こっちでも、ひとつだけ、逮捕されたときの本川の勤め先がわかった」

「青森ですか」

「青森と函館にも店を持ってる会社だ。幌南企画。薄野にある。本川は、詐欺をやったとき、その会社から青森の店の応援に行っていたんだ。その商売に慣れてるってことで」

「薄野の幌南企画?」

「薄野に事務所がある」

「風俗店を持っているんですか?」

「性風俗特殊営業じゃない。接待飲食等営業の店だ。少なくとも表向きは。札幌の一軒は、いわゆるニューキャバ」

従業員の裸の胸を触らせるのが売り物の店ということだろう。

松尾は続けた。

「社長は、永田《ながた》って男だ。そこなら、本川のその後の消息とか、友達とかの情報も聞けるかもしれない。ひょっとしたら、だけどもな」

「きょうのうちに行ってみます」

受話器を置くと、隣りのデスクで吉村が腰を浮かしながら小島を見つめてきた。出るんですね?と訊いている。

「いいの?」

「ぼくらの事案ですよ」

小島は、ありがとうと微笑したのだった。十五分前のことだ。

もう一度フロア案内を見た。

幌南企画。

小島自身は、少年係の仕事ではこの事務所と関わったことはない。つまり未成年を働かせていたという件では、事情聴取も捜査も入っていない法人なのだ。だからといって、完璧《かんぺき》に違法行為などないとは言い切れない。脱法行為が当たり前であり、その一部は警察も黙認している業態だった。たとえば市内のソープランドでは、いわゆる本番行為はないことになっているが、道警職員の誰ひとり、そんなことを信じてはいないだろう。

小島は横に立つ吉村を見た。彼もこの事務所の関係する事案は扱ったことがない。小島よりも三年後に、帯広《おびひろ》警察署の地域課から大通署生活安全課の少年係に異動してきた男なのだ。もしかすると薄野の事情については、女性警官の小島よりもずっと知識が少ないかもしれない。彼はきょうも、先輩の警察官である小島のフォロー役に徹してくれるつもりのようだ。男性警官であることが必要な場面だけ、小島の代わりに前に出てくるつもりでいてくれている。

小島はインターフォンの前に立って、パネルのボタンで部屋番号を押した。

すぐに返事があった。

「はい?」女性のようだ。不機嫌そうな声。

「はあ?」

「大通警察署少年係。入れてくれる?」

警察だと小島が名乗ったので戸惑ったのだろうか? このデザインのインターフォンであれば、モニター付きだろう。事務所では小島の姿も確認できるはずだが。

「警察?」

「入れて」

「どんな用です?」

「永田さんに会いたい」

「社長のこと?」

「ほかにいます?」

「永田ですね。用件は?」

「会って話します」

「いまいないんですよ」

「呼んでください。事務所で待ちます」

「どの店のことです?」

「何がです?」

「タレコミがあったとかって言うんでしょう?」

「心当たりがあるんですか?」

「そういう業界なんです。汚いところは、平気ででたらめを警察にちくりますからね」

「とにかく入れてください。中で話を聞くから」

「いないんですって」

吉村が小島と場所を代わった。

「入れてくれ。家宅捜索じゃない。永田に聞きたいことがあるというだけだ」

相手の声が少しだけひるんだ。

「ああ、ほんとにいまいないんですよ」

しかしエントランスのガラス戸が開いた。

小島たちはビルの中に入り、小さなエレベーターに乗った。

ドアが開くと、正面にスチールのドア。左手に一間半ほど廊下が延びて、突き当たりにもドアがある。正面のドアには、部屋番号の横に名刺が一枚貼ってあった。

(有)ススキノ互助連合会

社名からは、何の会社かわからない。

小島たちは、廊下の突き当たりのドアの前に歩いた。

(株)幌南企画

ここだ。

スチールのドアの脇のインターフォンのボタンを押すと、ドアはすぐに開いた。

四十代と見える女性が顔を出した。メッシュを入れた髪に、カットソー。黒いパンツ姿だ。化粧は厚い。

その女性が言った。

「少しで戻ってきます。手入れなんかとは違いますよね」

煙草臭かった。

小島は警察手帳を見せながら訊いた。

「何か思い当たることでも?」

「まさか。だから気になるんです」

「中に入れてくれますか」

「どうぞ」

雑然とした事務所だった。真ん中に応接セット、それにデスクが三つあるが、事務所にいるのはこの女性だけだ。

壁には、小さなビキニ姿の若い女性のポスターが何枚も貼られている。ＡＶ女優のポスターのようだ。

腰掛けるように勧められたが、小島たちは立ったままでいた。

小島はポスターを示して訊いた。

「この女の子たちは、事務所とは関係があるんですか？」

女性は首を振った。

「いいえ。でもこういうポスターを貼ってあると、事務所の中も華やかになるでしょ。うちは、商売自体は地味なものですし」

「女優さんたち？」

「有名どころですよ。若い子なら、名前ぐらい聞いたことがある。うちのお客たちにも人気の子たちです」

「店から、女優を目指せるかもしれないと思わせるため？」

「いいえ。いまどきの女の子たち、そんな夢を見るほどの世間知らずはいませんよ」

「名刺、いただける？」

「あ、失礼」

女性はデスクの名刺入れから、一枚抜き出して小島に手渡してきた。

幌南企画の企画室長という役職で、山上泉《やまがみいずみ》という名だった。

「で、ご用件は？」

「永田さんには電話したんですよね？」

「ええ。こちらに向かってるところでした。もうじき帰ってきます」

その言葉が言い終わらないうちに、事務所のドアが開いた。

「待たせましたか」と愛想のいい声。五十がらみの、小太りの男だった。「電話があったんで、飛んで帰ってきました。永田です」

芸能マネージャーのような雰囲気だ、と小島は感じた。額に汗をかいている。

男の後ろに、女性が立っている。小柄で、質素な身なり。マスクをしている。三十歳前後だろうか。小島と一瞬だけ目が合ったが、女性はすぐに視線をそらした。

永田と名乗った男は、振り返ってその女性に言った。

「じゃあ、とりあえず第二ブルービルの店のほうに行っていてくれる？　あとは店長が、いろいろ教えてくれるから」

「はい」

その女性はエレベーターのほうに消えた。

永田は事務所の中に入ってきて、吉村の前に立って名刺を出した。ついで小島に。

その男が差し出してきた名刺にはこうあった。

(株) 幌南企画

代表　永田祐樹《ゆうき》
小島もあらためて警察手帳を示して訊いた。

「いまの方、よかったんですか?」

「ああ」と永田は答えた。「店に応募してきた女性なんです。その、就業規則なんかの説明をしてたんですよ」

松尾が、永田の持っている接待型飲食店のことを、少なくとも表向きは、と言った理由がわかった。この会社は、かなり性風俗寄りのビジネスもしている。ある部分は、おそらく認可を受けていないだろう。それでも摘発を逃れているのは、同業者よりも地味にやっているからか?

永田が続けた。

「うちは、女性が活躍する会社なんです」

「そうなんですか?」小島は受け流した。早く本題に入りたい。

永田は山上に顔を向けて言った。

「な、そうだよな」

「はい」と山上が答えた。

永田は、なんとなく弁解するように言った。

「いまの応募者、三十歳なんで、うちのメインの店だと浮いてしまうんですけどね。事情が気の毒なんで雇うことにしました。このご時世、ひどすぎますよね。シングルマザーは、ろくに働き口もない。それで?」

「以前この店に勤めていた女性を探しているんですが」

永田は、この場では小島が聞き込みを主導しているとわかったようだ。

「少年係に関係のあることなんですか。うちは、厳格にやってますよ」

「そちらは心配しないでください。青森にもお店がありますよね」

「ええ。うちが経営権を譲り受けた店があります。流行《はや》っていない店だったんですけど、ひと助けと思って買って、テコ入れしました。札幌からベテランを送ってね」

「その送ったひとりのことなんです」

「もしかして、本川風花？」

「よくわかりましたね」

「送った子で警察沙汰になったのは、風花ぐらいですから。だけど、ずいぶん前のことですよ」

「いま、どうしています？」

「あのときに首ですよ。客を騙したんですからね。うちの評判ががっつり落ちたし」

「そのときは、店の名前は発表になったんですか？」

「青森ぐらいの町だと、評判になりますよ。というか、ライバル店があることないこと広めて、一時はその青森店はまた危なくなった」

「彼女はその後、札幌に戻ってきていますよね。いまもいるようです」

「うちが関係あるんですか？　あれはほんとに大昔のことですよ。うちの店には何の関係もなく、男と組んで客を相手に詐欺をやったんです」

「一緒に逮捕された男がいますね」

「札幌のときからくっついてた男。困った男ですよ。うちの店のほかの子にも手を出してた」

「坂爪という男？」

「そう、そうです。坂爪。またくっついているんじゃないかな」

またくっついている？

ということは、本川のスマホひったくりと、スマホを何台も盗まれたのに被害届も出していない男の件とは、やはりつながっているのか。この件と、あちらの件は、何かひとつの事案の、ふたつのパーツ？

「またくっついているというのは、どういう情報です？」

「坂爪に手を出された女の子、薄野でまだ働いているんですけどね、このあいだばったり会ったら、そういうことを言ってた。その子も、偶然ふたりを見ただけらしいんですけど」

「本川さんは、永田さんのお店がデビューでした？」

「そう。うちでオン・ザ・ジョブ・トレーニングってやつをやって、ベテランになった。天性のひとたらしでしたね」

「どういう意味です？」

「詐欺やるのに向いた性格だってことです。店でも、あっと言う間に常連客をものにして、大金引っ張った」

自分自身も被害を受けた、と言っているように聞こえた。

「そのとき、住所、連絡先なんかは聞きますよね。身分証明書で年齢を確認しているはずだし」

「ええ。やりますね。絶対に未成年を雇ったりしないよう、きちんとやってます」

「そのころの現住所、電話なんてわかります？」

「風花、また何かやったんですね」

「そう思います？」

「まあね。とんでもない女でしたからね。ちょっとロリ顔なんで、あれほどのワルとは思わない。だから詐欺もできたんだろうけど」

「連絡先、わかります？」

「ううん、どうかなあ」

永田は事務所の書類ロッカーのほうに目をやった。

「十年ぐらい前だと、履歴書なんかも残してあるかどうか」

のらりくらりという口調になってきた。関わり合いになりたくないと言っている。

「そのころ親しかった同僚とかがわかれば」

吉村が永田に言った。

「携帯番号、残っていません？　ケータイは店の支給じゃないでしょ？」

少しだけ苛立《いらだ》ちを感じさせる声だった。もちろん演技だろう。

永田は少しだけ真剣な顔になった。

「そうですね。携帯番号と、当時の履歴書、探しますよ」

山上が書類ロッカーから、厚い書類ホルダーをふたつ取り出した。

永田は自分のスマホをポケットから出した。連絡先を確かめようとしているのだろう。

永田は指で少し画面に触れていたが、山上に訊いた。

「風花は、なんて名前にしてたっけ？」

「サリナです」と山上は答えた。

眉間《みけん》にしわを寄せて画面を見ていたが、けっきょく永田は言った。

「削除してましたね。詐欺犯とわかったところで、たぶんそのときに」

吉村が手を差し出して言った。

「見せてくれ」

永田が条件反射のように吉村にスマホを渡した。渡してから、失敗したという顔になった。

吉村は、画面を見ていってから、小島に言った。

「本川風花、ありましたよ」

「え」と永田。「見落としましたか。もう使っていない番号かもしれませんよ」

小島は吉村に言った。

「番号を言って」

スクリーンショットを撮って送ってもらうよりも、自分には早い。

吉村が読み上げる数字を入力した。同じ数字がふたつずつ並ぶ、覚えやすい番号だ。次いで本川風花の名を登録した。かけるのは、段取りを決めてからでいい。

山上が、書類をめくる手を止めて言った。

「履歴書がありました」

小島は山上のデスクに歩いた。親の連絡先がもし記されていれば、風花の現住所もわかるかもしれないのだ。

覗くと、現住所と連絡先が書かれている。連絡先は親の名だった。

「コピーしてもらえる?」

「個人情報ですよ」

「もう首にした刑事犯のね。わたしたちも、ある刑事事件の捜査でここに来ている。協力してもらえないなら、捜索令状を取る」

もちろんブラフだ。

永田が心配そうに訊いた。

「刑事事件って、何なんです?」

「話すことはできない」

「生安関連の事件ですか?」

自分の店の風俗営業法違反での摘発を心配し始めたようだ。いま戸口から帰したあの女性、就業規則を教えていたと永田は言っていたが、小島の想像では、デリヘル嬢としての法律問題を教えていたのだ。もしかしたら、適性検査も一緒だったかもしれない。つまりは、永田はおそらく派遣型性風俗営業も手がけているのだ。無認可で。

小島はその疑惑には触れずに言った。

「いえ。刑事事件って言ってるでしょ。本川風花に事情を訊きたいんです」

永田は山上に言った。

「コピーして差し上げろ」

コピーを受け取ってから、小島は訊いた。

「これは、応募してきたときの書類ですね？　現住所が発寒になっているけど、発寒から薄野まで通ってきていないでしょ？　働いていたときの住所は、登録していません？」

永田が答えた。

「それこそ従業員に個人情報出せと言うようなものですよ。幌平橋《ほろひらばし》の下で寝ていようが、男のところを渡り歩いていようが、詮索《せんさく》はしません」

ここまでだ、と小島は諦《あきら》めた。七年も前の事件のころの電話番号と住所しかわからないとしても、とりあえずは当たってみる。それでわからなければ、親からたどる。

もう一点だけ、訊いておいてみてもいいことがあるか。

小島は永田に訊いた。

「当時、本川風花と仲がよかった子を知っています？」

「ええと」永田は本気で思い出そうとしているようだった。小島たちを早く追い払うには、確かな情報を出したほうがいいとは、彼もわかってきている。「ひとり思い当たる子がいます。同じ店に、同じ時期にいた」

永田はデスクの上に手を伸ばし、小物類があふれた書類箱から、白いケータイを取り出した。少し古いタイプのガラケーだ。

「あの番号、まだ生きてるかどうか」

見ていると、バッテリーは充電されているのだから、多少は使ってもいるのだろう。永田が携帯電話を複数持つ理由が、小島にはわからなかった。仕事用とプライベート用？　登録している女の子を、どのように分けているのだろう？

永田はその番号を探し当てたようだ。

「わたしが電話しなくてもいいですよね」

「こっちでする」

永田は画面を見せてくれた。

アニメの登場人物らしき美少女のアイコンに名前。

山口《やまぐち》カオリン
その名と番号を、自分の連絡先に入力した。

「いま何をしていますか」

「結婚して、二年くらい前は、介護の仕事をしているってことだった。少しのあいだ、空き時間に日払いでバイトさせてくれないかって電話があった」

「本川風花とは、ずっと仲がよかったんですね」

「マブダチかどうかはわからないけど、店ではシフトが一緒だったし、裁判が終わったあとも、連絡は取り合っているようだった」

「協力ありがとう」

幌南企画の事務所を出て、ビルの前の車に乗ってから、小島は本川風花本人の電話番号と教えられた番号にかけた。

「はい」と、若い男の声。

「この番号、本川風花さんのお電話でしょうか」

「いいえ。違いますよ。前にも一度、そういう電話かかってきたけど」

「失礼しました」

「ぼくじゃだめですか?」

「え?」

「暇なんです。せっかくだから話しません?」

「ごめんなさい。この次に」

「会うんでもいいですよ。これから出て行きます」

「札幌ですよ」

「あ、ちょっと遠いな」

「失礼」

いったん切って苦笑すると、吉村も声を上げずに笑った。なんとなくやりとりがわかったようだ。

次は山口カオリンのほうだ。

返ってきたのは、合成音声だった。

「この電話番号は、ただいま使われておりません」

二年のあいだに、山口は電話を変えてしまったようだ。番号を継続せずに。古い番号を捨てたくなるような、あるいは捨てざるを得なくなるような何かが、人生に起こったのだろう。

次に電話したのは、連絡先として履歴書に書かれていた実家の番号だ。

「はい？」と、中年の女性の声。

「本川さんのお宅でしょうか？」

「いいえ。モトカワさん？」

「違います？」

「うちはセガワです」

「本川という名字には心当たりがあります？」

市外局番は、実家所在地とおおよそ一致しているように感じたのだ。

「いいえ」

「失礼しました」

通話を切ると、吉村が訊いた。

「全部空振りですか？」

「実家の番号まで、履歴書には嘘を書いてた。永田は、実家には連絡することもなかったんでしょうね」

「となると、住所のほうもあやしいですね」

「この風花、けっこうワルって印象になってきた」

「詐欺罪ですからね」

「その詐欺のとき、坂爪は送検されていない。使いっ走りをさせられていたのかな」

「坂爪は本川に使われていた？」

「まだわかんないけど」

「住所、行ってみます？」

小島は時計を見た。

午後九時になろうとしていた。

「実家の電話番号で嘘をつく女性が、風俗店の応募の履歴書にほんとの現住所を書くわけがない。やめときましょう」

大通署刑事一課の名を出せば、いまの永田の事務所からまた別の情報を引き出せるかもしれないが、自分たち生活安全課少年係の名ではきょうは無理だ。

「今夜はここまでにしよう。署に戻ってください」

吉村が車を発進させた。

南四条《みなみよじよう》の通りを渡って薄野を出たところで、吉村が前を見たまま言った。

「きょうは、このあとは？」

「明日にする。きょうはほんとにありがとう」

「全然いいんですが、よかったら、一杯やっていきません？」

小島は吉村に顔を向けた。

「あ、ごちそうしなければね」

「割り勘でいいですけど。どうです？」

「そうね」小島は一瞬だけ考えてから答えた。「うん」

小島は思いついた。

吉村と酒を飲みに行くにせよ、いまの情報については佐伯に伝えておいたほうがいいだろう。

小島は自分のスマホをバッグから取り出した。


遅めの夕食を取って、トレイを返却口に返したときだ。

佐伯の携帯電話に着信があった。きょう三度電話でやりとりしている相手だ。

「いまいいですか？」

「ああ」

「坂爪俊平の、サン・ミラノの倉庫は、登録の事務所とは市街地をはさんで反対側ですね」

「言ってくれ」

新宮がすぐにシャツのポケットからメモ用紙とボールペンを取り出した。

「西区二十四軒」

佐伯はオウム返しに言った。

「西区二十四軒」

新宮がメモしている。

「……です」

二十四軒でもその番地ははっきりと軽産業地域だ。住宅もまじってはいるが、卸売市場に近いせいもあり、倉庫や各種の卸売店、軽工場などがある。

「一軒家の番地みたいだな」

「独立した倉庫なのかもしれません」

逮捕されたときの発寒のコーポのあった地域とも近い。坂爪はこちらに土地勘があるのかもしれない。白石の古いビルで古物商の登録をしたときは、まだ倉庫を持つほどの営業規模ではなかったのか。それともやはり、あのビル名が、名刺や広告に印刷したときに、なんとなく信用できそうなものだったから、登録場所の変更をしていないのだろうか。

相手の言葉は続かなかった。スマホを緊急に調達しようとしたのが坂爪かどうかは、まだ確認できなかったのだろう。

「助かった。ありがとう」

「どういたしまして。もう一件のほうも、わかったら伝えたほうがいいですか？」

「ああ。頼む」

通話を切ってポケットにスマホを収めると、新宮が言った。

「二十四軒、行きます？」

「ああ」答えたところで、また着信があった。小島からだった。

「はい？」

「例のスマホひったくり女の件です。いまいいですか？」

「うん」

「逮捕されたときの勤め先の事務所で、当時の住所を聞き出してきたんです。その当時の電話は使われていなくて」

「刑事一課に任せなかったのか？」

「スマホ一台のひったくりでは専従捜査員は出せないってことで、せめて女の居場所だけでもわたしが調べることになって」

「どこなんだ？」

「発寒。履歴書に書いてあることがほんとだとすれば。ただ、実家の電話番号まで嘘を書いている女なんです」

「坂爪が逮捕されたときの住所も、発寒だ。まったく同じ住所かどうかはわからないが」

「じゃあそのころの同棲場所だったのかな」

「いま、坂爪が倉庫を持っているのは、二十四軒だ」

「あ、近いですね。行くんですか？」

「そのつもりだ」それからつけ加えた。「小島はくる必要ないぞ。本川だかの居場所調べに専念しろ。こっちでもわかったら電話する」

「命令ですか？」

「いや」佐伯は少し動揺した。おれもあの長正寺みたいな、男性至上主義者の口ぶりになってしまったか。いや、いまの命令口調は、親しさへの甘えだ。小島百合は、自分の内縁の女房でもないのに。もう性関係も終わっているのに。「善意の提案だ」

「わかりました」

少しよそよそしい。

「それじゃあ」

「ああ」

通話を切って、新宮の顔は見ずに食堂を出た。

自分たちのフロアに戻ってきたところで、また着信があった。ついいましがた情報を提供してくれた協力者からだった。

「例のスマホを大慌てで調達した男。坂爪でした」

「いつのことだ？」

「三日前の午後です」

「その」と言いかけると、相手は言った。

「すみません。ここまでにしてください。これ以上あちこちに問い合わせるのは無理です」

「わかった。助かった」

「切ります」

佐伯は新宮に言った。

「スマホの調達。坂爪で間違いなかった」

「じゃあ」

「係長に電話する。これはやっぱり厚真の件とつながっているかもしれない」

椅子に腰を下ろし、すでに退庁している伊藤のデスクに目をやりながら、スマホの発信ボタンを押した。

「なんだ」と伊藤の声が返った。息が荒い。

「すみません。取り込み中ですか？」

「エアロ・サイクルだ。いま降りる。いいぞ」

伊藤はかなりの肥満で、医師から減量を何度も指示されている。しかしすぐにリバウンドする体質とかで、佐伯はこれまで、彼が減量に成功した姿を見たことはなかった。スポーツジムをよく変えているし、サプリメントもいろいろ試している。いまのスポーツジムは、どこなのだろう。

佐伯は言った。

「例のスマホの拾得物の件ですが」

「置引き犯が届けた件か？」

「届けを出させた件です」

「車から持ち主がわかったんだな？」

「ええ。坂爪という男です。古物商の免許を持っていて、このところ買取りビジネスで目立ったことをやっています。この男が、失くしたスマホの代わりに、何台も裏の世界でスマホを緊急調達しました。三日前の午後です」

「三日前の午後に、スマホを何台も？」

「裏で、です」

伊藤が、考えをまとめながら、という調子で言った。

「例の厚真の件、捜査本部は被害者に近い者の犯行という見方だ。だけど、おれの周りでは、ベテラン捜査員ほど、あれは闇バイト強盗だろうと読んでいる」

「実行犯に情報を流した者は、身内なのかもしれませんが」

「そのスマホのあれやこれや、時間は妙に合っているな」

「捜査本部に、この件を伝えたほうがいいかもしれません。それと、その坂爪という男の車、トヨタのランクルとわかっています。プラド。番号も。何かひっかかってきていないか、やはり本部に上げたほうがいいかもしれません」

「すぐ戻る。お前たちは署か？」

「ええ。いまわかったんですが、坂爪の倉庫が、二十四軒にあるようです。行ってみようかと思うんですが。いれば、盗難届けを出さなかった理由を訊きます」

「いまの段階では、任意同行は無理だぞ」

「いただける鑑定試料を、確保します」

「十分で戻る。待てるか」

「ジム、近いんですか？」

伊藤は市の中心部の大ホテルの名を言った。

「そこに移ったんだ。高いところに入れば、もとを取ろうと熱心に通うだろうと」

「医者がそう勧めたんですか？」

「女房だ。とにかくすぐ戻る」

「待ってます」

伊藤が署に戻ってきたのは、正確には七分後だ。トレーニング・ウェアのままだ。紺色のTシャツと、灰色の七分丈のパンツ。靴は黒いビジネスシューズだった。

伊藤は佐伯と新宮を自分のデスクに呼ぶと、ざっと報告を聞いてから言った。

「正直なところ、それを本部に上げる根拠は薄いぞ。佐伯の話じゃ接点はないし、実行犯の借りたレンタカーはもう見つかっているんだ」

「坂爪はむしろ、指示役です。だからスマホを複数持っていたのだし、盗まれると緊急に調達に入った。自分の女には、ひったくりまでさせた」

「勘がそう言っているか？」

「勘なんて持っていません。経験から来る想像力があるだけです」

伊藤はデスクの電話に手を伸ばした。

佐伯が見つめていると、彼は交換手に言った。

「三課の伊藤だ。苫小牧署の本部のシロサキさんを頼む。うん、そう。厚真の事案の。いなければいい」

シロサキという捜査員は、まだ本部にいたようだ。

「おれだ。伊藤だ」伊藤はふたことみこと挨拶をしたあとに言った。「うちの捜査員が、そっちの事案に関係があるかもしれないと、車の情報を上げてきた。三日前に札幌市内でスマホを何台も盗まれているのに盗難届けを出さず、闇で五台、スマホを調達した男がいるんだ。こっちも、盗難のほうの立件をしようとその男に当たろうとしている」

伊藤が佐伯に目を向けた。食いついてきたぞ、という顔に見えた。

「うん。そう、そう。男の名前は、坂爪俊平。車種はトヨタのランクル。プラド。色は白。番号は……。免許証番号もわかっている」

少しの間。相手が何か質問したようだ。

「そりゃあ、本部に上げる以上、そこまでは調べておかないと。ああ、事務所と倉庫の所在地もわかっている。うちの捜査員が向かうところだ」

シロサキが何か言ったようだ。

「どうしろって」伊藤の声が、少しだけ不愉快そうになった。「現場周辺とか、空港とかで、監視カメラに写っていないか、見るくらいの手間かけてもよくはないかってことだ。エヌにも番号を照会しろって、おれに言わせるのか?」

　エヌというのは、警察庁が全国に設置している自動車ナンバー自動読み取り装置のことだ。Nシステムとも呼ばれる。フロント・ナンバープレートのほかに、運転者、同乗者の顔も撮影している。ナンバーを照会すれば即時にいつどこの装置の下をくぐったかが回答される。警察庁はこのシステムに投入している予算額やシステムの詳細を公表していない。また転送されたデータのうち、違法性のないナンバーは消去しているとされているが、データを蓄積していないはずはない、という見方もある。

　伊藤は続けた。

「接点があれば、うちの署も全力で追える。いや、捜査員は、あ、もう出たところだ」

　伊藤は佐伯に顔を向けウィンクしてきた。

　自分たちはすでに坂爪確保に向かっていると誤解させたのだろう。大通署の盗犯課に出し抜かれてはたまらないと、向こうも本気で対処する。

「ああ、そうしてくれ」受話器を置いてから、伊藤は言った。「エヌと、関連施設の監視カメラ、当たるそうだ」

「わたしたちは、倉庫に向かうのでかまいませんね?」

「猟銃との関連が心配だ。無理をするな。いるかどうか、確認するだけでもいいかもしれない」

　伊藤は時計を見た。「お前たちが倉庫に着くころには、本部から何か情報が入るだろう。無関係ならそれはそれでいいが」

佐伯たちは、伊藤のデスクの前の椅子から腰を上げた。

機動捜査隊の捜査車両を津久井が運転しているときだ。

本部系無線機に、通信指令室から車の照会があった。

「B号照会です。令和元年型トヨタ・ランドクルーザー・プラド。白。番号は、つの……。見かけた場合、ドライバーの運転免許証を確認、積載物を確認してください」

車は国道一二号線、札幌・江別《えべつ》通りを北西方向に、つまり札幌中心部に向かって走っていた。場所は環状通りを越えたあたりだった。

いまの照会、どういう犯罪に関係しているか、情報は伝えられなかったから、照会の重要性はわからない。犯罪に関係している車の場合は、A号照会となるのだ。B号照会の場合は、たまたま前方を走っていたり、駐車場などで見かけたら、いちおうドライバーに免許証の提示を求めよということだ。積極的にこの車を探せということではなかった。

いま前方を走っているのは、軽自動車だった。その前はトラック。近くに大型の四輪駆動車が来たときに反応すればいいだろう。

その照会の通信が終わって一分ほど経ったときだ。隊内無線機から、長正寺の声が聞こえてきた。

「いまの照会の件だ。厚真の事案に関係するかもしれない。捜査本部からの照会案件だ」

機動捜査隊のすべての車両に対しての言葉だ。

厚真の事案の捜査本部からの照会。

津久井は運転しながら聴覚を長正寺の声に向けた。

「今朝、千歳空港のA駐車場から、実行犯たちが乗ったと見られるアルファードが出る直前に、この四駆が駐車場を出ている。実行犯たちと接触があった可能性がある。所有者は、札幌の古物商の坂爪俊平。猟銃所持の実行犯同様に、こちらも捜索対象だ」

ひと呼吸置いてから、長正寺が続けた。

「二号車、玉木《たまき》、新琴似《しんことに》だな？」

呼びかけられた玉木が応えた。

「はい」

「二十四軒に向かってくれ。古物商の坂爪って男の倉庫だ。場所を言うぞ」

長正寺が場所を言ったあとに、津久井が呼ばれた。

「津久井、お前たちは白石に向かえ。古物商の登録場所だ。言うぞ」

「はい」

「場所は……」

滝本が手早くナビにその所番地を打ち込んでいった。

もう一度繰り返してもらってから、津久井は訊いた。

「本人がいたら、身柄確保ですか？」

「とりあえず着いたら報告しろ。具体的なことは、追って指示する」

「わかりました」

「気をつけて行け」

長正寺からの通信が終わったところで、津久井は赤色警告灯をルーフに出すスイッチをオンにした。

8

グラスの三分の二が空いた。

小島は、グラスをほんの少しだけ、カウンターの上で自分から遠ざけた。

今夜はここまで。二杯目はなし。そういう約束で、このアメリカっぽい造りのバーに入ったのだ。札幌駅前通りに面したビルの、二階のフードコート風の飲食街のうちのひとつだ。店の名物はハンバーガーという、健康的で健全なお店。もうじきラストオーダーの時間だ。

小島に向かい合っている吉村の向こう側に、大きなガラス窓がある。窓側の席であれば、その窓から北海道庁の正門に続くレンガ敷きの通りを見下ろすことができる。その先、北海道庁の赤レンガの建物はライトアップされていて、この通りは札幌の観光スポットのひとつなのだ。この店にも、アジア人や白人観光客の姿が戻ってきている。

吉村はいまちょっと無口になっている。次の話題を探しあぐねている。いや、この流れだ。話題はひとつしかない。もう一軒行きましょうか、だ。

つい三十秒ほど前まで吉村が話していたのは、韓国《かんこく》の警察ドラマの話題だった。吉村は、韓国ドラマ好きなのだ。小島はさほど好きというわけでもなく、同僚とランチのときに途方に暮れない程度には情報に接しているくらいだ。顔の見分けのつく韓国の俳優は、男女合わせて六、七人いるかどうか。だからここまでの吉村との会話は、あまり盛り上がらなかった。吉村も、小島が多少無理をして質問したり、相槌を打っていることに気づいている。そして、そろそろ約束の一杯のビールが終わる。

さ、明るく締めてちょうだい、と小島は吉村に微笑を向けながら思った。楽しかったです、おいしいビールでしたと、言うタイミングだよ。ほんとうにごちそうになっていいんですか?と。そう言ったじゃない、ここはお姉さんにまかせてとわたしが返し、あなたはうれしそうにありがとうございましたと言う。わたしは伝票を持って立ち上がる。

あなたは地下鉄大通駅へ。東豊《とうほう》線の月寒《つきさむ》中央住まいだとはさっき知った。わたしは東西線の西二十八丁目。やはり大通駅だが、ホーム同士は少し離れている。入り口も違う。だからビルを出たら、そこで手を振って、じゃあまた明日と別れることになる。気持ちよく。明日以降も気まずくなるようなこともなしに。

吉村が訊いた。

「時間、気になります?」

「え、どうして?」

「なんとなくですけど」

「そんなことないよ。でも、楽しかった」

「こういうお酒って、初めてですね。部会ではあるけど」

小島は伝票に手を伸ばした。

「約束どおり、わたしからのお疲れさんビールってことで」

「まだ飲めそうなら、もう一軒どうです?」

あらら、ビールを三分の一残しているのは、もう飲めないってサインだよ。どうしてもそっちに持って行きたい?

わたしはあなたよりも五歳年上で、バツイチだよ。機動捜査隊の長正寺警部に頭下げさせたという伝説のある女だよ。怖いよ。飲ませるのはやめておきなよ。

小島は微笑しながら首を振った。

「いや、そろそろ帰らなければ。遅くまでつき合わせてごめん」

「いえ、全然。お言葉に甘えます」

「いいよ」

「いつかお返しさせてください」

「いらないよ。忘れなよ」

吉村が、ふと思い出したという顔になった。

「道警を辞めたひとがやってるジャズ・バーのことを聞きますけど、小島さんは行くんですか?」

行くよ。今夜も、そこで飲み出そうというところで、署に戻ってきた。

「ときどき行く」

「ジャズって知らないんですけど、それでも楽しめる店ですか?」

「一緒に飲むひと次第だけど」

お願いだから、誘わないでね。

こんどね。

「こんど、案内してもらえます?」

「昭和の店だよ」

「まさか」

「吉村くんが行くなら、別の店のほうがいいと思う」

「そうですかね」

小島は伝票を手元に引き寄せたが、まだ立ち上がらない。ビールは三分の一残っている。

そうだ。きょうはブラックバードで、あの安西にも礼を言わねばならないような気がする。どうしよう。明日は土曜日だから、もう少し飲んでも大丈夫ではあるのだが。

やめておこう。ただ今夜のうちに電話をしたほうがいいかもしれない。

いま環状通りに入った佐伯たちの捜査車両は、すぐに桑園《そうえん》・発寒通りとの交差点にかかった。

交差点を直進すれば、札幌中央卸売市場だ。だからこの周辺には、青果や海産物を扱う卸商や食品流通関連の事業所、倉庫などが多かった。朝早くから稼働する業界だから、逆にこの時間には、一帯からひと気は消える。住宅もないではないので、完全にひとの姿がなくなることはないが、それでも道路両側は静まり返っていた。

市場の近くには場外市場もあって、こちらは札幌の観光スポットのひとつだ。しかし、やはりひとの姿は消える。

さらに直進し、ＪＲの高架軌道の下をくぐると、札幌競馬場だ。

佐伯はナビを見ながら、新宮に指示した。

「交差点を左だ。トランクルームの看板が出ているところで右折」

「はい」と新宮。

ナビでは、坂爪の会社サン・ミラノの倉庫まであとせいぜい二百メートルである。

パトカーのサイレンが聞こえてくる。左手、西方向だ。近づいている。

なんだろう？　この捜査車両には、通信指令室からの通信を受ける本部系無線機は搭載されていない。パトカーに対して何か指令が出ていたとしてもわからなかった。

交差点を右折すると、前方に赤色警告灯を回転させたパトカーがあった。徐行気味に道路をこちらに向かっている。

「停めてくれ」と佐伯は新宮に言った。

新宮が、ヘッドライトをパッシングさせてから車を停めた。

パトカーが接近してくる。佐伯は助手席から降りて、身分証明書を掲げた。パトカーも停まった。西警察署の地域課だ。

運転席のウィンドウが下りて、若い制服巡査が佐伯に目を向けてきた。

「大通署だ。近くまで行く。何かあったのかな?」

制服巡査が答えた。

「破裂音がしたという通報があったんです」

「破裂音?」

「鉄砲を撃ったみたいな音とのことでした。指示があって急行してきました。所番地がこのあたりなんですが、通報者の姿も見えなくて」

「それ、もしかすると、おれたちの目的地だ。通報はいつ?」

巡査は時計を見て答えた。

「通報が四分前。わたしたちへの指示が三分前です」

四分前。当事者たちが現場から消えるには十分な時間だ。通報者は近所の住人か? もし銃声だと感じたならば、恐怖もあっていま表には出にくいだろう。

「どこなんですか?」と巡査。

「そこのトランクルームを折れた先の倉庫」

捜査車両に戻って、新宮に言った。

「発砲音らしいと、通報があったそうだ」

新しいサイレンの音が聞こえてくる。機動捜査隊か。北方向からのようだ。

「機捜、待ちますか？」

自分たちは、拳銃を携行していないのだ。もしそこに発砲犯がいたら、接近は危険だ。しかし、十中八九、いない。

「通報は四分前だ。もう消えてる」

四分間を、逆に解釈することもできる。まだ現場で、犯罪者を現行犯逮捕することもできる時間だ。拳銃も持たずに、それをするつもりはないが。

サイレンが近づいていたのに、凶悪な性向の犯罪者がいつまでもとどまってはいない。

佐伯が助手席のドアを閉じると同時に、新宮は車を発進させていた。

すぐに右折した。赤い軽自動車が停まっている。その車をよけて前に進んだ。

ナビが指示している位置に来た。街灯が周辺を浮かび上がらせている。奥行きのある駐車スペースをはさんで、二棟の倉庫っぽい造りの建物が向かい合っていた。駐車スペースの奥には、二台の中型の保冷トラックが並んでいた。

左の建物の脇にポールがあって、看板が三枚出ていた。それぞれ別の事業所名だ。こちら側の建物は貸し倉庫なのか。

いちばん上の看板に、株式会社サン・ミラノの社名。

新宮が、駐車スペースの道路側をふさぐ格好で車を停めた。ついてきたパトカーは、そのすぐ後ろに停まった。

建物と駐車場の様子をもう一度見た。おかしなものはない。不自然に停まっている車とか、落ちているバッグとか、倒れている人物とか。

シャッターにも社名ロゴタイプが大きく書かれている。並んだシャッターのいちばん手前側が、サン・ミラノだった。シャッターの左側に、アルミのドアがある。

ドアの下の部分からシャッターの前にかけて、駐車場のコンクリートの上に何か汚れのようなものが散らばって見える。靴痕《くつあと》？　それも、血に汚れた靴の。倉庫の中から、数歩続いているように見えた。

新宮に訊いた。

「見えるか？　足痕」

新宮は運転席から身体を乗り出した。少し難しい角度。

「いえ」

「出るぞ。手袋をしろ」

「でも、発砲の現場ですよ。機捜の応援を待ったほうが」

もう一台のサイレンも接近しているのだ。

「もう発砲犯は逃げてる」

グラブボックスから白い手袋と、携帯用の伸縮警棒を取り出して、佐伯は車から降り立った。

パトカーの制服巡査たちが、腰を屈めて佐伯を見つめてくる。

そこだ、と佐伯は倉庫の手前を、手袋をはめた手で示した。

もし倉庫の中に発砲犯なり別の犯罪の関係者がいたとしたら、当然彼らはサイレンの音も、表で車が二台たて続けに停まったことも気づいている。

佐伯はドアの脇の壁に背をつけて立った。地面の汚れは、やはり足痕、血の痕と見える。

新宮がシャッターの向こうに立った。

巡査のひとりは、ドアの斜め前に立った。腰の拳銃に手をやっているが、抜いてはいない。もうひとりは、佐伯たちの車のボンネットの前で腰を屈めた。

ドアの脇にはインターフォンなどは設置されていなかった。佐伯は大声でドアに向けて言った。

「坂爪、警察だ。訊きたいことがある。出てこい」

耳をすました。中では何の音もしない。誰も応答しない。

「坂爪、入るぞ」

警棒で、アルミドアのドアノブの上をノックした。

発砲を覚悟したが、やはり中では何の反応もない。

佐伯はドアノブに手をかけ、慎重にまわした。ドアノブは右回りに動いた。カチリと金属音。開いたか？　施錠はされていなかった。つまり中にはひとはいない？　そっとドアを外へと動かした。

ドアは完全に開いた。佐伯はドアを向こう側へと押しやった。

誰も中にいる空気ではなかった。佐伯はドアから倉庫の中へ身体を入れて、手さぐりで照明のスイッチを探した。ドアの左手の壁にあった。スイッチを押し上げると、天井の照明がついた。幅二間、奥行き三間ほどのガランとした空間だった。商品を置いておく棚などは、右手の壁際にあるだけだ。坂爪はもっぱらガレージとして使っていたのかもしれない。

天井は張られておらず、鉄骨の梁《はり》と小屋組がむき出しだった。正面奥に、ロッカーやらデスクがある。デスクの後ろに、ソファが見えている。

佐伯は中へと踏み込んだ。

サイレンの音がすぐ外で聞こえた。ついで急停車の音。機動捜査隊の覆面パトカーが到着したのだ。

佐伯はさらに進んだ。後ろで新宮が続いて入ってきたのがわかった。

外で切迫した響きの話し声。巡査と機動捜査隊員がやりとりしている。

足音がして、すぐ外から声が聞こえてきた。

「機捜です」佐伯への呼びかけのようだ。「坂爪という男の、サン・ミラノという会社の倉庫に向かうよう指示されていました。それにいま、発砲の通報を受けました」

佐伯はかまわず前へと歩いた。いま想像したものがあった。

機動捜査隊員が佐伯のすぐ後ろに来た。

「発砲現場はここなんですか？」

「間違いない」と佐伯は答えてさらに数歩進み、ソファを指さした。ソファに背を預けるかたちで、男が倒れている。床に腰を落として。

その胸のあたりが真っ赤だった。銃創。それも至近距離から散弾を浴びての。この傷とこの出血だ。確実にこの男は死んでいる。男の顔は、驚愕《きょうがく》を張り付けたままだ。三十歳くらいの男だろうか。

「あ」とその機動捜査隊員は声をもらした。

もうひとり機動捜査隊員が駆け込んできて、佐伯のすぐ後ろでやはり、あ、と声を上げた。

最初に入ってきた機動隊員が、倒れている男の前まで進んでしゃがみ、あたりをざっと見渡してから立ち上がった。

その機動捜査隊員は三十代後半という歳だろうか。髪は短く、格闘技系の体格をしている。

その男は名乗った。

「機動捜査隊長正寺班の玉木です」

佐伯も名乗った。

「大通署三課の佐伯です」

「この件での臨場なんですか」

「べつの事案です」

「この被害者の身元、坂爪って男でしょうか」

「たぶん。古物商です」

「撃った男に心当たりでも？」

「厚真の事案の実行犯のひとりでしょう」

玉木は、そうか、という顔になってから言った。

「では、規則通り、ここの指揮はわたしが執らせていただきます」

「かまいません」

刑事事案が発生したとき、所轄の刑事部門の捜査員たちが到着するまでは、現場に急行した機動捜査隊がその場の捜査を指揮する。外の地域課の巡査たちにも、この場合、佐伯たちにも指示を出すことができた。

「現場から出てもらえますか」

「ええ」

佐伯が踵を返し、新宮に、出るぞ、とうなずいたところで、玉木が背に声をかけてきた。

「すいません。あの佐伯さんですか?」

どのような意味の質問かはわかる。自分は、道警本部のあの有名な佐伯なのだ。顔は知られていないだろうが。

「そうです」と振り返って答えた。

「いましばらく、表で待っていていただけますか。佐伯さんが把握していること、教えてください」

「いいですよ」

倉庫の外に出ると、地域課の巡査のひとりは署活系無線機で報告中だった。

自分たちも、伊藤にこの状況を報告しなければならない。

津久井たちは、捜査車両をその雑居ビルの正面を見る位置に停めていた。すでに閉店したマッサージ店の前だ。駐車禁止ではあるが、さほど厳格には駐車を咎《とが》められない場所。ここに着いて長正寺に連絡したのが三分前だった。坂爪という古物商の、登録所在地のビル。着いてすぐ津久井はいったん降りて、部屋の表示を確認し、窓の明かりから、坂爪も従業員も不在であると判断している。その上で、この位置で次の指示を待っているのだった。

ビルの住居部分の入り口から、女性が出てきた。歩道を手前に歩いてきてから、車を不審そうに見つめてくる。通り過ぎるかと思ったが、車の横で立ち止まって、助手席を覗き込んできた。

滝本が警察手帳を取り出して、その女性に向けた。警察が仕事中です、気にしないでください。その意味で。

しかし女性は何か言いたげだ。ウィンドウを下ろすと、女性は運転席の津久井もちらりと見てから、滝本に小声で言った。

「さっきの刑事さんのと一緒のこと?」

滝本が小声で返事をした。

「詳しくは話せないんです。無視していただけますか?」

「さっきの刑事さんが来たあとは、誰も入っていないですよ。サン・ミラノのことでしょ？」

本部の捜査員がすでにサン・ミラノを訪ねていたのか。それとも別の事案で？

「どこの署の刑事でした？」

「大通署の佐伯さんってひと」

滝本が津久井に顔を向けた。津久井も驚いた。大通署の盗犯課が、厚真の事案の手がかりをもうつかんでいた？

「そうですか」と滝本がまた女性に顔を向けた。「知らんぷりをしていただけると、ありがたいんですが」

「テレビ局はこないんですか？」

「わかりません。すいません。捜査に差し障りがあるので、離れていただいていいですか？」

女性は少し不服そうに、車から離れていった。

そのとき、隊内無線に長正寺の声が聞こえてきた。

「二十四軒の倉庫で発砲があって、二号車の玉木たちが死体を発見した。坂爪という男らしい。散弾銃の弾傷らしいってことだ。その現場に向かえ。四号車と代わる。とくに何もないんだろう？」

津久井が返答した。

「何もです。事務所は無人のままと見られます」

「二十四軒の現場で、玉木から事情を聞いて指示を受けてくれ。発砲からそんなに時間が経っていない。足どりを追える。おれも指令車で向かう」

「四号車が着いたところで、向かいます。例のプラドは？」

「なかった。発砲犯が乗って逃げた可能性がある。あらためてA号照会がある」

「坂爪は、厚真の件の実行犯なんですね？」

「まだわからんが、猟銃が使われている以上、発砲犯のほうはそうだろう。本部からはうちにもろくに情報が入ってこないんだ」長正寺が苦々しげにいった。「もったいつけてる」

バックミラーが明るくなった。津久井たちの後ろに接近してくる車がある。サイレンも鳴らしていないし、警告灯も回転させていないが、たぶん機動捜査隊の四号車だろう。

その車は津久井たちのすぐ後ろに停まった。助手席からひとりが降りてくる。同僚の西崎《にしざき》だった。

西崎は助手席の横に立って、津久井たちに言った。

「ここ、代わります」

滝本が、了解と手を上げた。津久井はその場から捜査車両を発進させた。

二十四軒の現場に向かうため、いったん国道一二号線に入った。

滝本が言った。

「荒っぽい事件になってきましたね。北広島の死体もそうですが、仲間割れなんでしょうか？」

津久井は、考えをまとめながら言った。

「坂爪が実行犯のひとりかどうかも、まだわかっていないぞ」

「空港駐車場で、レンタカーとどうやら落ち合っていたのでは？　タイミングはそうですよね。二手に分かれて逃げた」

「札幌でプラドに乗っているんだから、闇バイトに応募するような男とは思えないよな」

「じゃあ、指示役？」

「だとしたら、実行犯と接触するはずがない。顔を見られるような真似はしないだろう」

「指示役だとしても、実行犯はアジトを、というか、身元を知っていたんですよね。それも妙だな」

「とにかく、情報が少なすぎる。坂爪を、三課の佐伯さんが追っていた理由も、気になる」

「被害金額が発表になっていませんが、仲間割れを誘うくらいの大金だったんでしょうね」

滝本が、続けるのをやめた。国道一二号線の上りの通行量が減ってきている。津久井は捜査車両を加速した。


玉木という機動捜査隊員が、おそらく長正寺にざっと報告したあと、車のそばに立つ佐伯たちに近寄ってきた。

「うちの指令車と、もう一台、覆面が来ます。西署ももう着くかと思います。鑑識は、西署じゃなく本部のチームが来るそうです」

「検視官は？」

「向かっています」

当然だろう。札幌市内で、銃器を使った殺人だ。西署に捜査本部ができてもおかしくはない重大事案だった。事情がもっとはっきりしてくれれば、厚真の事案の捜査本部が引っ越してくることさえ考えられる。苫小牧に行っている統括官は、どう判断するだろう。

玉木が続けて訊いた。

「これはどういう事案なんです？　大通署の三課で追っていたというのは？」

佐伯は答えた。

「三日前に、スマホ八台の入ったバッグを置引きした男がいる。その被害届けが出ないうちに、市内で緊急に五台、闇のスマホを調達した男が、坂爪なんだ。偶然かもしれないが、同じタイミングで、女子高生がスマホをひったくられた」

「振り込め詐欺に使うためですか？」

「最初はそう思った。しかし盗難届けも出さず、闇で五台探したことが気になった。何か切迫した事情がありそうだ。それでいちおう盗難被害者である坂爪を追ったんだ。何か大きな事案に関わっているかもしれないと」

「厚真との関連がよくわかりましたね」

「タイミングが合う。それで苫小牧の捜査本部に情報を上げたんだ。そうしたら、空港駐車場で、厚真の実行犯たちが使ったレンタカーと接近遭遇していると、本部が即座に確認した」

「この殺人は、どういうことか見当がついていますか?」

「いいや。だけど、厚真の実行犯が関わっているのは確かだろう。散弾銃が使われているんだ。カネとか、スマホとかあったのか?」

「まだきちんと見ていません」

「分け前をめぐってトラブルになったんじゃないか。実行犯のひとりで猟銃を持っている男が、欲を出したか」

「そいつの単独犯?」

「まだ、わからない。実行犯は四人で、北広島でひとつ死体が見つかったんだったよな」

「レンタカーを本名で借りた男です」

「残り三人いれば、かなりのことをやれる。すでに強盗殺人をやってしまった連中なわけだし」

いいや、と言いながら佐伯は思った。スマホで指示を出してやらせた闇バイト犯罪だとしたら、実行犯の肝の据わり具合は一様じゃない。一刻も早く現場近くから、もっと言えば北海道から逃げようとした者もいたはず。犯行に使われたレンタカーが千歳空港の駐車場にいたことが確認されているのだ。実行犯のうち、少なくともひとりは、空路で逃げたはずだ。

残っているのは、この現場で発砲した男を別にすれば、あとひとりだ。そいつはどの程度のワルだろう。この殺人にも関わっているのだろうか。これは複数犯? それとも、猟銃を持っている男の単独犯なのか?

そもそも、この坂爪の倉庫のことは、実行犯たちも最初から知っていたことなのか? スマホを何台も使っていた坂爪はたぶん実行犯ではなく指示側のはずだが、実行犯たちに自分の身元や居場所、アジトを教えていたのか？

闇バイト犯罪だとしたら坂爪の脇は甘いし、違うとしたら、発砲犯はかなりワルとしてできる男だ。

サイレンが近づいている。機動捜査隊の応援の一台か、それとも西署の車両か。

その場に、サンダル履きの白いアンダーシャツ姿の男が現われた。何か言いたげな顔だった。

佐伯は玉木と一緒にその男の前に歩いて、声をかけた。

「何か目撃していましたか？」

男は言った。

「一一〇番通報した者です。そこのアパートの二階に住んでいるんですが」

男は道路をはさんで向かい側にある二階建てのアパートを指差した。

「鉄砲の音みたいな音が聞こえたんで、窓から外を見たら、大きい四輪駆動車がそこのシャッターのところから出てきて、それから出ていったんです。ちょっと様子を見ていたんですが、何かやばいことが起きたんだろうと思って、通報したんです」

佐伯は確認した。

「四駆は、シャッターを開けたまま発進して行ったんですか?」

「いや、シャッターが上がって四駆が出てきてすぐ表で停まり、それから中から出てきた小さい男がシャッターを下ろした」

「小さい男?」

「女かもしれない。キャップかぶっていたんで、男にも見えるけど、そう訊かれると、女なのかなあ」

佐伯は玉木と顔を見合わせた。

二人組が、坂爪の倉庫を襲ったのか? 女にも男にも見える小柄な人物が相棒。

玉木が訊いた。

「運転していたのは別の男?」

通報者は、玉木に顔を向けた。

「男かどうかわからない。窓からははっきりとは見えなかった。シャッター下ろしてた小さいのは、四駆の助手席に乗ったから、運転はべつの人間だったんだ」

「シャッターを下ろしたやつの服装を、詳しく」

「帽子。キャップだね。ズボンはいていたから、男だと思った。上も、ゆったりしたアノラックみたいなの」

「年齢とか、顔だちとか」

「そこまではわからない。夜なんだから」

佐伯が質問を代わった。

「そのシャッターを下ろした人物は、荷物を持っていました？」

「いや、何も」

何も持っていない。猟銃や、もしかしたらカネの入ったバッグなどは、倉庫の中ですでに積まれていたと考えていいのだろうか。

「ここを借りているサン・ミラノって会社の誰かを見たことはありますか？」

「いや。おれは昼間は仕事に出ているからね」

「どうも」

新宮が佐伯を見つめてくる。佐伯は情報をまだ整理しきれていない。

この場には、どうやら当事者が三人いた。ひとりは倉庫の中で撃たれて死んでいる。坂爪だろうと思ったが、断定はできない。しないほうがいい。三人のうち残りのふたりは、四輪駆動車でこの場から立ち去った。そのひとりは、小さい男、と目撃者は最初に語ったが、女かもしれないと言い直した。

坂爪は、本川風花という女が起こした詐欺事件で逮捕歴がある。振り込め詐欺で捕まったとき、逮捕現場は本川風花のアパートがあるのと同じ発寒だった。この近所だ。つまり、坂爪と本川は腐れ縁だ。四輪駆動車に乗って逃げたふたりは、坂爪と本川なのか？

となると、倉庫の中で死んでいる男が、厚真の事件の実行犯のひとりか。猟銃を持っていたのは実行犯のひとりだが、そいつが指示役であった坂爪のアジトを襲って、残りのカネも強奪しようとしたのだろうか。その際に反撃され、自分が撃たれた。そういうことか？

そこに、新しい覆面パトカーが到着した。佐伯たちの脇を通り抜け、倉庫の駐車場の入り口の先に停まって、ふたりの男が降りてきた。ひとりは津久井だとわかった。ということは、もうひとりは相棒の滝本だ。

津久井は近づきながら佐伯に黙礼してきた。

玉木が津久井のそばに寄って、周囲を手で示しながら、説明をし始めた。

「中で坂爪が死んでいる」と聞こえた。

佐伯はすぐに間に入った。

「断定するのは早い。坂爪は女とここから逃げた可能性もある」玉木と津久井が話をやめて、佐伯に顔を向けてきた。佐伯は続けた。「坂爪は警視庁と青森県警に逮捕歴がある。確認したほうがいい。猟銃を持って逃げている厚真の実行犯は、風体、身長はわかっているのかな」

玉木が、いくらか不機嫌そうに言った。

「佐伯さん、あとは機動捜査隊にまかせてください。ここはうちが指揮しますんで」

津久井も戸惑っている。彼はいまここで何が起こったのかもまったく知らないはずなのだ。

佐伯は言った。

「わかった。ここから引く。指示は出さないでくれ」

「いいですよ」と玉木。

佐伯は新宮と一緒に自分たちの捜査車両に戻った。

車を始動させて、新宮が訊いた。

「次は？」

「まず移動してくれ。ここを離れよう」

「はい」

新宮が車を発進させた。


小島百合の携帯電話に着信があった。

吉村と別れて、駅前通りを大通り公園に向かって歩いているときだ。

立ち止まって電話に出ると、同僚からだ。さっきまで、生活安全課のフロアにいた、風俗営業の審査を担当している職員。石川《いしかわ》という男だ。

「いま、薄野の幌南企画ってとこの永田って男から電話がありました」

小島は言った。

「ああ、きょうそこに行ってる。風営の事案じゃないんだけど」

挨拶なしに無礼だと受け取られたか。小島は少し心配した。

「それはいいんです。永田って男から、小島巡査部長に伝えてくれと」

「なんだろう？」

「本川風花っていう女の現住所です。わかったので伝えてほしいと。メモできます？」

「あ、ちょっと待って。それともショートメールしてもらおうかな」

「そうします。小島さんへの伝言、わざわざおれを通してきたってことは、うちに貸しだという意味なのかもしれないんです」

「あ、そうですね。わたしに直接電話すればいいのに」

「うちの借りってことにしていいですか？」

小島はさほど協力者を持っているわけではないが、闇社会の情報を必要とする部署の捜査員たちは、協力者たちと厳格な貸し借りの関係を作ることが多い。この情報で貸しですよ、借りが貯《た》まっているときは、手入れ情報をくださいね、というわけだ。形式犯であれば応えられる。佐伯はどうなのだろう。そのような貸借関係が得意な捜査員ではないと思うが。

小島は、永田の事務所で見た、三十歳ぐらいの女性のことを思い出した。うちが人助けで雇うことにした、と永田が言っていたシングルマザー。その言葉は嘘かもしれないけれど、風営の石川が彼に借りを作ってくれれば、あの女性の勤め先がもし近々摘発されることになっていたとしても、その時期は多少延期される。あの女性の失職は少し先のことになる。

「お願いしていいですか」と小島は言った。「大きな事案にからんでいそうなんです」

「というと？」

「厚真の」

「ほんとですか？」

「確証はないけど、匂う。刑事課が動いてる。成り行きで、わたしも手伝っている」

「いいですよ。永田には借ります」

「ありがとう」

舗道のビル側に寄って、ショートメールの着信を待った。三分ほどで、石川からのメールが入った。

これだ。

本川風花。中央《ちゅうおう》区南二西九、南三条通り南向き。

もう一度、その永田から伝えられた本川風花の現住所を読んだ。

中央区の南二条西九の……。

札幌中心部の商業街の西のはずれということになる。集合住宅がないエリアではないが、家賃は高い。大手企業の北海道支社長クラスの社宅も多そうだ。かつてその周辺に不動産を持っていた金持ちも住んでいるだろう。

繁華街の薄野に近いが、薄野の飲食店や風俗営業関係者はこのあたりには住まない。家賃のせいもあるが、微妙にエリアの雰囲気が硬い。

ビル名は、札幌アート・レジデンス大通公園。

薄野との近さよりも、大通り公園との近さを謳《うた》うビル名。やはり高級集合住宅だろう。

札幌の住居表示方式はやや厄介だが、南三条通りの北側、南向きのビルということになる。

気がついた。さっきビールに口もつけずに出てきたジャズバー、ブラックバードに近い。

ブラックバードは番地で言うと、南二条の西八丁目になるのだ。ただし、ビル自体は南二条通りと南三条通りとのあいだの中通り、狸小路商店街に面しているが。

部屋番号を確かめた。

二〇二

どっち向きかはわからない。

小島はスマートフォンを持ち直して、佐伯に電話した。

コール一回目で、佐伯が出た。

「どうした？」

小島は言った。

「本川風花の現住所、わかりました」

「いま発寒の、七年前の住所に向かっているところだ」

「そこではありません。中央区の、いいところです」

「言ってくれ」

小島は、永田から伝えられたところ番地を伝えた。佐伯はメモしただろう。

「ありがとう」と佐伯。

「いまどちらです？」

「坂爪の倉庫を出たところだ。そこでひとりが撃たれて死んでいた。たぶん坂爪だ。機動捜査隊がもう到着した」

「撃たれて？」

「おそらく厚真の事案で出てきた猟銃だろう。そこからふたりの人物が立ち去っている。例のプラドで」

佐伯の言葉が、歯切れ悪い。ふたりの人物？

「人物というのは、どういう意味です？」

「男ふたりのようだけど、はっきりしない。ドライバーの姿は目撃されていなくて、もうひとりの助手席に乗った人物は、男女不明だ。小柄な男のようでもあり、女のようでもある」

「坂爪と本川がまだ組んでいたのなら、ふたりは一緒にそこから逃げたのでしょうか。猟銃を持った男の襲撃をかわして」

「わからないんだ。発寒のそこに行くのはやめて、その中央区のビルに行く。ブラックバードに近いな」

「一丁ずれて、背中合わせみたいな位置ですね」小島は続けた。「もう少し、本川風花についての情報があります。坂爪は、本川が青森県警に詐欺で逮捕された七年前の事案で、一緒に逮捕されていています。起訴はされていませんが、またくっついていると思われるそうです」

「風体はわかるか？　とくに身長」

「身長はわかりませんが、若く見える顔です。年齢不詳に見える」

「じゃあ、体格も小柄だな。もうひとつ教えてくれ。本川のこの現住所、ひとりで暮らしているのか、男と一緒なのか？」

「聞いていません。わかりません」ふと思いついてつけ加えた。「詐欺で捕まっていますし、示談にもしている。男を手玉に取れる女だと思います。そういう評判もあります」

つまり、その高級集合住宅は、購入したのではなく、正規の賃貸契約者でもないと推測できる。男と同居しているか、男を追い出しているかだ。

佐伯もそのことを考えただろう。

「すごくいい情報だ。助かった」

「危なくありません？　猟銃を持った男が、一緒かもしれないんですよね」

「坂爪の倉庫から逃げたひとりが、その本川かどうか、まだわからないんだ。そこにいれば、発寒の事案はべつのものになる」

「というと？」

「厚真の事案の実行犯のうちのふたりがやったんじゃないか。情報がまるで入ってないんで、勝手な推測だけど」

「あ、その可能性があるんですね」

「わからないけどな。とにかくサンクス」

通話は切れた。

小島はショルダーバッグにスマートフォンを収めてから思った。

ブラックバードにもう一度行く理由ができた。

佐伯は運転している新宮に言った。

「小島が、坂爪の女らしい本川って女の居場所を突き止めた。そこに行ってくれ」

「南二の西九ですね」

佐伯たちの車は、桑園・発寒通りを市の中心部方向に向かって走っている。佐伯が電話中に、新宮は目的地が変更されると察して、すでに発寒から離れている。

「そうだ」佐伯は覚えたところ番地を新宮に告げた。「札幌アート・レジデンス大通公園。そこの二〇二だ」

「高級そうな名前のビルですね」

「あのあたり、このところシティ・ホテルが建ち始めているよな」

「再開発で、高級マンションも。坂爪の会社を登録しているビルとは、たぶんえらい違いですよ」

「買取り詐欺の業者なら、引っ越しや夜逃げの情報も早い。もし坂爪の女の住居だとしたら、あまり人聞きのよくない理由で入居できているんだ」

「犯罪がらみ？」

「こいつらの犯歴を考えると、詐欺とか恐喝とかだ」

佐伯はスマホを持ち直し、伊藤に電話した。

「もうご存じかもしれませんが」

伊藤が、佐伯の言葉の終わるのを待たずに言った。

「貸し倉庫で発砲があったようだな。男の死体がひとつ見つかったと聞いた」

「そのとおりです。坂爪という男の貸し倉庫で、ひとりが死んでいました。現場を少しだけ見ましたが、撃たれたようでした。ふたりが現場から逃走、機動捜査隊が到着して、現場の捜査指揮に当たっています」

「被害者は坂爪じゃないのか？」

「まだわかりません。わたしたちは、坂爪の女の住所に向かいます。最新の情報が入りましたので」

「ちょっと待て」と伊藤が佐伯の通話を遮った。「交通事故だ」

佐伯は携帯電話を耳に当てたまま、伊藤の言葉を待った。

伊藤が言った。

「四駆と乗用車の事故だ。石山《いしやま》通りの南一条交差点。四駆が猛スピードで赤の交差点に突っ込んだらしい。乗用車は大破。四駆から、乗っていた何人かが逃げたらしい」

四駆から何人かが逃げた？　その情報だけで、事故が何か重大な事案に関係しているとわかる。たとえば強盗殺人とか、銃を使った殺人とか。

「四駆というのは、もしかしてプラド？」

「いま聞いた情報では、そこまで言っていない。機動捜査隊がもう着くころだ。それで、その最新情報の女の住所はどこだって？」

「南二の西九です」

「事故の現場と、近くないか。偶然かな」

「どうでしょうね」まだ何とも言えない。

「気をつけて行けよ」

「はい」

「おれはまだ署にいる。おれの言葉が必要になったら、電話しろ」

「そうします」

伊藤との通話を切ると、新宮が訊いてきた。

「何かあったんですね」

「交通事故」佐伯は伊藤の言葉を新宮にも伝えた。「石山通り南一条交差点。事故を起こした四駆から、乗っていた何人かが逃げた」

「ずばりさっきの倉庫から逃げた車じゃないですか？」

「プラドとはっきりすればな」

「事故現場は、本川って女の住所に近い」

「いや、南一の石山通りとの交差点の事故ってことなら、その四駆の目的地はわからないぞ」

「偶然ですか？」

「正直、まだ何とも言えない。死体が誰かだけでも、早く知りたいよな」

「坂爪だとすると?」

「女のマンションも、坂爪のアジトじゃないだろうか。坂爪は、本川と一緒にそこに逃げようとしていた。違っていたとすると、そのふたりの関係がわからない。男女なのかどうかもわからなくなってくる」

ちょうどかかっていた交差点を、新宮が加速して抜けた。


もうひとり出てきた目撃者が、津久井と滝本を交互に見ながら言っている。

「四駆は見ていないんだ」

近くのやはり運送会社のドライバーだ。四十歳くらいだろうか。たまたま社に戻ってきて、その少しあとに発砲音を聞いたという。

「最初気になったのは、その軽自動車さ」

彼が示す先に、赤い軽自動車がある。路上に駐車していた。サン・ミラノの倉庫のすぐ脇という位置だ。

目撃者は続けた。

「変なとこに停めるなと思ったんだ。このあたり、路上駐車は邪魔だし、そこの倉庫に用事があるんなら、駐車スペースに入れればいいんだから。そしたらふたり、車から降りて、その倉庫のシャッター脇のドアの方に歩いたんだ」

津久井は訊いた。

「ふたりというのは、男がふたり、という意味ですか？」

「いや、男ふたりと言おうとして、いま詰まったんだ。男ひとりは確実だ。運転していたのが男。キャップをかぶっていた。助手席から降りてきたのは、小柄だった。キャップをかぶっていたけど、もしかしたら女かな」

「ふたりは、倉庫のドアから入っていったんですね？」

「入っていくところまでは見ていない。前まで歩いた。おれが車を降りる支度をしてると、パンという音がした。直前にひとの歩いていくのを見ているから、そこの倉庫だと思った」

「銃声とは思わなかった？」

「おれ、銃声なんて、映画の中でしか聞いていない。銃声かどうかはわからない。事務所に入ってしばらくしたら、ここにパトカーなんかが来だしたんで、おれも顔を出したってわけさ」

「停まった軽自動車から、ふたりが降りてきたところは確実に見ているんですね？」

「見た」

そこに玉木が近づいてきた。いましがた到着した鑑識課員のひとりと一緒だ。鑑識課員は二十代と見える女性だった。

津久井たちは、目撃者に、ちょっと失礼と断って、玉木たちの方へと歩いた。目撃者には声の聞こえない距離だ。

玉木が津久井と滝本に言った。

「被害者、運転免許証を持っていました。顔と写真と、一致します」

「名前は?」

「坂爪俊平」

「サン・ミラノって古物商でいいのか?」

「名刺もありました。そのとおりです」

「傷は?」

玉木が女性鑑識課員に顔を向けた。その鑑識課員は答えた。

「暫定的には、失血死です。左胸が陥没するくらいの、大きな傷がありました。散弾を至近距離から撃たれたものと推測できます。公式の鑑識報告じゃありませんが、とりあえずはっきりさせてくれと言われたので」

津久井は玉木に訊いた。

「加害者の遺留品は?」

玉木は首を振った。

「まだわからない。古物商の倉庫だぞ。何が私物で何が商品か、区別はつかない」

靴音がして、機動捜査隊員のひとりが駆け寄ってきた。

「通信指令室から、交通事故の情報です。石山通りで二台が衝突。機動捜査隊の二号車に急行の指示が出ました」

玉木が首を傾けた。

「ここと関係があるのか?」

「事故を起こした一台は、トヨタのランクル。プラドです」

玉木が津久井を見つめてきた。瞬《まばた》きしている。

津久井の隊内無線が着信音を鳴らした。

津久井はマイクに指を触れて言った。

「津久井です」

長正寺の声が聞こえてきた。

「そこは玉木にまかせろ。交通事故だ。坂爪って男の四駆らしい。石山通りだ。南一条西十一丁目交差点」

「人身事故ですか?」

「四駆から、ふたりが逃げた。衝突したもう一台の車のドライバーは、NTT病院に運ばれた。重傷だ。追ってまた指示するが、とにかく現場へ」

「はい」

自分たちの車に戻ろうとすると、玉木が不思議そうに声をかけてきた。

「何で盗犯課の佐伯が、ここで坂爪の死体が出ることを知っていたんだ? 何かぐちゃぐちゃ説明していたけど、よくわからなかった。聞いているか?」

「わたしも知りません」

津久井は滝本に合図し、自分たちの車へと向かった。

車は西十三丁目通りに近づいている。この先の石山通りを右折すると、南一条通りに出る。あと五分くらいで着けるだろう。

佐伯にまた伊藤から電話があった。

「事故の四駆は、トヨタ・プラドだ。坂爪俊平名義。それと、二十四軒の死体も、坂爪俊平と確認された」

佐伯は確認した。

「四駆から逃げたのは、何人かわかりました？」

「まだだ。はっきりした目撃情報は上がってきていないようだ」

「了解です」と佐伯は応えた。

伊藤から伝えられた件を新宮にも教えた。新宮が、前方に目を向けたままで言った。

「どういうことなんでしょうか。厚真の実行犯ふたりの犯行でいいんですかね。分け前をめぐって、元締めを襲ったってことで」

「厚真の被害者のかみさんは、女がいたとは証言していないんだよな。闇バイトの事案だとしても、押し込みの実行犯に女がまじっていたとは考えにくいだろう」

「いまの目撃者も、四駆に乗ったのは女と言い切ってはいませんでしたね」

「男だったとも言い切れなかった」

「ちらついてる女、闇バイトのスマホ調達係を指示されていたんでしょうか。なんとなく指示役に近い側かと感じていましたが」

「集められた人間の中で、男でなくてもできる役をさせられていたということか」

「振り込め詐欺なら、掛け子、受け子なら女でもやれますね」

「受け子」と、佐伯はつぶやいた。

「何か?」

「厚真の実行犯たちは、レンタカーで千歳空港に行っていたよな。それから北広島」

「最後が上野幌」

「奪ったカネは、どこで受け子に渡した?」

「実行犯が逃亡にかかる前。千歳空港でしょうか」

「それが自然だよな。受け子は、空港でカネを受け取っていた。それからどこで指示役に渡す?」

新宮が、少し考えた顔を見せてから答えた。

「空港には、プラドもいたとわかっていますね。受け子ではなく、坂爪が直接受け取ったということでしょうか」

「指示役が顔をさらすか? 実行犯の前に出ていって」

「プラドで千歳空港に行って受け取ったのは、坂爪以外の誰かですか?」

「プラドには、坂爪も乗っていたのかもしれない。千歳空港で実行犯からカネを受け取ったのは、一緒に行った誰かってことになるか。闇バイトで集められた誰かじゃない。坂爪とそれなりに近い誰かと想像できそうだ」

「小島さんが受け持った、スマホをひったくった女ですかね」

「さっきの小島からの電話。かつて同じ事案で逮捕された本川風花って女と坂爪は、またくっついているらしいってことだった」

「坂爪と本川は共犯。きのうきょう、闇サイトで知り合った関係ではないんですものね」

「指示役が坂爪だとして、受け子として実行犯の前に出ていったのは、本川風花か。振り込め詐欺と違って、厚真のような事案であれば、受け子は指示側の人間でもリスクは少ない。不特定多数の人間の前に出ていくわけじゃない」

「だとすると、四駆に乗って二十四軒の倉庫から逃げたのは坂爪と本川ですか？　銃で襲ったのは厚真の実行犯で確実でしょうが」

「被害者は坂爪だと確認された」

「逃げたふたりは、おそらくあそこに停まっていた軽自動車でやってきている。そしてそのうちのひとりが女かどうかも確認されていない。すいません。ちょっと解釈できません」

前方、大通り公園の南大通りの先に、いくつもの赤色警告灯が回転しているのが見える。警察車が五、六台到着しているようだ。それに救急車も。

南大通りを渡り、石山通り南一条交差点にかかった。左手前方、交差点の角のところに二台の車が見える。一台は黒っぽいセダン型の乗用車で、横転していた。もう一台は白っぽい四輪駆動車だった。舗道のガードレールに突っ込んでいる。

何人もの交通課の警察官が、いわゆる誘導棒を振って交通規制を行っていた。

新宮がその事故現場の横まで、車を徐行させて進めた。

佐伯は助手席の窓から、近づいてきた交通警官に手帳のバッジを見せた。

「プラドのドライバーを追っているんだ。停めていいか」

交通警官は、一台のパトカーの先を示した。

「あそこに」

新宮が車をその位置に停めた。佐伯はグラブボックスから大通警察署の表示を出して、ダッシュボードの上に置いた。

現場まで少し戻ると、横転したセダンの脇で、救急隊員がストレッチャーに怪我人を乗せているところだった。セダンのドライバーはもう病院に運ばれたというから、巻き込まれた通行人なのかもしれない。

機動捜査隊員がふたり、その怪我人に話を聞こうとしている。救急隊員がその機動捜査隊員を遠ざけようとしていた。

佐伯は警察手帳をかざしながら、交通警官のひとりに歩み寄った。

「目撃者はいますか?」

交通警官がひとりの中年女性を示した。真夏なのに、身を縮めるような格好だ。

その後ろには、会社員ふうの中年男がいる。

「見ていました？」と、佐伯はその中年女性に訊いた。

「あ、ええ」と中年の女性は、佐伯に顔を向けてきた。表情に少し興奮がある。「交差点に突っ込んできたから、びっくりして」

「その白い車の信号無視なんですね？」

「そう。あっちから」女性は北方向を指さす。

「ぶつかって、そのあと白い車に乗っていたひとたちを見ていますか？」

「ええ。ふたり降りてきて、そっちの方に走っていった」彼女はこんどは南方向を手で示した。「そっち」

その先は南二条通り、南三条通りがあり、さらに月寒通りとも呼ばれる南四条通りもある。この石山通り自体は、西十一丁目通りである。

「男がふたりですか？」

「いえ。運転していたのは、男のひとだと思う。帽子をかぶっていた。助手席から降りてきたのは女性」

「女性は、帽子は？」

「いえ、かぶっていない。長い髪」

「年はいくつくらいでした？」

「よくわかんないな。中年じゃない。もっと若い」

「ふたりとも？」

「ええ。あ、女は男よりも若かったな」

「一緒に逃げたんですね？」

「そう。女性のほうが、男のひとに、こっち、って叫んで」

女が、道を指示した？　佐伯はさらに訊いた。

「ふたりは怪我はしていなかった？」

プラドは、左後部がぐしゃりと潰《つぶ》れているのだ。ただし、運転席のドアも助手席のドアも、使える状態だった。いま半開きだ。前部席のエアバッグはふたつとも開いている状態だった。

「ちょっとふらついていたけど、大怪我には見えませんでしたね」

「ふたりは、荷物を持っていました？」

「ええと、わかんないな」

女性の後ろにいた会社員ふうの男が、佐伯に言った。

「男は鞄を持ってましたよ。細長いショルダーバッグ。背中にかけて、走っていった」

佐伯はその会社員ふうの男に顔を向けた。

「女のほうはどうでした？」

「ショルダーバッグを斜めがけしていたかな」

「服装はどうです。男は？」

「キャップ。ゆったりした作業パンツみたいなの」

「女は？」

「だっふりしてるやつ。ジャケットだね。ゆったりパンツ」

女は、身体の線がよくわからない服装だったのだ。意識的かどうかはわからないが。

新宮がその男に訊いた。

「先に降りたのは、男ですか？」

会社員ふうの男は答えた。

「そう。運転席のほうから降りてきて、助手席の女性を引っ張り出したみたいな感じだった」

「そして、逃げるときは、女が、こっち、と叫んだんですね」

「そうです」

新宮は現場の南方向に身体を向けて、会社員ふうの男に訊いた。

「全力疾走でした？」

「いや。むしろ、よたよたという感じで」

「どのあたりまで見ていました？」

「ぼくは、そんなには見ていない。南二条を左に曲がったのかな」

「タクシーを停めたとか、そういう様子も見ていないのですね？」

「うん。こっち、って言葉だけが耳に残ってる」

佐伯はうなずいた。本川の現住所に行ってみよう。この交差点で、女が南方向を示して「こっち」と男に言い、南に去ったのだ。彼らは石山通りのずっと先とか、定山渓《じょうざんけい》方面に行こうとしていたのではない。目的地は、この近くだ。

南三条通りは、西方向への一方通行だ。

もし小島情報のマンションに行くのなら、いったん南二条通りに折れて、西九丁目の通りから三条通りに入ることになる。

9

小島百合は、駅前通りを大通り公園の北側まで歩いて足を止めた。

パトカーの警報音がいくつも重なって聞こえてくる。西方向のどこかに、警察車両が多数急行を指示されているようだ。単純な交通事故程度のことではないようなパトカーの数と思える。なんだろう？　あの厚真の事件に関連するようなこと？　あの事件ではすでに殺人の被害者がふたり出ている。苫小牧警察署に捜査本部は置かれたが、事件の「現場」は札幌方面に移った印象もあるのだ。

気になった。いま道警本部にどんな事案発生の通報が入っているのか。機動捜査隊や刑事課にどんな指示が出ているのか知りたくなった。このパトカーの音、台数を考えると、そうとうの重大事案が発生しているのだ。たぶん。

小島は、大通署刑事一課の松尾に電話した。きょう、少し世話になることになった捜査員。

「きょうはありがとうございました。例の本川風花の現住所、わかりました。遅い時間ですけど、きょうのうちに、わかったということだけでもご報告をと思って」

「おお、そうか」と松尾は、うれしそうに言った。「無理言ったかなと、反省してたんだ」

「そんなことありません。ところで松尾さん、いま市内、ずいぶんパトカーが走っていますけど、何か重大事案の発生ですか？」

「ああ。いま署内じゃないのか？」

「外です」

「二十四軒で、古物商が撃たれて殺されたんだ」

「坂爪という男ですか？」

「知っているのか？」

「例の本川颪花と一度組んで詐欺をやった男です」

「なんだ」松尾は驚いたようだった。「そういう事案の関係だったのか？」

「いま、撃たれたと聞いて、いろいろつながりました」

「撃った男たちは、二十四軒の現場から四輪駆動車で逃げたんだけど、少し前に石山通りで四輪駆動車が事故を起こした。その男たちの車だ」

「石山通りのどのあたりです？　市内ですよね」

「石山通り南一条交差点」

西十一丁目ということになる。

「その男たちは、身柄確保ですか？」

「いや。現場から車を捨てて逃げた」

「逃げた？　猟銃を持って、ですか」

「そうだろう。いま、刑事課に非常呼集がかかった。きょうの当直者、大通署に待機、指示待ちだ」

「ありがとうございます」

「小島も、危ないところに首を突っ込むなよ。厚真の事案の実行犯が逃げてるとすると、そいつはもう三人殺してるんだ」

「はい」

電話を切ってから気づいた。男ふたりが逃げた？　本川風花はいまどこだろう。坂爪とは一緒ではなかったのか？　南二条のマンションか？


四輪駆動車プラドがらみの交通事故の現場に着いた長正寺は、指令車から降り立ってその場を見渡した。

横転したセダンと、大破したプラド。その周囲に何台ものパトカーや機動捜査隊の覆面パトカー。機動捜査隊の自分の部下たちが、いま駆け寄ろうとしているところだ。

北方面から急接近してきた覆面パトカーもある。あれは滝本・津久井の七号車か。

最初に現場に到着していた機動捜査隊の村山《むらやま》が近寄ってきて報告した。

「プラドに乗っていた男女は、車を捨てて南方向に逃げました。その後の目撃者はまだ見つかっていません」

長正寺は村山に訊いた。

「男女？　男ふたりじゃないのか？」

交通事故の第二報では、プラドに乗っていたふたりが現場から消えた、ということだった。二十四軒の貸し倉庫からプラドが発進したとき、乗っていたのは男ふたりとの情報だったから、男ふたりと思い込んでいたが。いや、二十四軒でも、男ふたりとは言い切れないという情報が出てきていたか。

通信指令室も、混乱したのか？　プラドで逃げた男ふたり。ほんの少しの時間差で、プラドから逃げた人物ふたり、という情報が入った。なので本部内手配では、男ふたりと伝えたのか？　同じ者がふたつの件の通報を受け取ったのだったとしたら、混乱して当然かもしれないが。

村山が言った。

「男と女です。目撃者ふたりがそう言っているので、間違いはないと思います」

「南に逃げた？」

「はい」村山は石山通りの十丁目側の歩道の南を示した。「二条通りとの交差点方向に逃げていっています。石山通りを西に渡ってはいないようです」

「怪我はしていないのか？」

「あったとしても、大怪我ではないようです。車の中にも、外にも、血痕はありません」

「走って逃げたのか？」

「目撃者の話では、よたよただったとか。怪我をしていたとしても、骨折ではないでしょう。打撲傷か。女が、こっち、と指示を出していたそうです」

この近くに目的地がある。その目的地に向かって、プラドは猛スピードで走っていた。

「ガンは、車の中にはなかったんだな？」

「はい。キャップが残っていましたが、ほかには目ぼしい遺留品は見つかっていません」

もうひとりの隊員が言った。

「男は細長いショルダーバッグを持っていたそうです。女もショルダーバッグ」

二十四軒の事件で使われたのは、やはり銃だ。その男が厚真の事件の実行犯である可能性はいよいよ濃厚になった。

そこに津久井と滝本がやってきた。何か報告があるという表情ではない。指示を、という顔だ。

村山が言った。

「ほんの少し前、大通署の佐伯たちがここに来ていました。交通警官から事情を聞くと、すぐに立ち去っています」

「立ち去った？　何かいい情報でも聞いたのか？」

「いや、わたしたち以上のことは聞いていないはずですが」

津久井が横から言った。

「佐伯さんは、振り込め詐欺の疑いのある男を追っていたようです。その坂爪って男が、厚真の事案に関わっているらしいとわかってきたんです」

「殺された男だな」

「はい」

「もう大通署の盗犯担当が扱える事案じゃないぞ」

津久井が肩をすぼめた。

「そこに行き当たってしまった以上、やるしかないんでしょう」

「銃撃殺人犯まで加わっての事案だ。佐伯たち、拳銃も携行していないだろう。もううちにまかせたほうがいい」

長正寺は、マイクに手を当てて話し始めた。相手は機動捜査隊長だ。

「石山通りの現場です。猟銃を持って、二十四軒の銃撃殺人犯が逃げています。たぶん、合計で三人殺している男です。現場近辺に潜んでいると判断できます。女と一緒でしたが、別行動を取るかもしれません。一帯、三ブロック四方ぐらいを機動隊で封鎖して、検問しつつ包囲を狭めていってはと考えます」

隊長は質問してきた。

「封鎖の範囲は？」

長正寺は、周辺を見渡しながら答えた。

「西は石山通り。南は月寒通り。北は南一条通り。東は西八丁目通りです」

「その範囲にする根拠は？」

「事故現場から、徒歩で逃げていますが、車は大破。骨折や裂傷はないようですが、鞭打《むちう》ちや打ち身があるかもしれません。走ることは難しいでしょう。ここから遠くても五百メートルの範囲までしか逃げてはいないと推測します」

「アジトがその範囲に？」

「迎えを待てる場所があるのかもしれません。もちろんすでに車でいまの範囲を越えている可能性はあります」

「南、南西方面でも検問する。封鎖の件は、統括官に相談する」

「機動捜査隊も、全部この現場に集中させてかまいませんか？」

「そうしろ」

「地域課のパトカーをできるだけ多く、いまの範囲の外側の交差点全部に配置していただきたいんですが」

「それもやる。特殊部隊も出動してもらう」

それは当然の判断だろう。

電話を切ってから、長正寺は腕時計を見た。

事故からまだ七分かそこいらだ。

目の前で指示を待っている機動捜査隊員は、いま増えて五組十人になっていた。

「猟銃を持った男の身柄を確保する。三、四、五号車は南四条に向かえ。北側だ。九から七まで交差点三カ所で検問。六号車は南三条の西八。津久井たちは狸小路七と八のあいだの交差点だ。小さな犯罪にはかまうな。相手は猟銃を持って、すでにひとを殺している。いま、発砲許可を出したぞ。もうおれに許可を求める必要はない。現場で判断していい。相手に撃たせるな」それから、少し芝居気を入れて怒鳴った。「締めていけ!」

機動捜査隊員たちがさっと散った。

10

周辺で何台ものパトカーのサイレンの音が鳴り響く中、佐伯たちはその集合住宅の前に着いた。南三条通りの西九丁目だ。

札幌アート・レジデンス大通公園

南三条通りの南向きに建っている。

十階建てぐらいかと見える集合住宅だ。壁はベージュ色の化粧タイル貼りだ。お洒落なビルと言っていい。一階も商店などはない。エントランスの横は、幅の広いシャッターが下りている。地下の駐車場の入り口となっているようだった。向かい側は、高層ホテルだった。

新宮が、その駐車場の入り口脇の歩道上に車を停めた。

車を降りると、新宮がエントランスの前であきれたように言った。

「振り込め詐欺の受け子をやってるような女が住めるマンションじゃないですね」

「結婚詐欺みたいなこともやった女だ。羽振りのいい男のところに転がりこむことは、たやすいんだろう」

「追い出して住んでいるのかな。どっちにせよ、そっちの理由なんでしょうね。確信できます」

ふと佐伯は、記憶の奥底で一瞬何かが閃《ひらめ》いた感覚を味わった。

何だろう？　自分はいま何かを思い出したか？　それとも何かに思い至ったのか？

新宮がふしぎそうに言った。

「何か？」

「いや、何でもない」

エントランスに入った。

左手に管理人室があって、小窓がある。管理人は不在だ。

正面に、スチールの郵便受けが並んでおり、その右手にインターフォン。モニター付きだ。

郵便受けの二〇二のポストを見たが、住人の名は表示されていない。最近は珍しいことではない。

佐伯はインターフォンに寄って、二〇二とボタンを押し、通話ボタンを押した。

もし中にひとがいれば、モニターで佐伯の姿を確認できる。自分は私服警察官に見えるだろうか。かつて囮《おとり》捜査で、薄野のスナック経営者を装ったことがある。つまり、あまり刑事っぽさ、警察っぽさはないのだ。もっとも、それはもう十数年も昔のことだが。

ともあれ、何かしらの業者ふうに見えたならば、身元を確かめてきてもいい。二十四軒から逃げたひとりが本川だとして、その本川がここに住んでいるのなら、いま訪問者には警戒して、簡単にはインターフォン越しでも話をしないだろうが。

三十秒待ったが、まだ反応はない。ほんとうにいないのか、無視されたのか。

新宮が佐伯を見つめてくる。どうしましょうと、指示を仰いでくる表情だった。

「少し様子を見る。本川が出てゆくようであれば、職務質問。二十四軒の件と関係があるとわかれば、機動捜査隊に駆けつけてもらう」

「身柄は引き渡しですか」

「あちらの事案のほうが緊急性があるんだ。しかたがない」

佐伯は管理人室の横に掲げてあるビルの平面図を見た。エレベーターは二基。地下駐車場からも乗ることができる。また一階裏手にゴミの集積所があることもわかった。集積所から直接裏手に出られる。

管理会社の表示もあった。居住者に逮捕状が出ている事案であれば、そこに電話すれば担当者がすっ飛んできてマスターキーでエントランスの内側に入れてくれる。四分以内にだ。しかし、逮捕状が出ている事案ではない。少し外で様子を見るしかない。本川たちがまだこのビルに到達していない可能性もないではないのだ。怪我をしているとか、裏道をたどっている場合は。

佐伯はエントランスを出て、車に戻った。エントランスを出入りする住人や客は、すべて横から確認できる位置だ。エントランスの外の照明も十分だ。

佐伯は、エントランスに目を向けたまま新宮に言った。

「坂爪を撃って殺したのは、厚真の実行犯のひとりで間違いないだろう。北海道で、同時と言っていいタイミングでもうひとり、銃を持った犯罪者が出現する可能性はゼロに近い」

「はい」と新宮が佐伯を見つめた。話の主題を探ろうとしている目だ。

佐伯は続けた。

「坂爪殺しは、おそらくは分け前をめぐっての仲間割れだ。闇バイトで集められたに違いない実行犯のひとりが、スマホを何台も緊急に調達した指示役のところを襲ったんだ。たぶん、奪ったカネは今朝、プラドに乗った坂爪たちが千歳空港の駐車場でいったん受け取った」

「坂爪たち?」

「受け取るとき、坂爪は出て行かないだろう。火曜日に、必死で足のつかないスマホを探したのだし」

「なのに、実行犯は坂爪の居場所を知って襲っていますね?」

「最初は白石の登記上の事務所に行っている。ひとりでだ」

「二十四軒には、赤い軽自動車でふたりで行ったようでした。男と見えた相棒がいた。そのふたりは坂爪を殺したあと、プラドで中心部に向かい、事故を起こした」

「プラドから逃げたのは、男と女だ。火曜日に、必死でスマホを探していた女が」

新宮が後ろを引き取った。

「本川風花ですね。詐欺事件の共犯。坂爪が振り込め詐欺で逮捕されたときは、どうやら同棲していたらしい女」

「その本川が消えている」

「坂爪が襲われたときは、実行犯は女を連れていた」新宮が、もうわかったというように佐伯を見つめてきた。「本川は、きょうのどこかの時点で、実行犯とくっついている。坂爪を捨てて。そういうことですね？」

「実行犯を手引きして、坂爪の二十四軒の倉庫を襲った。その女が、本川風花だ」

「坂爪は、このマンションで同棲ではないんでしょうか」

「違ったようだな。どっちが嫌がったのかはわからないが、必要なときだけくっつく関係だったか」

「その坂爪が、本川にも予想外の大金を手にした。本川はひとり占めを考えだした。そこに、実行犯のひとりが接触してきたんだ。坂爪を襲わないかと」

「実行犯はどうして本川の電話番号を知っていたんでしょう」

「本川も、実行犯グループ側だったのかな。スマホひったくりをさせられていたくらいだから。そうであれば、番号を知っていておかしくはないが」

「それでも、じっさいに押し込むのに、女は使わないでしょう。坂爪が指示役だったとして」

佐伯はもうひとつ思いついた。

「女が、坂爪から猟銃を持った男のほうに鞍替《くらが》えしたとして、もうすでに坂爪からカネは奪っている。しかも男がドジって事故を起こしてしまった。この男も、捨てられるんじゃないか」

新宮が大きくうなずいて言った。

「とすると、結婚詐欺とかも含めて、ずっと坂爪のほうがぱしりでしたかね?」

「そこまでは言えないが、本川は学習して成長しているんだろう」

佐伯は時計を見た。午後十時十五分になるところだった。


地元のニュースが、市内で発砲事件があったことを伝えていた。

栗崎には、場所がよくわからない。自分のいるホテルから見て西のほう、そんなに町はずれではないあたりで起こったことのようだ。

ニュースでは、男性が撃たれて病院に運ばれたとのことだったけれども、怪我の程度とか身元とかについては報じていなかった。警察は現場から逃げた男女ふたりを追っているという。

栗崎が想像できるのは、その被害者がたぶん自分たちのやったこの事件の黒幕、指示役だった男だろうということ、撃ったのはハックだということ。このふたつだけだ。

しかし、逃げた男女? 女は誰なのだ?

思い浮かんだのは、千歳空港の駐車場に奪った品を受け取りに来た女だが、女を人質に取って、サンボーの居場所へ案内させたということだろうか。

だとしても、どうやってその女を見つけたのかがわからない。

サンボーの正体はわかるとハックは言っていたけれども、栗崎は本気にはしていなかったのだ。

指示役は関係者が簡単にわかるような真似をするほど、馬鹿ではないはずなのだ。こうした事件の経験もあるだろう。簡単には実行犯に身元を知られるはずがないし、警察の捜査でもたどりつけないくらいの手段は講じているはずなのだ。

もっとも、さほど経験もなく、せいぜいが受け子を一度か二度やったくらいの男が、現金を持っている金持ちの情報に飛びついて拙速でやってしまったような場合は別だが。そういう男はいわゆる「ノウハウ」ってやつを持っていないし、緻密《ちみつ》な計画を立てることもできない。大きなボロを作ってしまっているはずだ。

あのサンボーという男は、どっちだったのだろう。電話でのやりとりでは、そこそこワルの稼業に精通しているようにも感じたのだけど。

ニュースは最後に、市内で起こった四輪駆動車とセダンの衝突事故のことを伝えた。中心部と言っていいいらしい交差点に暴走車が進入、セダンとぶつかって、セダンは横転、四輪駆動車も大破したらしい。

札幌は、なかなかに事件やら事故の多いところだと、栗崎は皮肉に思った。警察もさぞかし忙しいのだろう。きょうは。

ニュースが終わったところで、栗崎はあらためて考えた。

ハックはこれで三人を殺した。捕まって裁判となれば、死刑は確実だろう。

自分はどうなる？　関わったのは最初の押し込み強盗だけ、殺人の従犯ではない、という主張は認められるだろうか。

だめだ、と突然不安になった。自分はハックと電話でやりとりしているのだ。無関係という主張は通らないのではないか。生での通話で、二件目三件目の計画を話し合ったと検察が言い出したら、自分はそれを覆す証拠を持っていない。だめだ。これはかなり危ない。

ベッドの上でスマートフォンに着信があった。

ぎくりとして、スマホを持ち上げた。やはりハックからだった。この前の誘いの電話を無視したことで、切れて電話してきたか？

栗崎は言った。

「もう電話するなって。一緒にはならない」

ハックが言った。

「聞いてくれ。頼みがあるんだ」

頼みがある、という用件のわりには、妙にテンションが高い。もともとそういう気質には感じていたが、酒が入っているのか？

栗崎は言った。

「おれは知らないって」

「サンボーから、カネを奪った。三千万だ」

「ニュースでやってたあれだな」奪った金額は三千万。そういう計算になるか？

「もうニュースに出てるのか。警察の動きは早いな。身動きが取れない。あんたの助けが必要だ。助けてくれれば、半分やる。千五百万」

その金額に少し心が動いた。千五百万。それにいま持っている四百万を足せば。

「どんな助けが必要なんだ?」

「あんた、車のバックファイヤー鳴らすことはできるか? 電子ロックじゃない車が必要なんだけど」

「いや」

「そうか。じゃあ、いい。札幌の少し離れたところで、騒ぎを起こしてくれないか。いや、騒ぎが起こっていると、警察に電話してくれるだけでいい。スマホの位置情報を切って、どこそこで鉄砲の音がした、ひとが死んだようだ、って」

「何のためにだ?」

「町の中心部から逃げたいんだ。外に出たい。だけど、いま札幌市内、中心部にずいぶん警察が集まってきているみたいなんだ。その警察を、よそにやってしまいたい」

「女が一緒だったみたいだな。ニュースで見た。そいつに頼んだらどうだ?」

「あいつか」と、ハックは自嘲《じちょう》ぎみに聞こえる声で笑った。「サンボーの居場所は教えさせたけど、もう逃げたよ。ケッ」

笑い声の調子がやはり奇妙だ。もしや覚醒剤でも打ったか。きょうこれまでに、薄野のどこかで売人から買って打つ程度の時間はあったはずだ。

栗崎は訊いた。

「仲間にしたんじゃないのか?」

「いいや。鉄砲で脅して、言うことを聞かせただけだ」

「カネを受け取りに来た女なんだろう？」

「そうだ。坂爪の女だった。電話番号を見つけて、組まないかと言ったら、乗ってきた。おれが猟銃を持っていると知ったら、計算したようだ。会ってすぐ、一発やらせてもらったよ」

最後の自慢は無視して訊いた。

「やった女が、逃げたのか？」

「ああ。おれが糞《くそ》してるあいだに」

カネは持ち逃げされたな、と栗崎は想像した。こいつはいま、ひょっとしたら文無しだぞ。あるのは散弾銃だけか。

「どうやってその女の電話番号を知ったんだ？　闇の業者に頼んだのか？」たしかその手があると言っていたが、思いのほかハックは早くにサンボーの身元と居場所を確認したし、あの受け子の電話番号まで突き止めていた。

「そんなことを気にするな。聞いてどうする？」

「お前の能力を知りたいんだ。どの程度のことができる男なのか。協力して得になるのかどうか」

「おれはできるよ。闇のルートを使うまでもなかった」

「だからどうやったんだ？」

「あの家のかみさんのアクセサリー入れには、買取業者のチラシが入っていた。見てなかったかい？　それをいただいていたんだ」

「そこに女の電話番号が？」

「いや。業者の登録住所だけだった。だけど、サンボーは最初の一回だけ、おれとべつの電話で話したことがあったんだ。そっちの電話が、女のものだった」

「お前だけ、そうだったのか？」

「おれはたぶん最初に電話した応募者なんだよ。あんたはいつだった？」

「火曜日」

「何時？」

「五時くらいかな」

「おれは二時には電話していた。こういうことって、早いもの勝ちだからな」

たしかにそれはそうなのだろう。闇バイトでも、危険が少なそうな仕事はすぐに応募者でいっぱいになる。自分はいつもグズグズと考えすぎて、いい仕事を逃がしてきた。

「サンボーは」とハックが言った。「途中から、電話を変えた。おれが最初にかけたときは、理由は知らんけど、女のケータイを使ったんだろう」

「サンボーは、ずいぶん不用心なことをしてたんだな」

「情報が入ったら、次は時間との勝負だからな。パーフェクトにはやれないさ」

電話の向こうで、インターフォンのチャイムのような音が聞こえた。

「くそ」とハックが言った。「いったん切る。考えておいてくれ。千五百万だ」

電話は向こうから切れた。

栗崎は決めた。

自分は出頭する。それとも自首という言い方になるのか。いずれにせよ、ハックとは電話でつるんでいるというだけでも、危ない。いまの自分の課題は、とにかく死刑から逃れることだ。


長正寺が指令車に戻ったところで、通信指令室から長正寺に直接の通信があった。

「いま、通報がありました」と男性の担当者の声。「女性からです。鉄砲を持った男が、マンションの部屋に入っていった。覚醒剤をやっている男だと」

「マンションはどこだ?」

「指令車の近くです。南三条通り南向き、南二条西九丁目の……」

近い。四百メートルほどの距離か。

「部屋番号は二〇二です」

「信じていい通報か?」

「携帯電話からで、位置情報を隠していません。発信はそこの二十メートル南でした」

マンションを出て、表通りを渡ったところということか? そこには高層の大型ホテルがある。

「名前は?」

「訊くと切れました。携帯番号、照会しています」

「一台、マンションにやる。応援も欲しい」

「手配します」

「通報内容が事実だとして、時間をかけないぞ。人質事案には絶対にしたくない」

昼間の札幌ファクトリーでの件は、相手がナイフを持っていただけだから、早期の身柄確保ができたが。

通話を切って、隊内電話に切り換えた。

この事故現場にもっとも近い交差点の検問は、これから到着する機動隊か刑事課にまかせていい。

「八号車、これから言うマンションに行け。猟銃を持った男が、二〇二の部屋に入っていったという通報があった。覚醒剤をやっているらしい。女からの通報だ。入り口を押さえろ」

それから指令車を運転している部下の堀川《ほりかわ》に言った。

「南三条通りの西九丁目へ」

堀川が確認してきた。

「遠回りになりますが、どうします?」

「もう完全封鎖はできたか?」

「まだです」

「じゃあ、逆走はできない。遠回りでいい」

指令車は石山通りを発進した。

後ろから、サイレンを鳴らして接近してくるワゴン車があった。

佐伯は助手席側のバックミラーでそれが機動捜査隊の指令車だとわかった。長正寺が乗っているのだろう。

自分たちの車は、問題のマンションのエントランスの前に、車内灯も消して停めている。

指令車は徐行してパッシングしてきた。避《よ》けろということのようだ。

新宮が佐伯を見たので、佐伯はうなずいた。新宮はすぐに車を前に移動させて、エントランス前を空けた。

指令車は、エントランスの前をふさぐ格好で停まった。スーツ姿の男がふたり、指令車から降りてきた。近づいてくるひとりは、長正寺だった。

佐伯は助手席側のウィンドウを下ろした。

長正寺が車内を覗き込んで、うんざりだという声を出した。

「どうして佐伯がここにいるんだ？」

佐伯は答えた。

「ひったくり犯の事情聴取のために」

「ここのマンションにそいつがいるのか?」

「二〇二号室」

「ちょっと待て。そこに猟銃を持った男が逃げ込んでいる。通報があった」

「通報が?」佐伯は驚いた。「誰からです?」

「匿名の女だ。逃げ込んだ男は覚醒剤もやっていると言ったそうだ」

佐伯と新宮は顔を見合わせた。自分たちがここにいるあいだに、二〇二ではべつの事態が進行していたのか?

「どういうことか聞かせろ」

「二十四軒の被害者の坂爪と関係のある女を追っているんです。坂爪が厚真の事案に関係するらしいとわかってきたので」

「それはもう佐伯の事案じゃないぞ。うちが引き継ぐ」

「引き継げと言われていないので」

佐伯はドアを開けて、路上に出た。

長正寺はエントランスに目をやって訊いた。

「二〇二に、けっきょく誰がいるんだ?」

「発砲犯でしょう」と佐伯も建物に目をやって言った。「たぶん事故現場から逃げてきた。部屋は、一緒に逃げた女が住んでいるところです」

「その女もいるのか?」

「本川風花。匿名の女というのは、本川でしょう。匿名通報があったとなれば、もう消えています。男も逃げるでしょう」

「わかりやすく話せ。何が起こったというんだ？」

「厚真の事案の、おそらく指示役が坂爪。犯行の後で、女の本川風花が裏切った。実行犯のひとりと組んで、現金強奪。そして、たぶんいま、本川は実行犯も捨てた」

新宮が横から佐伯に言った。

「裏手、ゴミ集積所に回りますか？」

「行こう」と駆け出そうとすると、長正寺が止めた。

「出口がまだあるのか？」

「裏手に」

長正寺は、指令車を一緒に降りていた男に言った。

「このマンションの裏に回れ。ゴミの集積所。発砲犯が逃げる可能性がある」

そこに一台、機動捜査隊の覆面パトカーが走り込んできて停まった。

長正寺は降りてきたふたりの部下にも同じ指示を出した。

「裏手に回れ。発砲犯が逃げる可能性ありだ」

長正寺が佐伯に顔を向けてきた。

「悪いが、この場はおれが指揮る。佐伯さんたちは、ここのエントランスにいてくれ。どこにも行くな」

佐伯たちは、機動捜査隊の邪魔をするわけにはいかない。

「わかりました」と、佐伯は言った。

11

きょう三組目の外国人客が、ブラックバードを出ようとしていた。顎鬚《あごひげ》の白人男性が、ジェスチャーで勘定と言ったのだ。

奈津美《なつみ》は、そのテーブルに勘定書を持っていった。

白人の男女と、黒人男性、それにアジア系の女性の四人だ。みな三十代くらいのグループ。四人のうち少なくとも男ふたりは、ジャズが好きでこの店にやってきたのだと見えた。女性たちも、かかるLPレコードを気に入っているようだった。しゃべりっぱなしではなく、ときどきは音楽に耳を傾けている。

黒人男性客がさっきリクエストしたのは、テナー・サックス曲の名盤だった。パリのライブハウスでの収録盤で、六〇年代なかばのアルバムだった。収録曲のうちの一曲の名をアルバム名としている。それは、ボーカルナンバーとしても有名なスタンダード曲だ。ルック・アット・ミー、と始まるのだ。

マスターの安田が好きだと、以前ここに来たときに、客の誰かから聞いていた。安田らしい好みと、奈津美は思ったものだった。安田の風貌とかキャラクターにじつに似合っている。

白人女性客は、女性ボーカルで、同じナンバーをアルバム・タイトルにしたＬＰをリクエストしていた。そのアルバムも、安田の好みのはずだ。この店の名は、彼女のべつのおはこの曲から取っているはずと、奈津美は勝手に想像している。

自分もその曲は好きだった。電話番号のひとつの着信音に設定している。これまで鳴ったことはないけれども。

クレジット・カードが使えるかと訊かれたので、奈津美は答えた。

「ごめんなさい。現金だけなんです」

壁には、あまり下品にならない程度の大きさで案内が出ている。

「ソーリー、ジャパニーズ・イエン・オンリー」

「あ、ほんとうにそうなのか」と、四人の中で最年長と見える顎鬚の白人男が首を振った。「ジー」

ジーザス・クライスト、という悪態の代わりに、この短縮形を使う外国人は少なくない。

「ほんとうにごめんなさい。小さなビジネスをしているので」

「いや、かまわない」

その顎鬚の客は、ほかの三人に助けを求めた。黒人男性が財布から日本円を出すと、なんとか請求額に足りた。

「またいらしてください」

四人の客を送り出し、カウンターに戻ると、安田が言った。

「外国人のお客さんは、いまはもうクレジット・カードを使えるのがあたりまえなんですよね」

奈津美はうなずいた。

「現金をあまり持ち歩かなくなりましたね」

「細々と酒を出しているうちぐらいの店だと、クレジット・カードの手数料は厳しいんです」と、奈津美に弁解するように安田が言った。「わたしが、使い慣れていないというところもある。酒と煙草と現金払いという文化で育ってきたんで」

ふと思いついて、奈津美は言った。

「きょうだけでも、これだけ外国のお客さんが来ているんです。まだまだお店はやってゆけますね」

「どうかな。きょうはほんとにまぐれの日ですよ」

「外国のお客を増やす方法はあるかもしれない」

「たとえば？」

「たぶんいまのお客さんも、あそこの」と奈津美は、店の奥のテーブル席を示した。ふたりの年配の日本人客がいる。「あちらも、ネット情報を見て、ブラックバードにやってきたと思うんです。ただ、そこにクレジット・カードが使えないと書かれていると、ジャズやジャズ・バーに興味があっても、ちょっと行きにくいのかもしれない」

「そういう店なんですよね」

「クレジット・カードが使えるというだけで、外国人旅行者には、入りやすい店になりますよ」

「わたしにはもう、それだけの新規投資をする気力がないな」

残っていたもうひと組の日本人客も、どうやら店を出る様子だ。

安西奈津美は、カウンターの端でその客たちに目を向けた。

支払いを終えると、客のうち、六十代と見える男が言った。

「いいお店ですね。ネットに書かれていた以上です」

「ご旅行ですか？」と奈津美は訊いた。

「ええ。わたしは日本中のジャズ・バーめぐりが趣味になっていて、やっと札幌のブラックバードに来ることができました」

安田が微笑して言った。

「またぜひいらしてください」

ふたりが出入り口のドアに向かった。小さな窓のある内ドアが開いたとき、外からかすかに警察車両のサイレンの音が聞こえてきた。何台か、近所を走っているようだ。

奈津美はそのドアを押さえて、ふたりの客が外側のドアを出ていくのを見送った。古いタイプのビルなので、エントランスのロビーにあたるものはない。この路面店のブラックバードには、小さな風除室があって、その外側と内側にそれぞれ、外ドアと内ドアがあるのだ。

ふたりの客が外ドアを開けると、サイレンの音はいっそう大きく聞こえた。ごく近くで警察車が走り回っている。

客を送り出して、店の中に戻った。

安田が言った。

「奈津美さんのおかげで、外国のお客さんにも喜んでもらえた。いまは、やはり英語ができないと、こういう商売も難しいんですね」

奈津美は言った。

「バーで必要な言葉って、そんなに難しいものじゃありません。決まり文句の応用ですよ」

「それでもこの歳では、新しいことを覚えるのは難しい。英語のできるウェイトレスは、毎日雇うことはできないし」

安田が時計を見た。奈津美もつられて見た。

午後十時二十四分だ。

「お店はまだ営業ですよね」

「そうですね。十二時まではやってもいい」

外ドアが開いた気配があった。すぐに覗き窓に影。

ドアが開いて、若い男が姿を見せた。キャップをかぶって、細長いショルダーバッグを左手に提げている。

瞬時にその男の表情が異常だとわかった。目が吊《つ》り上がっていて、眼光がらんらんとしている。

クスリだ、と奈津美は察した。

男は室内をざっと見渡した。

安田も、男が危ない客だと瞬時に判断したようだ。

「もう看板なんです」と、穏やかに、しかしきっぱりと言った。

若い男はその言葉が聞こえたようではなかった。店内を見渡してからドアに向き直り、錠のつまみをひねって、内側からロックした。

「お客さん」と安田が厳しく言った。

奈津美は安田を見た。

どうしたらいいでしょう?

安田はあごでカウンターの奥を示した。離れていろということかもしれない。

安田はまた男に向けて言った。

「出てください。店は終わりました」

男は怒鳴った。

「うるせえ!」甲高い声だ。正気を失っているかのような。

安田は、カウンターの後ろで少し動いた。目に見えないところにある引き出しか何かから、物を取り出そうとしたかに見えた。

男がショルダーバッグを胸元に引き寄せて、ジッパーをさっと引いた。バッグが足元に落ちて、次の瞬間、男は両腕に鉄砲を抱えていた。奈津美は銃には詳しくはない。猟銃だろうか。戦争で兵士たちが使うようなものではない。

安田がカウンターの中で、激しく緊張したのがわかった。

男が言った。

「手を上げろ」

奈津美は両手を上げた。安田も同じようにした。

男は安田と奈津美に交互に銃を向けてまた怒鳴った。

「動くな！　そっちのピアノの後ろに行け！」

指示はどっち？　動くな？　それともピアノの後ろに行けという指示？

男は、そばのテーブル席の椅子を蹴飛ばした。椅子は激しく音を立てて床に転がった。奈津美は身をすくめた。いってしまってる。何をするかわからない。

男は店の中へと数歩進んできた。歩きながら、銃口を奈津美と安田とに交互に向けながらだ。

男はカウンターの内側を覗いた。そこにひとがいないか確かめたようだった。

「女」と男は奈津美に言った。「食い物を出せ」

安田が手を上げたまま言った。

「女のひとは外に出してやってくれ。食い物はわたしが出す」

「うるせえ。おれに命令するな！　女が作れ。お前はピアノのほうで、うつぶせになってろ」

男は、銃を振った。

安田がカウンターからそろりと出てきた。すれ違うとき、安田の目がこう言っているとわかった。

言われたとおりに。

奈津美はカウンターの外側を回り、中に入った。

そのとき、店の固定電話が鳴り出した。固定電話は安田ではなく自分に近い位置にある。

奈津美は男に言った。

「電話、出ていいですか?」

男は一瞬考えてから答えた。

「店は閉店ですと言え」

「はい」

「長引かせないで、終わったらケータイはここによこせ」


小島は、アーケードのある商店街、狸小路の七丁目まで来た。

サイレンの音がどんどん増えている。警察の車両はどうやら市中心部のやや西寄りに集中しているようだ。例の発砲犯が、そちらのどこかでまた事件を起こしたか。それとも目撃されたか、立てこもったかしたのだろうか。

ブラックバードは大丈夫だろうか。

歩きながらスマホを取り出して、ブラックバードの固定電話にかけた。

コールが続いている。出ない。六、七、八とコールの数を数えていると、九で相手が出た。

「ブラックバードです」安田の声ではなく、女性の声。さっきの安西だろう。ずいぶん硬い声だ。

「きょうは閉店しました」

閉店？　ずいぶん早いと思ったが、小島は言った。

「さっきもお店にいた小島です。安西さんですよね」

「申し訳ありません。営業は終わったんです」

ロボットが話しているような声音。どうしたんだろう。

「さっきは、ビールを飲んでいただいて、ありがとうございました」

「わかりません」

とつぜんプツリと通話が切れた。

奇妙だ。安西はまったくこちらの言葉を聞いていない。会話しようという気になっていない。何かあった？

ちょうど七丁目のアーケード街を西に出たところだった。西八丁目通りとの交差点、手前側、つまり七丁目アーケード街の出口のところに赤色警告灯を回転させた覆面パトカーが停まっていた。そこから先で、何かが起こっている？

交差点で、車や通行人に目を向けている男がふたりいる。ひとりは、サマージャケット姿の津久井だった。

津久井の顔を見て、もう一度、いまやりとりした安西という女性のことを考えた。彼女についての情報が一気に思い出されてきた。

ジャズ・ピアニストの安西奈津美。あのとき自分は会っていなかったけれど、その夏サッポロ・シティ・ジャズに出演したピアニスト。リハーサルのためにブラックバードにも来ていたのではなかったか。その前後、札幌では宝石商の強盗事件があり、中島《なかじま》公園の池で女性の死体が見つかった殺人事件もあった。

そのとき津久井とも親しくなったという噂を聞いたような気がする。ほんとうかどうかわからないけれど、東京で活躍するジャズ・ピアニストと、北海道の警察官とではつきあいが続くはずもない。あの夏だけのことで終わったのだろう。いや、あの時期津久井は自分たちと一緒にお酒を飲まなかった。何かもう少し複雑な関係まで進んで終わったのかもしれない。

津久井が小島に気づいて、目礼してきた。どうしてここに？と訊いている顔とも見える。いや、ブラックバードに行くんですか？だろうか。

小島は津久井のそばまで歩いて訊いた。

「何があったんです？」

津久井が周辺へ油断のない目を向けつつ答えた。

「発砲犯が、この周辺に逃げたようなんです。このあたり、もうじき完全に封鎖されます。ブラックバードですか？」

「ええ」津久井に教えた。「いまブラックバードに、安西奈津美さんが来ている。七時前に、お店で会った」

津久井が小島を見つめてきた。衝撃を受けたという顔だ。

「安西さんが！」

「それが、いま電話したら変なの。もう閉店だって」あの妙なやりとりで思い至った。「誰かがいる。脅している」

津久井が振り返って、八丁目の西に目を向けた。小島も見た。

狸小路商店街は、八丁目から先はアーケードはない。商店の数も少なくなる。夜であるし、ブラックバードのあるビルは、いま手前の駐車場にビルが建ったため、見にくくなっていた。看板が出ているかどうかもわからなかった。

津久井に隊内無線が入ったようだ。津久井がイヤホンに手をあてた。

「逃げた？　八丁目に？　はい。はい。気をつけます」

津久井が小島を見つめてくる。

小島は言った。

「奈津美さんの言葉は、店には入れない、という意味だった。どうしたんです？」

「九丁目のマンションから、発砲犯が逃げたんです」

「アート・レジデンス大通公園から？」

「知ってるんですか？」

「スマホひったくりの女の居場所。坂爪という古物商とグル」

「発砲犯は、坂爪という男を撃っているんです。現場に佐伯さんたちがいた」

そこに、パトカーが一台到着した。増援のようだ。

降りてきた制服警官に津久井が言った。

「ここを頼む。発砲犯が逃げてきた」

返事を待たずに、津久井は八丁目の通りを大股《おおまた》に歩き出していた。

いつもの相棒の滝本という機動捜査隊員が、津久井を追いかけてすぐに並んだ。

小島は佐伯に電話した。

「いま、どちらです？」

「小島が教えてくれたマンションのそばだ。いま長正寺たちが裏手に回った。発砲犯が逃げたらしい」

「発砲犯がそこにいたんですか？」

「密告通報があった。おそらく本川風花から」

「いま狸小路八丁目の入り口なんですが、ブラックバードがおかしいんです。さっき安西奈津美さんが来ていたんですが、いま電話したら、なんか録音でもしたみたいな声で、閉店ですって」

佐伯もその名に驚いた声を出した。

「安西奈津美が来てるのか？」

「ええ。さっき会いました。もう一度行こうと電話したら、妙な返事で。いま津久井さんたちがブラックバードに向かっています」

「いったん切る」

「どうするんです？」

「裏に回る。小島は近づくな」

「わたしも警官ですよ」

「少年事案じゃない」

「本川のその住所を突き止めたのはわたしです」

「切る」

スマホを手にしたまま、小島は立ち尽くした。

また自分は、おんな子供は引っ込んでいろ、と言われたのだろうか。たしかに、拳銃も携行していない自分に、いまここでできることは思いつかないが。


津久井に並んで歩いている滝本が、視線を前に向けたまま訊いてきた。

「どうするんです？」

「ブラックバードに、発砲犯がいる。そう推測できる小島の情報だ」

「応援を呼ばないんですか？」

「封鎖に穴を開けるわけにはいかない。特殊部隊もすぐには来ない」

「どうするんです？」

「時間をかけない。向こうが持久戦を覚悟しないうちに突入する。無理なら、人質を代わる」

「班長の指示を仰がなくていいですか？」

「現場判断でやれと、さっき指示があった。お前は裏手に回ってくれ。店の裏手の、非常階段のあるほうを頼む」

「津久井さんは表から？」

「そうだ」

「一日にふたつも、いいとこを持っていかないでください。おれが表から突入します」

「だめだ。おれはブラックバードの店内は目隠しでも歩ける。援護してくれ」

「裏手は絶対に勘弁してください。津久井さんの真後ろで援護するのでは？」

「わかった」

津久井は歩きながらスマートフォンを取り出した。ブラックバードのあるビルが近づいてくる。古い三階建ての建物の一階が、路面店であるブラックバードだった。ブラックバードの外には自立式の看板が出ていたが、灯は入っていない。店内から、看板の灯のオンオフ切り換えができるはずだった。

このビルは、もともとは一階は倉庫にでも使われていたような空間で、窓がない。建物の正面右手に、二階以上の階に通じる階段があった。裏手のトイレの奥に、もうひとつドアがあって、その外に非常用の梯子がかかっている。入り口は、つまり表と裏と二カ所。裏手のドアは、通常は内側から施錠されているのではなかったか。

津久井は看板の脇に立ち、スマートフォンからブラックバードの固定電話にかけた。つながらない。電源が入っていないようだ。

安田は携帯電話を持っていただろうか。少なくとも店では見たことがない。いまどき携帯電話を持たない社会人がいるとも思えないが、持っていたとしても、自分は彼の番号を知らなかった。中にいると思《おぼ》しき発砲犯と話をするには、どうしたらよいか。発砲犯の番号も、もちろん自分は知らないのだ。

佐伯に、安田の携帯の番号を訊いてみるか？　いや、その時間はない。

次の手段は、ブラックバードの内ドアをノックすることだ。あのドアには小さな覗き窓もある。ノートほどの大きさの嵌《は》め殺しの四角い窓。その外に立って、大声で話すのだ。猟銃を持った発砲犯と。

もうひとつ思いついた。

小島が言っていた。いま店には安西奈津美がいると。

安西奈津美の番号は登録してある。登録してから、ただの一度もかけたことがなく、着信もなかった番号だが、削除はしていない。

あれからずいぶん経つ。彼女が津久井の番号を削除してしまった可能性は大きいが、かけてみて損はないだろう。覗き窓ごしに、という手が消えたわけではないのだし。

滝本に、少し待てとうなずいてから、その番号に発信した。

コールが続いている。二度。三度。例の、番号は不使用を知らせるアナウンスにはならない。別の誰かが、はい、と出てきてもいない。

奈津美は、カウンターの内側でホットドッグを作っているところだった。冷蔵庫の中にあるもので、とりあえず猟銃男にこれを出して、空腹を満たしてやることはできる。飲み物はティーバッグで紅茶でも。もっともこの男なら、炭酸飲料か酒を要求するだろうという気がした。

カウンターの上に置かれた奈津美のスマートフォンから着信音が鳴り出した。

最初の一音で、誰からの着信かわかった。番号を交換し、奈津美がその相手専用の着信音を設定したのだ。しかし、これまでただの一度もこの番号にかけてきたことのなかった相手。番号を交換し、それから三時間後には、自分たちの関係は終わっていた。でも、自分はその番号を削除はできなかった。そして、ほかにこの着信音を設定した相手はいない。ジャズのスタンダード・ナンバー。もともとはインスツルメント曲だけれど、歌詞もついて、女性シンガーがよく歌う。きょうはこの店で二度も聴いた曲。

猟銃男も、ぎくりとしたようだった。彼はさっき、固定電話のケーブルを壁から引っこ抜いたが、スマホの電源を切れとは指示していなかった。

「閉店だ」と男は奈津美に鋭く言った。「誰も来させるな。短く切れ」

通話できる。あのひとと。

「はい」と答えて奈津美はスマホを手に取った。モニターに、想像したとおり、彼の名。

奈津美は、少し震える声で言った。

「安西です。お店は閉店です」

「津久井です」彼の声には驚きがある。奈津美が出ることを期待していなかったのかもしれない。

津久井が続けた。「近くにいます。猟銃を持った男はそばに？　はい、いいえで答えてください」

「はい」

「解放します。安田さんもいますね？」

「はい」

「ほかに客はいます？」

「いいえ」

猟銃男が怒鳴った。

「早く切れ」

その怒鳴り声が津久井にも聞こえたのかもしれない。津久井が早口で言った。

「男に代わってください。警察だと」

「はい」

奈津美はスマートフォンを猟銃男に差し出した。

「代わってって」

「誰だ？」と猟銃男。

「警察のひと」

「何？」猟銃男は目を丸くして、奈津美の手からスマートフォンをひったくった。「何だ？」

奈津美はさっき安田が開きかけた引き出しの中をそっと見た。長さ三十センチほどの、手斧《ておの》の柄のようなものが入っていた。


若い声に聞こえた。二十代の前半くらいか。

津久井はその男に言った。

「警察だ。店の外にいる。何をする気か知らないが、人質を解放しろ。おれが代わる」

「何?」

「女性とマスターを店の外に出せ。代わりにおれが入る。要求はそれからにしろ」

「何も要求なんかない」

考えてもいなかったのだろう。

「カネ。銃。自動車。交渉人。弁護士。なんでも言うことは聞く。まずふたりを解放しろ。おれが代わりに人質になる」

「うるせえ。消えろ」

「もうじき特殊部隊が来るぞ。知ってるだろう? 射殺される。その前に、要求しろ。落ち着いて考えろ」

相手の返事が遅れた。

「お前、ピストルは持っているのか?」

「持ってる」

「そこにいるのは、お前ひとりなのか」

「ひとりだ」

ちらりと滝本を見た。すまない。お前はいないことにしておく。

滝本がかすかに苦笑したように見えた。

男はまだ不審そうに訊く。

「警官が大勢集まっているんじゃないのか?」

「それは近所のマンションのほうだ。おれは偶然お前がこの店に入っていくのを見た。早く人質を放せ」

「お前が代わるのか?」

「おれが入る。入ったら、ふたりを出せ。時間はないぞ」

「ピストルをよこせ」

「やる」

警察車のサイレンがまた近づいてきて、停まった。八丁目の入り口にもう一台来たのだ。

「急げ。特殊部隊が着いたら、終わりだぞ」

男が言った。

「入ってこい。ピストルを持って、手を上げて」

「内ドアの前に立つ。ロックははずれているんだろうな」

「開けさせる。上着も脱いで来い」

通話が切れた。

津久井は滝本に身体を向けて言った。

「おれが人質になる。人質を解放したら、発砲できる。内ドアの錠はチャチなものだ。蹴破れる。お前に頼んでいいか？」

「いいですけど、銃を渡すと約束したんですか？」

「ああ」

「実弾は抜いて？」

「無理だ。実弾入りの拳銃を向こうが手にするまで、人質は解放されない」

「だめですよ。実弾入りを渡すなんて。処分確実ですよ」

「かまわない。相手は銃に詳しい。シャブもやってる。時間をかけても、有利にはならない」

滝本は首を振った。

「だめですって」

津久井はかまわずジャケットを脱いで床に放り、防弾ベストをはずしてシャツ姿になった。やつは津久井が丸腰であると知りたいのだ。

ついで腰のホルスターから拳銃を抜き出して、吊り紐のフックをはずした。

滝本が右手を伸ばして、津久井の右の手をつかんできた。

「だめです」その手に力を入れてくる。絶対に離すまいとする意志を感じた。

津久井は滝本を見つめて懇願した。

「頼む。人質には、借りがあるんだ」

滝本は戸惑いを見せ、動揺した声で言った。

「おれたちは、警官ですよ」

「おれはもう、警官でなくてもいい」

滝本は津久井を見つめていたが、やがて右手を離した。

津久井は右手に拳銃をさかさまに持つと、外ドアを開けて、狭い風除室に身体を入れた。目の前に覗き窓がある。近寄って、中を覗いた。照明を落としているようだ。店内は真っ暗だ。振り返った。滝本が、半開きの外ドアの内側で、屈んで津久井を見つめている。両手で拳銃をかまえていた。

津久井は小声で言った。

「発砲のタイミングがわからない場合、大きな物音を立てる。それが合図だ」

滝本がうなずいた。

津久井は身体の向きを変えると、内ドアを二度左手で叩き、大声で言った。

「入るぞ。撃つな」

ドアを押し開き、慎重に店内に入った。両手を上げ、右手には拳銃を持って。

暗い中を二歩進んだ。非常口の灯のおかげで、少し目が慣れた。

左手のカウンターの奥寄りに、ふたりの人物。

マスターの安田が、驚いた目を向けてくる。人質交換がこんなに早く行われるとは想像していなかったのか。津久井が外に来ていたことは、察していただろうが。

その左横に、安西奈津美がいた。やはり安田同様に驚きの目を向けてくるが、目の光にはべつの感情も見えたような気がした。何だろう？　再会を喜んでいる？　少し嫌悪している？　どっちだろう。

いや、答ははっきりしている。あんなふうに、彼女から離れたのだ。嫌悪や侮蔑《ぶべつ》や怒りがあっても当然だ。それも最大級の。

奥のピアノの向こう側から声が聞こえた。

「ピアノの前のテーブルに、ピストルを置け。置いたら、その場で一回転しろ」

ピアノの鍵盤《けんばん》の前にいるようだ。その位置は、奈津美と安田が立つ場所よりもまだ入り口側になる。ふたりは身動きができない。

津久井はテーブルの間をゆっくりと歩いて、ピアノのすぐ前のテーブルに拳銃を置いた。それから、手を上げたまま身体を一回転させた。腰のホルスターは空だ。ほかに武器は携行していない。それはわかったことだろう。

男の声。

「ピアノの後ろに回ってこい」

津久井は右に歩いた。ピアノを捲《ま》くように。そこにベースの置かれた小さなステージがある。

津久井の動きに合わせ、鍵盤の前から黒い影が移動した。猟銃を左手に引っ掛け、キャップをかぶった男だ。

男は拳銃を置いたテーブルの前まできて、拳銃を持ち上げた。想像したとおり、さほど不器用でもない持ちかた。子供のころはモデルガンなどいじった経験があるのかもしれない。いや、猟銃の持ち方を考えると、この男は自衛隊経験者か？　男は拳銃を自分のベルトに差した。

男は実弾が装塡されているかどうかも確かめたようだ。津久井はステージの横からピアノの鍵盤の側に回った。

猟銃を持った男が、奈津美たちに言った。

「お前らは出ていけ。早く！」

安田と奈津美が、津久井に顔を向けてきた。

津久井はうなずいた。出てください。言われたとおりにしてください。

安田が奈津美の背中を押した。奈津美と津久井の視線がからみあった。

目にある感情が読み取れた。奈津美は言っている。

この愚か者。この大ばか野郎。

目に涙を浮かべながらだ。

大丈夫だ。おれも助かる。この店の周囲には、道警本部の警察官たちが何十人も集まってきている。機動捜査隊もいる。ごく近くには、身近な同僚である佐伯がいて、その部下の新宮がいて、小島もいるのだ。おれもあと少しで解放される。この事件は解決する。

ふたりが内ドアを開けて風除室へと出た。外からサイレンの音がけたたましく飛び込んでくる。また何台もの警察車が急行してきたようだ。しかもこのビルのすぐ前にだ。ドアが閉じられたが、サイレンの音は完全には遮断されていない。内ドアはロックされていない状態だ。

男はいまカウンターのそばにいて、落ち着きなく店内に顔をめぐらしている。

滝本が発砲するには、店内は暗すぎた。内ドアを開けたとしても、中が見えない。銃口を男に向けられない。逆に、内ドアが開いたことは男にはわかる。男はドアに向けて散弾銃を発砲する。滝本は確実に負傷する。

男は内ドアに近づくと、内側からロックしようとした。カチャカチャと手間取っている。掛かりにくいロックのはずだ。

カウンターの左端近くの壁に、照明のスイッチ盤があったはずだ。どうやってあの盤に近づいて照明をつけたらいいだろう。

そして、物音を立てる、と滝本には言った。どのタイミングでそれをするか。

男が内ドアから離れて言った。

「そこでうつぶせになってろ」

津久井はピアノの椅子をよけて、その場にうつぶせになった。

カウンターの前にいる男の全身が見える。彼は猟銃を津久井に向けていた。

「貴様、何か交渉しろと言っていたな。どうすればいいんだ？」

津久井は、できるだけ穏やかな声で言った。

「逃げたいなら、車を要求しろ。おれが人質になって、どこにでも行く。何かの理由で時間を稼ぎたいなら、交渉人を呼べ。刑を軽くしたいなら、弁護士を呼べと言え」

「おれは、どうしたらいいんだ?」

「おれにわかるか。お前が決めろ」

「交渉するには、どうしたらいいんだ?」

「おれのケータイに、その部署の担当の番号が登録してある。呼び出して、話をするといい」

少し考える様子を見せてから、男は言った。

「呼び出せ。相手が出たら、おれに渡せ」

「立っていいな。ポケットに手を入れるぞ」

「ああ」

津久井は立ち上がり、ズボンの後ろのポケットから自分のスマートフォンを取り出した。

左手に持ってから、男に言った。

「画面がよく見えない。照明をつけてくれないか」

もちろん画面は見える。とにかくいまは相手に考える間も与えず、ポンポンポンと誘導していけばいいのだ。

男はカウンターの端に歩いた。津久井のいる場所から、身体が半分隠れた。

彼がまた店の奥に戻ってくるとき、入り口に近い位置に、身体をさらした状態になる。

男がスイッチ盤に手を伸ばした。チカチカとまたたきがあって、店内の天井灯がついた。カウンターの真上の照明もすべてだ。

男はカウンターの端を回って、こちらに歩いてくる。

いまだ。

津久井はスマートフォンをピアノの譜面台の横に置くと、さっと鍵盤蓋を開け、両手の拳骨《げんこつ》を鍵盤に叩きつけた。

ピアノが絶叫のような音を立てた。津久井は右手に飛んだ。自分の身体がカウンターのこちら側の端に隠れるように。

同時に男が発砲していた。津久井の網膜に光が炸裂《さくれつ》した。左足に衝撃があった。いましがたのピアノよりも大きな音量で、悲鳴が出た。ほんのわずかの時間差で内ドアが開いた。銃声が聞こえた。二発連続した。滝本が撃ったのだ。その瞬間を津久井は見ていなかった。

津久井はふっと意識が薄れるのを感じた。しかし完全には意識を失うことはなかった。ひとが床に倒れる音がした。

続いて、どっと入り口からひとが飛び込んで来る。どたどたと店内が騒々しくなった。テーブルや椅子が倒れる音が聞こえる。転んだ人間もいたようだ。

津久井は仰向けになった。自分は足を撃たれた。呼吸しようとすると、強烈な痛みが左足に走った。おれは足を失ったのか？

そばで滝本の声が聞こえた。

「津久井さん、確保しました。大丈夫ですか？」

声のほうに目を向けた。目の焦点が合わない。大丈夫だ、と答えようとしたが、声にならなかった。また痛みにむせた。

長正寺の声が聞こえた。彼は大声で言っている。

「発砲犯、確保した。津久井が撃たれた。救急車を」

まわりじゅうが、火事場のように騒がしくなっている。耳をふさぎたかった。痛みが耐えがたい。眠りたいという気分がある。津久井は目をつぶった。


誰かが呼んでいる。

「津久井さん。津久井さん」

その声を覚えている。その呼びかけを、耳もとで前にも聞いた。もっと甘く、優しく、切ない声であったが。

「あたしを見て」

その言葉に、津久井は反応した。

ジャズのあの曲なら、こうなる。

ルック・アット・ミー。

それが出だしなのだ。

目を開けると、横から自分を覗き込んでいる者がいる。安西奈津美だった。微笑しているのか、泣いているのか、わからない顔だ。化粧が台なしに見える。

「ばか」と、奈津美が言った。「警官なんて大嫌いだ」

屋外だった。真上に夜空がある。自分は動いている。ストレッチャーに乗せられているのか。

佐伯の声が聞こえた。

「大丈夫だ、津久井。安心していい」

声のほうに顔を向けた。佐伯が自分を見つめている。その横に小島百合。新宮がまたその横にいた。安田の顔も見えた。

救急隊員らしき男の声がする。

「ちょっとよけてください。乗せます」

べつの救急隊員が津久井に訊いた。

「いかがです？　痛みます？」

「寒い」と津久井は答えた。言ってから思い出した。自分はジャケットを脱いでいた。

救急隊員が言った。

「この季節なのに、ちょっと冷えてきているんです。霧が出てきています」

ストレッチャーが救急車の中に収まった。ドアの閉じる音がして、すぐに救急車は走り出した。

津久井は目をつぶった。

12

札幌市立病院の周辺には、霧が少し出ていた。釧路あたりの濃さではないが、それでも霧は、この病院の周辺のごくあたりまえの市街地の風景を、いくらか非現実的なものに見せている。

佐伯は待合室の窓から見える白濁した夜から視線をはずし、振り返って廊下の先に目を向けた。靴音が聞こえてきたのだ。深夜のこの時刻、この病院で津久井の外傷手術のほかには、緊急の手術や治療などは行われていないはずである。

いまこの天井の高い吹き抜けの待合室には、佐伯と新宮のほかに、小島百合と滝本がいる。ブラックバードの安田も、少し前に事情聴取が終わったと、ここに着いていた。

手術室と集中治療室に近い救急棟の廊下には、奈津美がいるはずだった。

少し前に長正寺が到着し、病院職員に案内されて手術室のほうに歩いていった。

この待合室の道警職員たちには、きょうの事案のその後が伝えられている。

厚真の強盗殺人の実行犯で、仲間や元締めを殺した原島修太《はらしましゅうた》は、ジャズ・バーのブラックバードで身柄を確保された。機動捜査隊員の発砲によって負傷し、札幌医大病院に運ばれたが、生命は取り留めている。

厚真強盗殺人の実行犯のひとり、栗崎秀也は、札幌市内にひそんでいたが、原島の身柄確保の前に道警大通警察署札幌駅前交番に出頭して逮捕された。実行犯は四人いる、と供述しているが、詳細はわからない。

厚真強盗殺人の元締めの坂爪俊平の共犯、本川風花は、坂爪殺害の共犯としても緊急指名手配された。道警は繁華街である薄野とその隣接地区に潜伏したとみて、捜査の網を縮めつつある。

深夜のこの待合室にいるのはみな、津久井の手術を案じて来ているのだった。ブラックバードから運ばれたとき、救急隊員の話では左大腿部《だいたいぶ》を撃たれているとのことだった。出血もかなり多かったという。隊員はそれ以上の見立てを口にしてはいない。

道警は旭川《あさひかわ》市の津久井の生家に連絡、母親を旭川中央署のパトカーで札幌に向かわせている。その情報を知ったとき、佐伯は津久井が危篤なのかと覚悟した。

しかし意識はあったし、救急搬送も早かった。生命は助かる、との医師の判断が、一時間ほど前に伝えられている。問題はどの程度の傷かということだった。左足を失うのか、それとも傷は完治するのか。まだわからない。

照度を少し落とした、がらんとした待合室で、誰も何も言わないままに時間が過ぎている。

救急棟に通じる廊下の先から、靴音が聞こえてきた。大股の、早足の靴音。佐伯は窓から離れて、廊下の先を見つめた。新宮と小島も、佐伯の横に立った。

廊下の角を曲がって姿を見せたのは、長正寺だった。

長正寺が立ち止まり、佐伯を見つめて言った。

「終わった。散弾はすべて摘出した。切断はしないで済んだ。リハビリ次第で、仕事に復帰できる」

佐伯が訊いた。

「意識はあるんですね？」

「ああ。部分麻酔だったそうだ。ＩＣＵに運ばれるとき、少し話せた」

「何を言っていました？」

「処分は受けますと、おれよりも先に処分のことを話題にした」

「どうなるんです？」

「処分は下るさ。おれの許可を待たずに、実弾入りの拳銃を凶悪犯に渡したんだ。できるだけかばうが、なかなかの処分が下るだろう」

「津久井は何と？」

「処分が出たところで、道警を辞めたいと言ってる。麻酔が頭にも効いてるようだ。あれこれ馬鹿を言い出している」

「あれこれと言うのは？」

「コーヒーを淹れたいとさ。料理でも釣りでもなんでもやったらいいけど、道警を辞めることはない」

長正寺は滝本に目を向けた。

「やつのおふくろさんは、まだなのか？」

滝本が腕時計を見て答えた。

「もう五分かそこらで着くでしょう」

「あっちの廊下に、人質だった女性がいる。事情聴取はあとにしてくれと、病院に来た。津久井が、そばにいてくれと頼んだそうだけど、彼女は何者なんだ？」

佐伯は確かめた。

「そばにいてくれと、津久井が？」

「ああ。手術室に運ばれるとき、ご本人や看護師に言っていたらしい。身内じゃないよな？」

佐伯は津久井の言葉の意味を考えながら答えた。

「安西奈津美さん。津久井とは前からの知り合いです。ジャズ・ピアニスト」

安田が長正寺に言った。

「安西さんは、ブラックバードを引き継いでくれるひとです。新しく店長になります」

佐伯は安田を見た。新宮と小島も、驚いた目を安田に向けた。

安田が佐伯たちの顔を見ながら続けた。

「ちょうど潮時でした。安西さんが、代わりに店を引き継いでくれると、きょうのこの事件のあいだに決まったんです。わたしは引退です」

長正寺が不思議そうに安田に訊いた。

「それと、津久井が道警を辞めるって話は、何か関係するのか？」

安田は困ったような顔となった。

長正寺が、ふいに思い至ったという顔になった。

「あ、そういうことなのか？」

同じことを、佐伯も思った。津久井は、それを決めたのか。

そばにいてくれ。道警は辞める。その言葉はそういう意味だ。

津久井が救急車に乗せられるとき、奈津美が津久井に向かって言っていた言葉も思い出した。

「ばか。警官なんて大嫌いだ」

津久井から一度だけ、彼が奈津美と別れることに決めた理由を聞いたことがある。彼は言ったのだ。

彼女は、覚醒剤使用で逮捕歴があるんです。

そしてつくづく自分の身を呪うように、ぼそりと口にしたのだ。

自分は、警官なんです。

つまりきょう津久井は……。

長正寺が佐伯を見つめてきたので、佐伯は首を振った。

「いや、何も聞いていませんが」

エントランスのドアから、男が姿を見せた。伊藤だった。まだトレーニング・ウェアのままだ。

佐伯は伊藤のほうに近づいて立ち止まった。

彼は佐伯を見て言った。

「たいへんな夜になった。刑事課は全員に禁足指示で、署を出るに出られなかった」

佐伯は言った。

「機動捜査隊の津久井は大丈夫です。手術が終わりました」

伊藤は、怪訝そうな顔になった。

「何か言いたそうな顔だぞ」

「ええ。わたしのことですが」

「何だ？」

小島が後ろに近寄ってきたのがわかった。

彼女は、もしやおれがこれから伊藤に告げる言葉を察した？

「昨日、話があった件ですが」

「警部昇任試験か？」

佐伯は横目で小島を見てから言った。

「はい。受けようと思います」

「親父さんの件は？」

「施設に入《はい》れることになりました」

「そうか。無理していないよな」

「いや、当然ですが、無理はあります。断念もあります」

「いつ決めたんだ？」

「いまです」

小島がすっとそばから離れていった。エントランスの方向へと歩いていく。

伊藤が言った。

「佐伯がそう腹を決めたのなら、新宮にも話がある」

新宮が、何かという目で伊藤を見つめた。

「お前が欲しいと言ってきてるところがふたつ三つあるんだ。刑事の捜査員としてだ」

新宮が訊いた。

「佐伯さんが大通署を出た後のことですか？」

「そうだ。道警の規定で、すぐ次も刑事部門というのは無理だけれど、三カ月、とりあえず別部署で研修、それから刑事部に移ることになるが」

「わたしを欲しいと言ってくれるところなら」

新宮が佐伯を見つめてきた。佐伯は、どこにでも行くといい、という意味でうなずいた。

新宮がまた伊藤に顔を向けた。

「どこの警察署でも」

「明日、お前の希望も聞きたい」

「はい」

佐伯は伊藤の前から離れ、小島を追った。おれはこの土壇場で、ものごとの順序を間違えた。いま決めたことを第一に伝えるべきは、小島だったかもしれない。もうすでに、明瞭《めいりょう》に、何の誤解の余地もないように、別れを告げていた相手であるにせよだ。

エントランスを抜けると、空がかすかに白み始めているのがわかった。しかし霧はまた少し濃くなっているように見えた。

小島は、エントランスの外に立って、霧の先の空を見つめている。胸の前で腕を組んでいるのかもしれない。

小島は、靴音で佐伯が追ってきたことを知っているはずだ。でも振り返らない。

佐伯は立ち止まり、それ以上近づかなかった。

耳をすましたが、救急車のサイレンの音は聞こえない。警察車の警告音もだ。物騒な一日だったけれど、ようやく落ち着いたようだ。今夜はまだ道警はいくつもの、未解決の緊急事案を抱えているにせよだ。

小島は、自分に背を向けたままだ。佐伯を拒絶しているのではないようだ。ただ、ひとりにしておいてくれと言っている。話しかけてこないで、近寄らないでと言っている。自分にも、いま彼女にかけるべき言葉がない。何を口にしたらよいのか、見当もつかない。

佐伯はゆっくりと身体の向きを変え、病院のエントランスに向かった。自分の靴音が、奇妙なほどに大きく響く。小島の沈黙、自分の無言を際立たせてくれるかのようにだ。霧のせいで、少し身体が冷えた。ぶるりと身体が震えた。佐伯はジャケットの襟もとに手をやってから、ガラス戸を抜けて再び病院の中に入った。

明日は飲もう、と佐伯は思った。父と同居してから控えていた酒を、ひとりで。

ブラックバードはこの事件の直後だ。現場検証もある。明日は休業だろう。家飲みだ。

とにかく、今夜、津久井の決意を知ったことで、おれは自分の警察官人生についても、ひとつ区切りをつけた。区切りをつけたことを、自分に言い聞かせる酒が必要だった。

装幀　高柳雅人
写真　Getty Images
地図　中林文（tt-office）

本書は「ランティエ」二〇二三年四月号から二〇二三年十一月号までに
連載した作品に書き下ろしを加え、加筆・訂正し、改題いたしました。

著者略歴

佐々木 譲〈ささき・じょう〉
1950年北海道生まれ。79年「鉄騎兵、飛んだ」でオール讀物新人賞を受賞。90年『エトロフ発緊急電』で山本周五郎賞、日本推理作家協会賞長編部門を受賞。2002年『武揚伝』で新田次郎文学賞、10年『廃墟に乞う』で直木賞を受賞。16年日本ミステリー文学大賞を受賞する。著書に「道警」シリーズをはじめ、『ベルリン飛行指令』『警官の血』『沈黙法廷』『抵抗都市』『図書館の子』『降るがいい』『帝国の弔砲』『裂けた明日』『闇の聖域』『時を追う者』など多数。

Kadokawa Haruki Corporation

佐々木 譲

警官《けいかん》の酒場《さかば》

＊

2024年2月8日第一刷発行

発行者 角川春樹
発行所 株式会社 角川春樹事務所
〒102-0074 東京都千代田区九段南2-1-30 イタリア文化会館ビル
電話03-3263-5881（営業） 03-3263-5247（編集）
印刷・製本 中央精版印刷株式会社

ISBN978-4-7584-1454-8 C0093
http://www.kadokawaharuki.co.jp/

佐々木 譲

道警・大通警察署シリーズ

Haruki Bunko
ハルキ文庫

新装版
笑う警官

新装版
警察庁から
来た男

新装版
警官の紋章

巡査の休日

密売人

人 質

憂いなき街

真夏の雷管

雪に撃つ